JANA REVEDIN
MARGHERITA

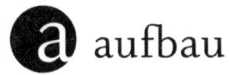

JANA REVEDIN
MARGHERITA
ROMAN

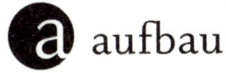

ISBN 978-3-351-03830-4

Aufbau ist eine Marke der Aufbau Verlag GmbH & Co. KG

3. Auflage 2020
© Aufbau Verlag GmbH & Co. KG, Berlin 2020
Einbandgestaltung zero-media.net, München
Gesetzt aus der Bembo Pro durch Greiner & Reichel, Köln
Druck und Binden CPI books GmbH, Leck, Germany
Printed in Germany

www.aufbau-verlag.de

*Für Antonio Revedin,
meinen Mann*

Vissi d'arte, vissi d'amore
Non feci mai male ad anima viva.
Con man furtiva
Quante miserie conobbi aiutai.
Sempre con fè sincera
La mia preghiera
Ai santi tabernacoli salì.
Sempre con fè sincera
Diedi fiori agl'altar.
Nell'ora del dolore
Perchè, perchè, Signore,
Perchè me ne rimuneri così?

Ich lebte für die Kunst, ich lebte für die Liebe,
Nie tat ich einer Seele weh.
Mit unsichtbarer Hand
Half ich in vielen Nöten.
In aufrichtigem Glauben
Stieg mein Gebet
Zu den heiligen Tabernakeln empor.
In aufrichtigem Glauben
Legte ich Blumen an deinen Altar.
In der Stunde des Schmerzes
Warum, Herr,
Warum entlohnst du mich auf diese Art?

GIACOMO PUCCINI, *TOSCA*

1

Der 1. Januar 1920 war ein Donnerstag. Margherita stand hinter dem Tresen des Zeitungskiosks ihrer großen Schwester und sah hinaus auf die morgendliche Piazza del Convento delle Cappuccine. Es war noch sehr früh, und sie hatte, wie an jedem Morgen im Winter, zunächst den Kohlenofen an der Rückwand des Ladens gleich neben der Theke befeuert, damit die ersten Kunden, die sich üblicherweise gegen acht Uhr einstellten, beim Bezahlen nicht die Handschuhe anbehalten mussten.

Im vergangenen Herbst hatten sie sich erstmals wieder eine Kohlenfuhre leisten können, der Krieg war endlich vorbei, die Hungerjahre und die Spanische Grippe, die im Frühjahr in der ganzen Region Venezien gewütet hatte, waren überwunden, und ihr Kiosk lief wieder gut. Lisetta, die älteste der drei Schwestern, hatte ein Händchen fürs Geschäft und konnte so die beiden jüngeren über Wasser halten.

Noch war keine von ihnen verheiratet, mit wem auch, der Krieg hatte beinahe alle jungen Männer im Städtchen dahingerafft. Und ein Zuhause im eigentlichen Sinn, einen Ort, an dem sie aufgehoben wären, hatten sie auch nicht. Alle drei lebten sie mit ihrer Mutter im Gesindehaus der Ursulinen, seit der Vater sie verlassen hatte.

Wie jeden Morgen, an dem Margherita sich hier einfand, fegte sie den Terrazzoboden aus, wischte mit Seifenwasser nach und polierte die Messinggriffe der Tür. Auch heute kam wie üblich Ettore vorgefahren, der alte Zeitungskutscher, der die Zeitungsballen vom Bahnhof lieferte, dazu zweimal in der Woche die Limonadenfässer und Zigarettenkartons, die Lisetta bei ihm in Bestellung gab. Er unterhielt sich auf der Piazza mit ihr, während Margherita die Ballen aufschnürte und den Corriere della Sera auf dem Tresen auslegte, bereit zum Morgenverkauf.

Jeden Morgen genoss sie den Geruch der Druckerschwärze. Eine frisch gedruckte Zeitung roch nach weiter Welt.

Üblicherweise blieb Lisetta die Vormittage über im Kiosk, während Margherita ab halb acht Uhr ihre Runde ging, um ihren Abonnenten der Weststadt die Zeitungen auszuliefern. Umbertina, die jüngste der drei Schwestern, die etwas später nachkam, da sie allmorgendlich die Tiere im Klostergarten fütterte, ging dann die Straßen Richtung Stadtmitte zur Piazza dei Signori ab und belieferte ihren kleineren Teil der Abonnenten. Dann wurde sie wieder im Kloster gebraucht.

Die große Abendrunde der gesamten Weststadt für die Ausgabe des Gazzettino Veneto machte Margherita allein, denn die meisten ihrer Kunden holten sich die lokale Zeitung, die erst am späten Vormittag ausgeliefert wurde, über den Tag selbst auf der Piazza ab.

Margherita sah durch die Eisblumen, die beide Ladenvitrinen die Ränder entlang einrahmten, hinaus. Die Piazza und die schmale Via Riccati, an deren Ecke das kleine Lokal lag, waren leer, denn es war heute wieder klirrend kalt. Schon nach den Weihnachtsfeiertagen hatte diese ungewöhnliche Kälte eingesetzt, Margherita hatte die ganze letzte Woche mit doppelten Handschuhen und langen Wollstrümpfen unter dem längsten Tweedrock, den sie besaß, die Zeitungen ausgetragen und sich zusätzlich den Hut und den Kutschermantel ihrer Mutter ausgeliehen, so sehr hatte sie gefroren, trotz des raschen Gehens und trotz der sich immer wieder mit ihren Kunden entspinnenden Unterhaltungen über das eine oder das andere Thema, die diese Arbeit für sie so wertvoll machten.

Keine Kundschaft, keine Menschenseele draußen.

Sie nahm die erste Neujahrsausgabe des Corriere della Sera in die Hände und begann die Schlagzeilen und die Artikel zu überfliegen, damit sie sie wenig später ausrufen und mit einigen wenigen Kunden, die Margheritas Meinung zum Tagesgeschehen anhaltend zu interessieren schien, auch diskutieren könnte.

An diesem 1. Januar hatte es der Corriere wahr gemacht, es gab erstmals eine Ausgabe an einem Feiertag.

Am 24. Dezember, Margherita erinnerte sich genau, dem ersten Weihnachten nach einem wiedererlangten, wenn auch teuer bezahlten Frieden, hatte der Chefredakteur getitelt: »Von nun an bringen wir Nachrichten für das siegreiche Königreich Italien an jedem Tag des Jahres, auch an den Feiertagen, beginnend mit dem Neujahrstag 1920.« In der Folge seien auch Feiertagsausgaben am Ostersonntag, zu Ferragosto und am Weihnachtstag geplant.

Heute eröffnete der Chefredakteur mit einem Leitartikel, den er »Interesse e Dovere« betitelte, Anspruch und Pflicht, ein Aufruf zum Zahlen notwendiger Steuern, die zur Schaffung von Arbeitsplätzen in der »Friedensindustrie«, zum Wiederaufbau der vom Krieg zerstörten landwirtschaftlichen Betriebe und schließlich zur gesellschaftlichen Emanzipation des »freien und vereinten italienischen Volkes« beitragen würden, nämlich zur Bildung und Gesundheitsvorsorge »für alle« sowie zur sozialen Integration, vornehmlich der Kriegsflüchtlinge, der Kriegsversehrten, der Veteranen und so weiter.

Der Artikel las sich wie ein Regierungsprogramm. Diese erste Feiertagsausgabe des Corriere hatte zwar gerade mal vier Seiten, aber immerhin. Vier Seiten waren besser als das bisher übliche Schweigen. Auf Seite zwei las man Danksagungen für Festtagsspenden, Berichte von den Neujahrsfeierlichkeiten in Rom, London, Berlin, Paris und New York und die Neujahrsansprache des Papstes, die ohne Kürzungen abgedruckt war.

Auf Seite drei stand das Feiertags-Theaterprogramm: die Fenice pausierte, in Venedig schien man arbeiten nicht nötig zu haben, doch die Mailänder Scala gab die *Fledermaus*, das San Carlo in Neapel die *Traviata* und das Carlo Felice in Genua gar Beethovens Violinkonzert mit der legendären Maud Powell, die zu Schiff aus Chicago eintreffen würde.

Unglaublich!

Vor dem Krieg hatte die Powell dieses Konzert in New York mit dem damals schon sehr leidenden Gustav Mahler gespielt. Ganz Norditalien, schrieb der Theaterkritiker des Corriere, bereite sich auf einen epochalen Abend vor.

Margherita sah hinaus auf die Piazza, weiterhin war kein Mensch zu sehen, nur Lisetta, die wie üblich vor der Tür des kleinen Lokals auf und ab ging. Sie fror nie, gut gebaut, wie sie war. Margherita konnte also weiterlesen.

In einer doppelspaltigen Vorbesprechung, die kokett mit »Felice anno, Carlo Felice!« betitelt war, bezeichnete der Kritiker Ludwig van Beethovens Werk als »inzwischen weltweit anerkannten Prototyp seiner Gattung«, und das, obwohl das vor mehr als hundert Jahren komponierte Konzert bei seiner Uraufführung katastrophal durchgefallen war. Die miserable Premierenbesprechung wurde zitiert: »Beethovens Concert scheint im Zusammenhang oft ganz zerrissen, seine unendlichen Wiederholungen ermüden.«

War das köstlich!

Beethovens D-Dur-Komposition für Violine war Margheritas liebstes Konzert, noch vor dem viel populäreren von Johannes Brahms. Denn Beethoven war damit, so empfand sie es, ein durch und durch moderner Wurf gelungen.

In der Bibliothek des Ursulinenklosters gab es ein Grammophon und eine kleine Sammlung von Schellackplatten, die die inzwischen schon betagte Oberin, die seit ihrer Jugend Klavier spielte, in den letzten zwei Jahrzehnten angelegt hatte. Wann immer Margherita konnte, legte sie sich eines dieser beiden Violinkonzerte auf, es waren die Einspielungen aus Maud Powells *Complete Recordings*, die sie in den vergangenen Jahren mit den New Yorker Philharmonikern aufgenommen hatte. Geigenmusik war für Margherita ein Lebenstraum, der ihr für immer verwehrt bleiben würde, denn zum Erlernen eines Instruments hatte sie keine Möglichkeit gehabt. Und sie bekäme auch nie eine. Ihre Mutter hatte Tag und Nacht gearbeitet, um Margherita und ihren beiden Schwestern eine solide Schulausbildung zu ermöglichen. Doch Musik, Literatur oder fremde Sprachen, feine Küche oder gar Haute Couture waren ein Luxus, der für sie unerreichbar war. In ihrem Leben blieben diese Feinheiten ferne Sterne, die sie nie entdecken und nie besitzen würden.

Margherita fuhr innerlich zusammen.

Was dachte sie da an Besitzen?

Sie korrigierte ihren Gedanken aus dem Stand. Es ging im Leben nicht, niemals um Besitzen. Es ging um Entdecken.

Der Artikel erzählte jetzt die Entstehungsgeschichte von Beethovens so herrlich durchgefallenem Premierenkonzert und was das Publikum sich von Maud Powells Interpretation versprechen könne. Der Kritiker schien diese erste Geigenvirtuosin Amerikas, die aufgrund ihrer Konzertreisen durch jenen weiten Kontinent in letzter Zeit gesundheitlich schwer angegriffen zu sein schien, schon zum heutigen Abend befragt zu haben, denn sie wurde mit folgenden Worten zitiert:

»Wenn meine Kollegen von diesem Konzert sagen, es sei eher ›gegen Violine‹ als ›für Violine‹ geschrieben, haben sie das falsche Instrument gelernt. Es gibt, neben Brahms' Werk, keine begeisterndere Lebensaufgabe für uns, und tatsächlich erarbeite ich bei jeder Aufführung jede einzelne Nuance von Neuem. Nach den letzten zwei Geigenstrichen am Ende des dritten Satzes könnte ich am Neujahrsabend mit Freuden sterben.«

Sie könnte mit Freuden sterben?
Das war berührend und beängstigend zugleich.

Margherita glaubte an die Kraft der Gedanken. Sie hatte diese Kraft zu ermessen gelernt, als sie noch ein ganz kleines Mädchen war, der Vater die Familie verlassen und sie ihre Mutter seither verzweifelt, ja ohne jede Zuversicht erlebt hatte. Sie hatte damals erprobt, sich auf einen einzigen Gedanken zu konzentrieren, mehrmals, viele Male am Tag. Sie war mit diesem Gedanken, diesem Wunsch eingeschlafen und erwacht. Einem einfachen, einem erreichbaren Wunsch, keinem Hirngespinst. Und dieser erste Wunsch, der da hieß: »Gott, gib der Mutter die Hoffnung zurück«, war in Erfüllung gegangen. Ihre Mutter hatte die Hoffnung wiedergefunden, auch ohne Mann.

Oder erst recht ohne Mann!

Doch hier, sie las den Satz erneut, sagte die wunderbare Maud Powell, sie könnte am Neujahrsabend nach den letzten zwei Geigenstrichen am Ende des dritten Satzes mit Freuden sterben.

Margherita riss sich zusammen, sie verlor sich da in unsinnigen Vorahnungen. Nicht jeder nahm das gesprochene und geschriebene Wort so ernst wie sie, man musste ja nur zuhören, wie und worüber sich die Menschen unterhielten. Und sie hatte mehr als genug Gelegenheit, den Menschen zuzuhören.

Margherita nahm Worte ernst, weil sie ihre Seele für sie offen hielt. Damit hatte sie als Kind im Gottesdienst begonnen, bei jedem Gebet, bei jeder Fürbitte, bei jedem Lied. Sie hatte es dann beim Erlernen von Lesen und Schreiben beibehalten. Lautes Vorlesen hatte ihr beim Entdecken von Klang und Rhythmus der Sprache geholfen, langsam, Schritt für Schritt, Tag um Tag.

Vielleicht waren ihr deshalb die Stimmen der Menschen so wichtig geworden?

Und ebenso die Harmonien der Musik? Sie zwang sich, die dritte Seite des Corriere zu Ende zu lesen, um die böse Vorahnung, die sich in ihrem Herzen zu Maud Powell einnistete, zu verscheuchen. Doch während sie las, sagte sie sich im Stillen vor: »Gott, lass Maud Powell ihren letzten Satz zurücknehmen.«

Die dritte Seite also, die dritte Seite einer mageren Zeitung, die doch ein neues Jahrzehnt eröffnete: 1920.

Die Ziffern eins und neun und zwei dieser Jahreszahl machten zusammengezählt zwölf, die Ziffern zwei und eins der zwölf machten zusammengezählt drei. Das neue Jahr hatte also die Quersumme drei. Die Oberin würde sagen: »Dreieinigkeit, der perfekte Rhythmus.«

Was würde dieses schöne, walzerrunde Jahr ihnen allen bringen?

Die Vorbesprechung des heutigen Abends im Carlo Felice in Genua, die die ganze Seitenmitte füllte, war rechts und links von zwei ganzspaltigen Werbungen für das neue Modell der Mailänder Isotta-Fraschini-Automobilwerke eingerahmt: »Chassis Tipo 8 1920: 8 cilindri, 60 HP«.

Es war zu lesen, dass der neu entwickelte Achtzylinder-Verbrennungsmotor in Reihe entlang einem Kurbelgehäuse montiert sei, dass das Dreiganggetriebe bis zu 140 Stundenkilometer ermögliche und das Chassis in individuell abgestimmten Farb- und Bezugsvarianten, ja sogar als dekapotables »Cabriolet« bestellbar sei. Die Erstauslieferung wäre im April 1920.

140 Stundenkilometer!

Margherita musste sich bei der reinen Vorstellung dieser Geschwindigkeit am Tresen des Zeitungskiosks festhalten. So schnell fuhr nicht einmal der neue Schnellzug von Venedig nach Mailand. Und das gar ohne Dach. Als ob zehn Rennpferde einer federleichten Calèche vorgespannt wären.

Ihre Mutter würde heute am späten Abend, wenn sie aus der Klosterschneiderei zurück in die Wohnung käme und die Zeitung überflöge, beim Anblick dieser Annonce fragen, ob der menschliche Körper das denn auf Dauer aushalte.

Und Margherita würde antworten: »Bestimmt, Maman, der menschliche Körper kann sogar das Fliegen aushalten! Schau doch die famose Amelia Earhart, die als erste Frau plant, den ganzen Atlantik zu überqueren. Eines Tages, wetten wir, fliegen wir Menschen durch das ganze Universum!«

Margherita sah wieder auf und hinaus auf die Piazza. Lisetta ging weiterhin vor der Tür des kleinen Ladens hin und her, hatte sich jetzt aber eine ihrer »Palette«-Zigaretten angesteckt, die Ettore gestern geliefert hatte. Lisetta hatte die Zigarettenstange wie immer gleich im Kassenschrank versteckt, damit die Mutter sie nicht finden könnte, käme sie irgendwann einmal auf der Piazza vorbei. Was ja doch nie geschah, so viel, wie sie arbeitete. Das erste lackschwarze Schächtelchen dieser Stange hatte Lisetta wie jedes Mal mit einer Hingabe geöffnet, als käme es von einem Pariser Juwelier.

Die Zigarette, die sie aus der vielfarbigen Auswahl gefischt hatte, es gab fuchsiafarbene, senfgelbe, türkisfarbene, purpur- und pinkfarbene, immer mit dem charakteristischen Goldfilter versehen, war heute eine purpurfarbene.

Und das Purpur war wie gemacht für Lisettas hellen Teint und ihr dunkelblondes Haar!

Eigentlich, dachte Margherita, während sie ihr zusah, wie sie den Rauch mit Genuss einsog, um ihn dann in Wölkchen auf den morgensonnigen Platz zu blasen, war ihre große Schwester eine schöne Frau.

Wäre sie nur nicht so korpulent!

Während Lisetta draußen ihre Zigarette rauchte, blätterte Margherita auf die Schlussseite der heutigen Feiertagsausgabe, da ging es in der Rubrik »Corriere parigino«, die regelmäßig die Kulturnachrichten aus der Stadt der Künste abdruckte, um eine dort anscheinend viel diskutierte Ausstellung: In Paul Rosenbergs Pariser Galerie wurden an die vierzig im vergangenen Sommer entstandene Ölbilder des Malerrebellen Pablo Picasso gezeigt. Allerdings, schrieb der Pariser Corriere-Korrespondent, seien die Tableaus statt in Picassos gefeierter abstrakter Collagetechnik zu aller Überraschung in einem neoklassizistisch anmutenden Realismus ausgeführt, man sei »erschlagen von tumben, rundlichen Figuren« in »farbschreienden Kompositionen«.

Margherita stutzte.

Durfte ein Künstler vom Rang eines Picasso nicht im Ausdruck wechseln, wenn er auf der Suche nach neuen Inhalten war?

Die wenigen, doch präzisen Worte der Mäzenin Picassos, einer gewissen Eugenia Errázuriz, die sich bei der Ausstellungseröffnung einem Dialog mit dem Korrespondenten gestellt hatte, beantworteten Margheritas Frage. Sie musste beim Lesen schmunzeln: »Schönheit unterwirft sich keinen Dogmen. Schönheit ist Freiheit.«

Das ließ der Kritiker aber nicht so stehen, vielmehr fragte er abschließend süffisant, ob die in den Pariser Salons und Künstlerzirkeln viel geachtete Madame Errázuriz, zwar eine betuchte Silberminenerbin, aber in Wahrheit doch nur eine chilenische Einwanderin mit patagonischem Indioblut, dies wirklich beurteilen könne.

Wer glaubte dieser Mann zu sein?

Ein solcher Schluss war unverschämt, ja, genau die blinde chauvinistische Polemik, die man zunehmend in den Feuilletons der Zeitungen und in den Reden der Politiker ausmachen konnte.

Wenn man genau las. Und genau zuhörte.

Hoffentlich bekam diese Eugenia Errázuriz, die sicher von Kopf bis Fuß eine Dame war, diesen Artikel nie zu lesen!

Margherita lehnte am Tresen, draußen klirrte der Frost, und der kleine Kohlenofen raunte hilflos gegen die Kälte an, doch ihr war plötzlich heiß vor Wut. Missgunst war für sie noch schwerer zu ertragen als schiere Dummheit.

Schon als sie noch sehr klein war, hatte sie die Mutter im Kloster, in der Schule oder auf der Straße immer gegen herablassende Kommentare verteidigen müssen. Und die waren überall zu hören gewesen. Ihre Mutter war eine von ihrem Mann verlassene Frau, ja sogar eine von ihrem Mann getrennte Frau. Und zu jener Zeit gab man noch allein der Frau die Schuld an allem, was in einer Familie passierte.

Was hieß zu jener Zeit?

War es nicht heute noch genauso?

Trotz des politischen Aufbruchs nach dem Krieg, in dem sich die meisten Monarchien Europas in Demokratien verwandelt hatten, trotz erster Staaten, die das Frauenwahlrecht einführten, trotz der zunehmenden Zahl mutiger Mädchen, die männliche Berufe wagten und Forscherinnen wurden, Ärztinnen, Anwältinnen, Schusterinnen, Gärtnerinnen?

Gar Unternehmerinnen wie Lisetta?

Denn der Alltag hinkte hinter diesen erfreulichen Entwicklungen hinterher. Die gut situierten Kundinnen der Mutter fragten sie noch heute, es sollte wohl scherzhaft klingen, war aber doch verletzend, warum sie den Vater ihrer Kinder nicht »hatte halten können«. Dreiste Handwerker, Kutscher oder Lieferanten, die im Kloster zu tun hatten, würdigten sie noch heute mit derben Avancen herab.

Und erst die vorlauten, weil verwöhnten Schulkinder der »besseren Familien«!

Zum Glück hatten Margherita und ihre Schwestern gut zusammengehalten, obwohl sie nach dem Aufbruch des Vaters und seinem Nicht-mehr-Wiederkehren auf engstem Raum hatten zusammenleben müssen. Im Gesindehaus des Klosters in der Via Orsoline bestand ihre Wohnung aus einem Gang, einer Stube und einer Schlafkammer. Eine Küche gab es nicht, denn das Gesinde, zu dem die Mutter und ihre Töchter jetzt zählten, aß mittags und abends in der Klosterküche. Gefrühstückt wurde nicht, die Mutter wärmte jeden Morgen um halb fünf Uhr früh eine Blechkanne mit Milchkaffee auf dem Kohlenofen, der die ganze kleine Wohnung heizte, dann gingen alle ihrer Wege.

An den Freitagabenden wurde der Gang ihrer Wohnung zum Waschzimmer, in dem die Mutter Margherita und ihre Schwestern in einer Zinnwanne sauber schrubbte und ihnen die Haare mit Kamillenpaste wusch. An allen anderen Tagen ging man in die allgemeine Badstube im Erdgeschoss.

Bevor sie in diese winzige Bleibe hatten ziehen müssen, hatten sie komfortabler gewohnt. Die Mutter hatte hier, auf der Piazza del Convento delle Cappuccine, ein kleines Nähatelier unterhalten, der Vater einen florierenden Zeitungskiosk. Doch dann hatte er die Familie verlassen, und die Mutter musste von einem Tag auf den anderen eine feste Anstellung annehmen. Die hatte sie im Kloster der Ursulinen gefunden, die zwei Zimmer im Gesindehaus, die auf den weiten Gemüsegarten der Klosterschule gingen, waren ihnen zur Heimat geworden. Es war zwar anfangs für die Kinder schrecklich eng gewesen, doch dafür lachten sie miteinander, halfen sich gegenseitig bei den Haus- und Schularbeiten und waren stolz auf die Mutter, die sich allein und ohne jeglichen Rückhalt mit ihnen durchs Leben schlug.

An die Zeit, in der sie noch in den lichten, hohen Räumen des Eckhauses der Piazza mit der Via Riccati, gleich über dem Zeitungslokal lebten, erinnerte sich Margherita kaum. Sie war die mittlere der drei Schwestern, und der Vater hatte sich nach Amerika aufgemacht, als sie vier Jahre alt war. Die Mutter hatte monatelang seine Anweisungen erwartet, wann und wie sie ihm mit den Töchtern nachkommen sollte. Irgendwann war dann ein Brief aus Chicago eingegangen. Mit einem Scheidungsansuchen. Der Vater hatte ihnen nichts hinterlassen außer seiner Kiosklizenz, die für die ganze Weststadt innerhalb der Wehrmauern galt, also von der Piazza dei Signori bis zur Porta Calvi, rund um den Borgo Cavour. Ein mageres Gut, das die Mutter aber ohne Zögern angenommen hatte.

Und diese Lizenz hatte den Kindern Glück gebracht. Alle drei Schwestern verdienten sich, sobald sie in die Mittelschule aufgenommen worden waren und abends bis zur Dämmerung ausgehen durften, ein gutes Taschengeld mit dem Zeitungaustragen. Lisetta machte, bodenständig wie sie war, gleich nach der Mittelschule die Handelsschule und übernahm das Zeitungslokal bald selbstständig.

Man musste sich vorstellen, man schrieb das Jahr 1910!

Frauen waren, außer in der Alten- oder Krankenfürsorge, in öffentlichen Funktionen gänzlich undenkbar, konnten kein Kontokorrent bei einem Bankhaus eröffnen, geschweige denn ohne väterliche oder eheliche Erlaubnis aus der Stadt reisen. Doch die »putee perse«, die »verlorenen Mädchen«, wie man Margherita und ihre Schwestern bald im Städtchen nannte, stellten sich auf ihre eigenen Beine.

Margherita und ihre viereinhalb Jahre jüngere Schwester, die ihren Vater nie kennengelernt hatte, gingen zu den Ursulinen in die Schule. In Anbetracht der heiklen familiären Situation ließ man sie den Unterricht ohne Schulgeld absolvieren. Margherita war gut im Lesen, im Schreiben und in Musik. Und sie war gut im Turnen. Für die Fächer der höheren Töchter, Französisch, Englisch und höhere Mathematik, waren die Schwestern aus dem Gesindehaus nicht zugelassen, dafür hatte Margherita mehr Zeit für die Musik. Sie assistierte der Oberin in der Bibliothek, indem sie ihr beim Klavierspiel die Partituren umblätterte. Bald hatte sie alle Beethoven- und Brahms-Sonaten auswendig gekonnt, ebenso die Walzer und Nocturnes Chopins, der der besondere Liebling der Oberin war.

Umbertina, die Mutter hatte ihre Jüngste nach dem Vater benannt, wohl noch in der Hoffnung, er werde sie alle nach Amerika nachholen, half den Klosterschwestern im Gemüsegarten, bei der Obsternte und mit dem Geflügel und den Bienen. Dafür war sie wie gemacht. Denn sie war zwar ein hübsches Kind, aber »maulfaul«, wie die Mutter gern sagte. Böse Zungen nannten es »Stottern«. Die Klassenkameradinnen hänselten sie mit einem gemeinen Spitznamen: »Balbettina«, statt Umbertina. Die »Stotterin«. Doch mit den Pflanzen konnte sie, genau wie mit den Tieren. Im Klostergarten gab es Hühner, Puten, Gänse und einen Forellenteich. Und eben die Bienen.

Vor den Fenstern ging Lisetta weiter auf dem Platz hin und her und tat ihre letzten Züge, es war gleich acht Uhr, und der kleine Laden würde öffnen, eine Stunde früher als alle anderen Läden um sie herum, denn viele Kunden wollten die Zeitung schon zum Kaffee in der Bar gegenüber lesen oder sie mit in ihre Geschäfte und Kontors nehmen.

Lisetta hatte zwar keinen außerordentlichen Erfolg in der Handelsschule vorzuweisen gehabt, doch einen gesunden Menschenverstand, und war, wenn sie wollte, überraschend eloquent. Eine »bronza coverta«, ein gut gedeckelter Topf, wie man im hiesigen Dialekt sagte. Dabei war sie als Einzige der drei Schwestern behäbig gebaut, genau wie der Vater, und demnach nie gut im Zeitungaustragen gewesen. Da kam sie ins Schwitzen. Dafür konnte sie perfekt im Kiosk sitzen und das Tagesgeschehen kommentieren. Gleich nachdem der Krieg überstanden war, hatte sie die Lizenzen für den Verkauf von Tabakwaren und Limonaden für den Zeitungskiosk dazugekauft. Der kleine Eckladen, den man im Städtchen längst »Le tre sorelle«, die drei Schwestern nannte, war zum Treffpunkt des ganzen Viertels geworden.

Die drei Schwestern trafen ihre Mutter beinahe ausnahmslos bei der Arbeit an, in ihrer Nähstube im Tiefparterre des Klosters. Sie nähte alle Tage, es gab keinen Sonn- oder Feiertag. Dreimal am Tag läuteten die Glocken zur Messe, und die Ursulinenschwestern zogen mit all ihren Schülerinnen und Bediensteten in die immer kühle, duftende Kirche.

Die Mutter, die die Kinder dort öfter sahen als zu Hause, stellte nach jeder Messe die immer gleiche Frage: »Ist Beten nicht herrlich? Besser als Schlafen!«

Denn Schlafen kannte sie kaum. Margherita hatte sie nie in einem Nachthemd gesehen. Sie ging um fünf Uhr früh aus dem Haus und kam erst abends nach dem Neunuhrläuten zurück. Dann setzte sie sich zu ihrem Nebenerwerb an den kleinen Tisch in der Stube, sie machte Änderungs- und Schneiderarbeiten für die Bürgerfrauen, die ihr als Kundinnen treugeblieben waren. Manchmal ging sie zu später Stunde noch zu Anproben aus, manchmal fuhr sogar eine Calèche vor, um sie abholen.

Margherita und ihre Schwestern mussten bei allem, was die Hausarbeit betraf, allein zurechtkommen, und das schafften sie auch gut. Nur das Kochen und das Backen waren ihnen ihre gesamte Jugend über fremd geblieben. Eher hatten Margherita und Umbertina sich Wettbewerbe im Vorlesen geliefert, denn je pointierter man die Schlagzeilen der Morgennachrichten vor den Caféhäusern und Gasthöfen, den Poststationen und Straßenmärkten und natürlich rund um ihren Zeitungsladen auf der Piazza ausrief, je spannender man die Neuigkeiten machte, wenn man Fragen offenließ, deren Antworten man nur in den Leitartikeln des Corriere della Sera oder des Gazzettino Veneto finden konnte, desto mehr Exemplare verkaufte man. Natürlich hatte Umbertina immer verloren, weil sie über alle harten Konsonanten, das R und das S und das T und das C stolperte. Doch sie hatten dabei gelacht.

Ja, mit Umbertina konnte man Tränen lachen!

Und dieses spontane, dieses glucksende Lachen, das ihr eigen war, machte jede ihrer Niederlagen wett.

2

Jetzt betrat eine Menschenseele den Platz. Der erste Kunde des neuen Jahres 1920 bog aus der schattigen Via Ricatti in die gleißende Morgensonne und blieb kurz stehen. Wahrscheinlich war er geblendet. Er trug einen langen Kaschmirmantel mit Pelzkragen, Schal und Melone und stand einen Augenblick bewegungslos, das Gesicht zum Himmel gerichtet.

Ja, natürlich, das war die schmale, hochgewachsene Gestalt des jungen Grafen Revedin, Margheritas liebsten Klienten am Borgo Cavour. Er verwickelte sie fast täglich in lange Diskussionen um das Tagesgeschehen, und sie fragte sich seit Jahren, warum ein so hochwohlgeborener Herr sich mit jemandem wie ihr abgab, einem Kind aus dem Volk.

Wohl war er nach dem Tod all seiner Familienangehörigen in den vergangenen Kriegsjahren sehr allein?

Doch was machte ein Herr wie er, der in seinem Palais außer einer Tante, die ihn ab und an aus Turin besuchen kam, zwar keine Familie, jedoch eine Schar von Hausbediensteten hatte, schon so frühmorgens auf der Straße?

Und das an einem Feiertag?

Er stand auf der Piazza wie vom Himmel gefallen, und Margherita wurde es warm ums Herz. Mit keinem Menschen in der ganzen Stadt konnte man so gepflegt über die Rubriken in den Zeitungen diskutieren, die sie von jeher am meisten interessierten: Das waren die Weltpolitik und die Kulturnachrichten.

Und von keinem konnte man so viel zu den liberalen Strömungen erfahren, denen sich die herrschenden Schichten außerhalb Italiens schon in der zweiten Generation öffneten. Die Revedins, und dafür bewunderte Margherita diese Familie seit je, wurden im Städtchen Treviso zwar wortlos respektiert, aber vielerorts auch gefürchtet oder gar gehasst. Der Vater des jungen Grafen, der Conte Ruggero, hatte nämlich schon als junger Großgrundbesitzer eine aufgeklärte Gleichberechtigung seiner Arbeiter verteidigt. Solch demokratische Ideen hatten in Deutschland oder Finnland seit dem Krieg zu neuen Staatsformen geführt. In Italien, das ja fest in seiner tausendjährigen kirchlichen Regentschaft verankert war, waren sie aber bis heute, trotz der neuerlich aufkommenden »roten« Bewegungen, unvorstellbar.

Als einzige Großgrundbesitzer der ganzen Region hatten die Revedins schon um die Mitte des vorigen Jahrhunderts eine Agrarreform umgesetzt und Gesindehäuser gebaut, in denen die Landarbeiter, ihre Kinder und Alten besser untergebracht waren als irgendwo anders. Sie besaßen eine neue bauliche Form, die Luft an alle Fassaden ließ und die die ganze Landschaft rund um Treviso, von Castelfranco bis Cessalto prägte.

In den Jahren vor dem Krieg hatte Margherita zunehmend böse Leserbriefe zu den »gesunden Lebensbedingungen«, die der Conte Ruggero ermöglicht hatte, im Gazzetino Veneto entdeckt. Sie hatte sie dem jungen Grafen regelmäßig gezeigt, und der hatte laut lachen müssen, wenn seine Landarbeiterhäuser »Nester des Kommunismus« genannt wurden oder »Sündenpfuhl gefährlich korrosiver Kräfte«.

Während des Kriegs waren diese Kommentare dann verstummt, spätestens seit die Schützengräben der Front genau durch den Großgrundbesitz der Revedins liefen.

In den Zeiten vor dem Krieg hatte der junge Graf aus jedem Morgen, den Margherita den Corriere in den Innenhof des Palais am Borgo Cavour lieferte, ein kleines Fest gemacht. Sie traf ihn an, wie er sein Automobil bestieg, um auf seine Ländereien um Oderzo und Piavon, Gorgo al Monticano und Motta di Livenza zu fahren, und er lud sie, die ja schon gute zwei Stunden in aller Frühe und bei jedem Wetter in der Stadt unterwegs war, je nach Jahreszeit zu einem Milchkaffee, einer heißen Schokolade oder einem Glas kühlem Obstsaft ein. Jacques, der Chauffeur, zauberte diese Aufmerksamkeiten in Windeseile aus der Gesindeküche im Erdgeschoss in den lichten Innenhof.

Jeden Morgen hatte er sie nach dem Befinden ihrer Schwestern und ihrer Mutter gefragt, und beim Abschied hatten sich seine Züge für einen Augenblick entspannt. Ein Lächeln hatte sich auf seine schmalen Lippen gezaubert, ein hingehauchtes Lächeln, das unendlich fern war und unendlich weich und das Margherita durch den ganzen Tag trug.

Oft hatte er sie in den vergangenen Kriegsjahren, als das Palais Revedin der Sitz der Cadorna-Kriegskommandatur geworden war, sogar zum Kaffee in die Wohnräume in der Beletage gebeten, um dem Innenhof zu entkommen, den Offiziere und Adjutanten im Laufschritt kreuzten und in dem eine ständige Unruhe herrschte.

Doch sie hatte immer abgelehnt.

Was, wenn sie dort oben seinen Vater, den Conte Ruggero, den landesweit bekannten Großindustriellen angetroffen hätten? Oder gar seinen jüngeren Bruder, den glorreichen Kavallerieoffizier, über dessen mutige Frontangriffe man in der ganzen Region sprach?

»Keine Angst, nur ich bin zu Hause«, hatte er immer entwaffnend bescheiden gesagt. Er, der Erstgeborene, hatte sich für die Verwaltung der Ländereien zuständig erklärt, während der Vater und der Bruder in Mailand, Rom oder Turin unterwegs waren und »die Welt verteidigten«, wie er zu sagen pflegte. In Wahrheit hatte er sich aber schon in den allerersten Kriegsmonaten auf seine ganz eigene Weise für die Frontkommandantur unersetzlich gemacht, indem er auf eigene Kosten und mit eigener Photographieausrüstung das Kriegsgeschehen entlang den Schützengräben im Triestiner Karst, dann am Isonzo und am Piave minutiös dokumentierte.

In seinen Tagen und Nächten an vorderster Front musste er einen unbezahlbaren Schatz an Archivmaterial geschaffen haben, doch er sprach nie darüber.

Margherita war es in den langen Kriegsjahren jeden Tag, den sie ihn im Borgo Cavour angetroffen hatte, erschienen, als würde er sich am liebsten in seinen eigenen vier Wänden unsichtbar machen.

Er begrüßte Margheritas große Schwester draußen auf der Piazza mit angedeutetem Handkuss, wie er das immer tat, wenn er hier im Städtchen erschien, und sie tauschten ein paar Worte aus. Die weißen Wölkchen, die der Atem der beiden verursachte, blieben beinahe wie Säulen über ihnen in der Luft stehen.

Jetzt wandte er sich zur Ladentür, die sich mit dem Ding-Dong der Kundenglocke ins Innere des kleinen Verkaufsraums öffnete. Während er sich seine cognacfarbenen Ziegenlederhandschuhe abstreifte, rollte Margherita schon den obersten Corriere auf dem Zeitungsstapel zusammen und reichte ihn über den Tresen.

»Buon anno!«, nahm er ihr zwar die Zeitung ab, wechselte sie aber in die Linke und nahm ihre Hand zum Handkuss.

Das war neu!

Margherita war hier nicht die Chefin, die ein Herr wie er mit Handkuss begrüßen konnte, sondern nur die kleine zuarbeitende Schwester. Sie würde dieses Frühjahr fünfundzwanzig und hatte zwar einen Schulabschluss, doch sonst nichts, aber auch gar nichts im Leben vorzuweisen. Keinen Beruf, keinen Mann, nicht einmal einen Verehrer.

Noch nie in all den Jahren, die sie jetzt für Lisetta die Zeitungen austrug, hatte der junge Graf ihr die Hand gegeben, geschweige denn ihre Hand geküsst. Nicht hier im Zeitungskiosk und erst recht nicht vor oder nach ihren langen Diskussionen im Palais Revedin am Borgo Cavour. Immer waren sie sich außerhalb aller gesellschaftlichen Normen begegnet, wie zwei, die sich etwas zu sagen hatten, doch den Rahmen ignorierten, in dem sich dieses Sich-etwas-zu-sagen-Haben zutrug.

Vielleicht aber, das war wahr, war aus ihrer kleinen Geschichte über die Kriegsjahre etwas mehr geworden, denn Margherita hatte geradezu körperlich spüren können, wie sehr ihn das Leid an der Front und die Verluste in seiner Familie mitgenommen hatten.

Vielleicht war aus dem Sich-etwas-zu-sagen-Haben wortlos ein Sich-etwas-Bedeuten geworden?

»Buon anno, buon decennio, panterina«, wiederholte er, indem er sich wieder aufrichtete.

»Kleine Pantherin«, ja, diese Bezeichnung war Margherita vertraut, seit sie ihm das allererste Mal im Hof seines Palais begegnet war. Sie mochte damals zwölf Jahre alt gewesen sein. Bei jener ersten Begegnung hatte er sich vor sie hingestellt, ganz gerade, wie vor eine Erwachsene, die Hände gefaltet und ihr kurz direkt in die Augen gesehen.

»Der neue Zeitungsbote?«, hatte er gespielt überrascht gefragt. Margherita hatte sich nicht zu antworten getraut und stumm genickt.

»Hat smaragdgrüne Augen und einen Pantherschopf?«

Auch das stimmte. Nur Margherita hatte von ihrem Vater das kohlrabenschwarze, dichte Haar und die meergrünen Augen geerbt, ihre Schwestern sahen aus wie ihre Mutter und alle anderen venezianischen Mädchen, sie hatten dunkelblondes bis kastanienrotes Haar und rehbraune oder himmelblaue Augen. Seine warme Stimme hatte Margherita damals unmittelbar an die ihrer Mutter erinnert. Er musste genauso wenig sprechen wie sie und jedes Wort bedachtsam abwägen. Er war ihr sofort vertraut gewesen.

»Buon anno, Signor Conte«, wünschte sie ihm jetzt ebenfalls ein gutes neues Jahr.

»Ein glückliches Jahr vielleicht, bei diesem herrlichen Morgen? Wie Joseph Conrad seinen jungen Marlow in *Youth* sagen lässt: ›It was January, and the weather was beautiful!‹ Sie haben, belesen wie Sie sind, diesen wunderbaren Autor sicher schon entdeckt?«

»O ja! Es war ein Januarmorgen, und das Wetter war prachtvoll ...«, bestätigte Margherita.

Sie hatte Conrads Erzählung, die noch nicht ins Italienische übersetzt war, im englischen Original mit Umbertina entschlüsselt, indem sie gemeinsam Satz für Satz mithilfe des Wörterbuchs übersetzt hatten. Eine mühsame Arbeit, doch sie erinnerten sich so auswendig an beinahe jede Passage.

Der junge Graf knöpfte seinen Mantel um zwei Knöpfe auf, fischte zwei Münzen aus der Jackentasche und legte sie präzise nebeneinander auf den Ladentisch.

»Ich hätte da ein Anliegen«, machte er sich in den Schultern gerade, weiterhin ohne Margherita anzusehen.

»Es ist nur die schmale Feiertagsausgabe, das tut mir leid«, versuchte sie beflissen einer möglichen Reklamation vorzubeugen.

»Besser als nichts, nicht wahr, für einen einsamen Morgen?«

»Die Contessa Bianca ist nicht ...?«, fragte Margherita erstaunt. Seine Turiner Tante, das wusste sie, las, wenn sie in Treviso zu Gast war, die Zeitungen mit der gleichen Passion wie ihr Neffe.

»Ist gestern Nachmittag nach Genua ausgeflogen.«

Margherita antwortete nichts, die Familienangelegenheiten der Grafen Revedin hatte sie nicht zu kommentieren.

»Und deshalb, wie ich sagte, hätte ich ein Anliegen.«

»Ja bitte, Signor Conte?«

»Würden Sie mir die Freude machen, gegen Abend im Borgo Cavour vorbeizukommen?«

»Wir haben keine Abendausgabe heute, verzeihen Sie. Der Gazzetino macht entgegen dem Corriere heute noch Feiertag.«

»Ich weiß ja, ich meinte vielmehr auf ... eine Tasse Tee?«

»Eine Tasse Tee?«, entfuhr es Margherita sicherlich ungeschickt. Tee tranken im Kloster nur die Kranken.

Er schmunzelte, anscheinend fand er Tee ebenso langweilig.

»Einen Wermut dann vielleicht? Oder am besten ein Gläschen von unserem Cabernet Franc? Die erste Ernte nach dem Krieg. Sie fiel aus wie dieser Corriere«, brachte er die Zeitung in der ausgestreckten Rechten in Stellung wie ein Florett, »eher schmal.«

»Nun«, musste Margherita unvermittelt lächeln und sah ihn kurz direkt an. Er hatte nicht nur die warme Stimme, sondern auch die traurigen Augen ihrer Mutter.

»Gegen fünf?«

3

Margherita erzählte zu Hause nichts. Sie zog sich auch nicht um. Wahrscheinlich ging es um die Auslieferungszeit. Bisher hatte sie ihre Runde immer um die Piazza herum, dann die Via Ricatti hinauf und links durch den Borgo Cavour bis zur Porta Santi Quaranta begonnen, sie war also immer gegen halb neun Uhr früh im Palais Revedin.

Vielleicht wollte der Graf in Zukunft früher von zu Hause aufbrechen und brauchte den Corriere entsprechend zeitiger geliefert? Oder es ging um die Abendausgabe des Gazzettino?

Sie würde ja sehen.

Es war schon dunkel, als sie gegen fünf den Klosterhof kreuzte. Umbertina kam gerade aus dem Gewächshaus, wo sie über den Winter die Küchenkräuter und die Blumen für den Altar zog. Zum Glück fragte sie nicht, wohin Margherita ginge, sondern erinnerte sie nur daran, sie solle pünktlich zum Abendessen zurück sein. Der Neujahrstag war der Geburtstag der Oberin, und erstmals nach den langen, mageren Kriegsjahren, in denen man im Kloster die Versehrten von der nahen Piave-Front mitversorgt hatte, würde man ihn wieder mit dem traditionellen Fischessen feiern können.

»Um acht, verlässlich, bellezza«, warf Margherita ihr quer über den Hof zwei Handküsse zu.

Umbertina nahm sich selbst nie ernst genug, was sie unendlich sympathisch machte, was aber auch dazu führen könnte, dass sie ihr restliches Leben in den Mauern dieses Klosters zubringen würde. Sie war jetzt zwanzig und hatte ihren Sprachfehler nicht korrigiert. Sie schwieg lieber, als die harten Konsonanten konsequent zu trainieren.

Margherita nahm sich, wie sie aus dem Klosterportal in die Via Orsoline einbog, vor, das in diesem neuen Jahr zu ändern. Es müsste sich doch im Städtchen Treviso jemand finden lassen, der genau wie die Grafen Revedin mit dem in Mailand und Turin typischen Akzent sprach, in dem man die Konsonanten nicht verschluckte oder verschliff, sondern feierlich inszenierte?

Oder gar ein von Natur aus gut pronozierender Franzose, wie die Angestellten in ihrem Palais?

Sie müsste für Umbertina einen Lehrmeister finden, der des Französischen oder auch des Deutschen mächtig war, Sprachen, die die Konsonanten von Haus aus gut artikulierten.

Ab der Kreuzung mit der Via Ricatti ging sie den Borgo Cavour die linken Häuserfront entlang, unter den Arkaden, aus deren Geschäften und Lagerräumen noch etwas Licht aufs Trottoir fiel. Es war zwar kein Krieg mehr, und auch die Spanische Grippe war endlich überwunden, doch die Straßenbeleuchtung war noch genauso durchlöchert wie die Dörfer und Felder hin zum Piave-Fluss, an dem die Frontlinie gegen die Österreicher verlaufen war.

Wie sie gehungert und gefroren hatten über diese vergangenen fünf Winter!

Margherita schaute am Kutschermantel ihrer Mutter hinunter. Sie war nie füllig gewesen wie Lisetta, doch jetzt konnte man sie trotz ihrer Jugend abgemagert nennen. Ja, bis zum Gürtel des Mantels war da nichts, kein Bauch, kaum ein Busen. Und so konkav nach innen gewölbt sahen alle Schwestern und Gesindefrauen des Klosters aus.

Das neue Jahr 1920 müsste endlich ein gutes Jahr werden!

Nach dem fatalen Einbruch der Front von Caporetto, genauer gesagt dem 27. Oktober 1917 – Margherita erinnerte sich an die Titelseite des Corriere, als wäre es die von heute gewesen –, hatte der königliche Generalkommandant Luigi Cadorna gemeinsam mit dem damaligen königlichen Premierminister Orlando das gesamte Piave-Gebiet zum Kriegsgebiet erklärt und alle männlichen Bewohner zwischen fünfzehn und sechzig Jahren zum »Endeinsatz« eingezogen. Dieser »Bando Cadorna« war zum geflügelten Wort für ein zynisches Abschlachten von Unterernährten, Unausgebildeten und Krüppeln geworden. Darüber hinaus zum Synonym für eine breit angelegte Täuschung der Bevölkerung: Man begann den Kindern in der Schule zu erzählen, wenn die Österreicher und die Deutschen kämen, schlügen sie ihnen die Hände und die Füße ab.

Glücklicherweise hatte Margherita mit der Mutter und den Schwestern zumindest tageweise, wenn die Stadt bombardiert wurde, aufs Land nach Dosson fliehen können, wo sie bei Margheritas Malerfreund Ettore Tito und seiner Mutter Unterschlupf gefunden hatten.

Sie ging die Arkaden des Borgo Cavour bis zur Kreuzung mit der Via San Liberale, dann den Vorgarten der Kirche von Sant'Agnese entlang. Die Hofeinfahrt und die Beletage des Palais Revedin waren hell erleuchtet, und im Toreingang erwartete sie Jacques.

»Buona sera, Signorina«, sagte er in seinem gebrochenen Italienisch – und mit seinen herrlich kadenzierten Rs.

Jacques kannte Margherita, seit sie die Zeitungen austrug, also seit einem Dutzend Jahren. Er war, blutjung aus Paris hierher in die Provinz verschleppt, ursprünglich der Kutscher der Contessa Maria, der Mutter der zwei jungen Grafen Revedin, gewesen. Leider war diese, eine leidenschaftliche Dressurreiterin, schon in den ersten Jahren des Jahrhunderts während einer Fuchsjagd ihrer Cousins Visconti im lomellinischen Schloss Sartirana beim Sprung über den letzten Wassergraben der Jagdstrecke gestürzt und noch vor Ort ihren Verletzungen erlegen. Die gesamte Aristokratie Norditaliens war damals zu ihrem Begräbnis nach Treviso gekommen.

»Jacques, wohin?«, entgegnete Margherita betont trocken, sie wollte auf keinen Fall wie offizieller Besuch wirken.

»Nach mir«, schmunzelte Jacques. Er war gut zehn Jahre älter als sie, hatte sie aber seit dem ersten Tag, an dem sie die Zeitungen ins Palais geliefert hatte, immer empfangen wie eine gute Bekannte, nicht wie eine Lieferantin.

Wie jeden Morgen und jeden Abend ging Jacques ihr durch die Gewölbehalle des Toreingangs in den Innenhof voraus. Doch jetzt blieb er abrupt stehen, wie gebannt. Sein Blick wies auf ein Automobil, das Margherita hier noch nie gesehen hatte und das er im Laufe des heutigen Tages genau in der Mitte des Hofes geparkt haben musste, denn gestern Abend, zur Lieferung des Gazzettino, hatte hier noch das alte, das Vorgängermodell gestanden. Im hellen Widerschein der erst kürzlich elektrisierten Wandlaternen funkelte das schöne Gefährt wie ein in Weißgold gefasster sherryfarbener Topas.

Doch nein, in diesem Moment erinnerte sich Margherita an die Photographie auf der dritten Seite des Corriere von heute früh!

Es war die neue dekapotable Isotta Fraschini Tipo 8!

»140 Stundenkilometer«, zischte sie Jacques fachmännisch von der Seite zu.

»Acht Zylinder, in Reihe!«, zischte er zurück.

Der Wagen war in warmem Elfenbeinweiß lackiert, mit maulwurfbraunen, weit ausladenden Kotflügeln und hell herausstechenden Weißbandreifen. Das Verdeck war in sherryfarbener Stoffplane ausgeführt, ein Mittelweg zwischen dem Elfenbein und dem Maulwurfbraun des Chassis.

Ein Meisterwerk!

Margherita ertappte sich dabei, nicht diagonal durch den

Hof zum Treppenaufgang zu gehen wie sonst jeden Morgen und jeden Abend, sondern eine leichte Kurve zu diesem brandneuen Prachtstück zu machen. Jacques blieb derweil ein paar Schritte zurück und sah zu den Innenhoffenstern der Beletage hinauf. Margherita folgte seinem Blick und klar, da stand der junge Graf an der Fensterfront und blickte auf sie beide herunter, neugierig, wie Margherita auf diese neueste seiner Errungenschaften reagieren würde.

»Sollte diese Isotta Fraschini nicht erst im April ausgeliefert werden?«, zischte sie zu Jacques zurück.

»Es ist der Prototyp. Man hat in dieser Familie, wie Sie wissen, gute Beziehungen zur Turiner und Mailänder Automobilindustrie.«

»Wohin also, Jacques?«, fragte Margherita daraufhin so laut, dass es im ganzen Hof zu hören war.

»Nach mir, bitte, Signorina«, spielte er mit und ging ihr die weite Freitreppe hinauf voraus, um sie an der Eingangstür der Beletage Pierre, dem Butler, zu übergeben.

»Buon anno, Signorina«, begrüßte Pierre sie mit einem Diener und öffnete die Tür weit aufs Treppenhaus hinaus.

»Buon anno, Pierre«, entgegnete sie, etwas beschwingt von der kurzen Theaterszene mit Jacques.

Was sollte aus diesem Besuch hier werden?

Eine Art Demonstration des unbedingten Überlebensglaubens der italienischen Aristokratie vor einfachem Publikum?

Man hatte einen leichtfertigen Krieg geführt und Hunderttausende Opfer zu beklagen, das Volk hungerte seit Jahren, doch man leistete sich weiterhin eigentlich nicht leistbaren Luxus?

Im selben Augenblick, in dem Pierre die Tür hinter ihr schloss und ihr Hut, Mantel und Handschuhe abnahm, rief sie diesen Gedanken zurück. Sie stand in einer Eingangshalle, die einem Mausoleum glich.

An der Wand, die der Tür gegenüberlag, war ein mindestens

vier Meter langer Eichentisch aufgebaut, auf dem die lebensgroßen Photographien von Luigi und Ruggero Revedin, dem Bruder und dem Vater des jungen Grafen, sowie der Contessa Maria, seiner Mutter, alle mit Trauerflor versehen, standen. Die Mutter war verunfallt, als der junge Graf gerade volljährig geworden war, in den letzten beiden Kriegsjahren waren sein Bruder und sein Vater gestorben, der eine im Schützengraben, der andere hier, zu Hause, an einem Herzinfarkt. Wieder hatte, wie schon nach dem Tod der Mutter, die ganze Stadt an den Trauerzügen vom Borgo Cavour bis zur revedinschen Familiengruft auf dem neuen Friedhof am südlichen Stadtrand teilgenommen, denn jeden verband etwas mit dieser Familie. Man war Lieferant, Landarbeiter, Dienstnehmer, Berater oder genoss das Glück, von ihren großzügigen Förderungen in der Krankenpflege und im Schulwesen der Region zu profitieren.

Neben den Porträts standen in Großformat abgezogene Photographien aus den Leben der Verstorbenen, und jeder in der Stadt wusste, wer diese Photographien gemacht hatte. Sie zeigten die Mutter im Dressurreiterfrack mit Zylinder auf ihrem bildschönen Hannoveraner Schimmel beim ersten Grand Prix von Stockholm. Sie zeigten sie, wie sie ihre Calèche eigenhändig und in vollem Tempo über die Weinberge entlang dem Piave kutschierte, Luigi, ihren Jüngeren, lachend neben sich auf dem Kutschbock. Sie zeigten den Vater mit Vittorio Emanuele III. von Savoyen beim Rudern in der Lagune, auf Entenjagd in den Valli und beim Picknick im Garten des revedinschen Landguts im nahen Gorgo al Monticano. Sie zeigten schließlich den Bruder zu Pferd in Kavallerieuniform, mit seiner Braut beim Flanieren auf den römischen Hügeln und in Gehrock und Zylinder beim Hochzeitsempfang im Circolo della Caccia. Dann in Fliegermontur vor seiner zweimotorigen Caproni, in der er die Generalkommandanten Cadorna und Porro zu den Schlachten am Isonzo flog.

In Eichenholz gerahmt war das Telegramm des Königs zu Luigis tödlicher Verwundung an der Front von San Martino del Carso, gleich über Triest, am 9. April 1916: »Mein Bruder starb im Schützengraben für Königreich und Vaterland.«

Daneben, in einen leeren Spiegelrahmen eingefasst, die ihm posthum verliehene bronzene Medaille für Kriegsverdienste am purpurnen Band. Ein hochdekorierter Reiter und Flieger hatte banal im Schützengraben sterben müssen, genau wie Tausende, Hunderttausende seiner Landsleute.

»Ja, vor dem Tod sind wir alle gleich.«

Der junge Graf stand im Türrahmen zum Empfangssaal, und Margherita hatte ihn nicht bemerkt.

»Mein Beileid«, sagte sie umgehend, eine wahrscheinlich viel zu generelle Formel für diesen Verlust. Ihr gegenüber stand ein feinsinniger Junge, hochgewachsen und mit der fliehenden Stirn eines Vollblüters, dem nichts und niemand diese Mutter, diesen Vater und diesen Bruder ersetzen könnte.

»Meine Tante, mein Onkel und ich, wir müssen damit leben.«

»Die ganze Stadt steht Ihnen bei«, antwortete Margherita, »Sie wissen das. Und Ihre Photographien sind zauberhaft.«

»Danke. Ich bin ja hier im Haus seit jeher nur … der Künstler.«

Margherita stellte sich gerade vor ihn hin, wie er es getan hatte, als sie ein kleines Mädchen war, und bot ihm ihre Hand an, die er automatisch zum Handkuss nahm.

»Auf ein glückliches neues Jahr, wie Sie heute früh schon so schön sagten, Signor Conte! Traurige Jahre haben Sie zu Genüge erlebt.«

Er ließ sie in den Empfangssaal vorgehen, und Margherita blickte zum ersten Mal in die Wohnräume dieser illustren Familie. Sie waren farbenfroher, als sie angenommen hatte.

Er wies ihr den Weg. Sie durchschritten rechter Hand ein Schreibzimmer, ein Musikzimmer und kamen in der Bibliothek an, in der ein Kaminfeuer loderte. Neben dem Kamin stand ein silberner Servierwagen.

»Einen Wermut also?«

»Ich wüsste nicht …«

»Den französischen trockenen natürlich. Nicht unser italienisches Zuckerwasser!«

Margherita schaute sich die Flaschen auf dem Servierwagen an, die sie aus der Bar an der Piazza kannte. Neben einem Carpano, einem Cinzano und einem Martini stand da eine schlanke dunkelgrüne Flasche, auf die der Graf zeigte, die sie aber noch nie gesehen hatte. Das Etikett trug den Schriftzug »Noilly Prat«.

»Ein andermal. Ich liebe Ihren Landwein«, wich Margherita der Qual der Wahl aus.

»Also eine Karaffe vom frischen 1919er bitte, Pierre«, wandte sich der Graf zur Flügeltür des Musikzimmers zurück. Pierre war ihnen gefolgt, ohne dass sie es bemerkt hatte.

»Bitte nehmen Sie Platz, Margherita.«

Er nannte sie bei ihrem Vornamen, nicht bei den üblichen Kosenamen, die er ihr als junges Mädchen gegeben hatte, »panterina«, »bella bestia«, »occhi di smerlado« und dergleichen. Während sie abwog, ob sie das akzeptieren könnte, setzte sie sich auf das mit himmelblauer Seide bezogene Sofa vor dem Kamin.

»Sie müssen wissen, ich habe neben meinem nutzlosen Onkel Gualtiero, der seine Tage als Lebemann totschlägt, zum Glück mehr im sonnigen Süden, Rom, Neapel, Palermo, als hier«, dazu machte er eine Geste, die »weit weg von hier« bedeuten sollte, »eine Tante mit diesem schönen Namen.«

»Eine Margherita Revedin? Hatte Ihre Familie nicht immer Söhne?«

»Ja, tatsächlich«, setzte er sich ihr schräg gegenüber auf einen himmelblauen Hocker neben dem Kamin, »doch ganz selten entkommt uns auch ein Mädchen. Diese Margherita hat an den Gardasee geheiratet, leider in eine sehr konservative oder, sagen wir besser, krankhaft bigotte Familie. Landadel ist gefährlich, wissen Sie? Man hat sie regelrecht vor uns weggesperrt, denn sozialliberale Reformen, für die wir hier in Treviso stehen, sind ja eine nachweislich ansteckende Krankheit.«

Er sah sie von der Seite an.

War ihm bewusst, in welch vertrautem Ton er mit ihr sprach?

»Dann gab es auch noch eine Caterina Revedin«, fuhr er nach einem langen Moment der Stille fort, in dem sein Blick über die Bibliothek geschweift und an dem einen und dem anderen Buch hängengeblieben war, »aus der Generation davor. Sie spielte wunderbar Klavier und heiratete einen Ciani Bassetti von Schloss Roncade, ganz hier in der Nähe.«

»Castello di Roncade, der beste Cabernet Franc unserer Region!«

»Gleich nach meinem.« Das kam mit einer Geschwindigkeit, die ihn anscheinend selbst überraschte, denn Eigenlob war ja gar nicht seine Art. Entsprechend verdutzt musste er über diese ihm ungewohnte Allüre sein, er schüttelte den Kopf. »Nur sind, leider, Margherita, diese unsere Lagen, der erste Weinanbau im Veneto überhaupt, in den Kriegsjahren größtenteils verwüstet worden. Meine Weinberge, auf denen wir seit der Jahrhundertwende sowohl die Cabernet-Franc-Rebe als auch den uralten Pignolo anbauen, sind ein Schlachtfeld, Sie stellen es sich nicht vor! Und wer von den Ernteknechten nicht von Cadorna eingezogen wurde, denn der hat auch die allerjüngsten nicht verschont, den hat die Spanische Grippe vom letzten Frühjahr dahingerafft.«

In diesem Moment kam Pierre mit einer Kristallkaraffe und zwei himmelblau und sonnengelb, den Familienfarben der Revedin, geränderten Muranokelchen auf einem Silbertablett herein.

»Die Cuvée 1919«, sagte Pierre feierlich, während er ihnen einschenkte. Dann stellte er die Karaffe auf den Servierwagen zurück.

»Meine Tante Bianca hat mir einen Önologen aus Burgund geschickt, mit dem ich die Keltertechnik verbessere. Doch wie ich schon heute Morgen erwähnte«, schüttelte der junge Graf entschuldigend den Kopf und reichte ihr ihr Glas, »es ist ein magerer Jahrgang.«

4

»Zu Ihrem Anliegen, also?«, fragte Margherita sicher etwas unverfroren, doch sie war nicht gekommen, um hier Konversation zu machen. Das stand ihr nicht zu. Man stelle sich vor, die Contessa Bianca käme jetzt herein und würde sie beide am Kamin mit einem Glas Rotwein erwischen!

»Ach ja«, brachte er heraus.

Dann war wieder Stille.

Das Kaminfeuer warf heimelige Schatten auf die Wände der Bibliothek, und Margherita betrachtete, während sie auf eine Antwort wartete, die Bücherregale. Zu ihrer Überraschung waren hier neben den ledergebundenen Klassikern des vergangenen Jahrhunderts viele neue Werke der Jahrhundertwende in simplen Papiereinbänden gereiht. Dazu eine große Sammlung von Schellackplatten, die die gesamten unteren drei Bücherborde belegten.

»Sie lieben Musik?«, entfuhr es ihr.

»Lieben?«, sagte er tonlos. »Ich lebe für die Musik.«

»Ich auch.«

»Haben Sie gesehen? Maud Powell spielt heute Abend das Beethoven-Violinkonzert in Genua.«

»Natürlich. Warum gehen Sie nicht hin?«

»Ach.«

»Was ach?«

»Wie viele epochale Ereignisse denn noch? Sie kommt, wenn alles gut geht, ohnehin morgen hierher. Denn in diesem Haus scheinen die illustren Zeitgenossen einander ja die Klinke in die Hand zu geben. Mein Großvater Luigi, königlicher Senator und Agrarreformer, verlobte sich hier mit der venezianischen Dogentochter Elena Correr. Unser damaliger König Vittorio Emmanuele II. war sein ständiger Hausgast. Mein Vater Ruggero lud hier regelmäßig seine Entwicklungspartner der venezianischen Industrie, Piero Foscari, Giuseppe Volpi und Vittorio Cini ein. Mein Bruder Luigi verlobte sich hier mit der römischen Gräfin Elisabetta Bruschi, seine sämtlichen Dragoner-Kollegen des 1. Nizza-Regiments salutierten, beritten, zum Zapfenstreich unten im Innenhof dazu. General Cadorna etablierte hier gleich darauf im Frühjahr 1916 die Frontkommandantur der letzten Kriegsjahre und traf sich in dieser Bibliothek mit den alliierten Kommandanten Foch und Robertson zu den Vorgesprächen zum Waffenstillstand von Compiège. Gar nicht zu reden von meinem Großonkel Francesco …«

»Dem Träumer der Villa Revedin in Castelfranco?« Der Conte Francesco, ein Pferde- und Gartenverrückter, war der Held von Umbertina.

»Ahhh, im Volksmund nennt man ihn also einen Träumer?«

»Verzeihen Sie.«

»Gar nicht! Sie werden recht haben! Einer, der sich eine immense Villa und einen acht Hektar großen Park im englischen Stil, damals der letzte Schrei, mit maurischem Teepavillon, chinesischer Pagode und venezianischem Bootshaus für einen einzigen Nutzer, nämlich sich selbst, von Giambattista Meduna, immerhin dem Architekten der venezianischen Fenice, und dem begnadeten Landschaftsarchitekten Antonio Caregaro Negrin anlegen lässt, kann nicht ganz normal sein.«

»Doch da waren seine Rennpferde?«, wusste Margherita von Umbertina. »Im Park soll es ja ein kreisrundes Amphitheater für das tägliche Training dieser schönen Tiere geben, von Statuen griechischer Philosophen umstellt, genau wie am Prato della Valle in Padua.«

»Ja, man muss ihm vergeben, solch einen Pferdezirkus hat die Welt noch nirgendwo gesehen. Er war vernarrt in seine Vollblüter.«

»Und, ist das nicht wunderbar? Diese Pferde wären heutzutage Ihre Automobile.«

Er atmete hörbar aus. Sicherlich hatte er erwartet, dass Margherita einen Bonvivant wie seinen Großonkel Francesco auf das Heftigste verurteilen würde.

»Die Boxen und Heuraufen und Trinktröge und Sattelhalter seines Marstalls ließ er von den Brüdern Thonet in Wien fertigen.«

»Nun ja, genau wie Sie sich die allererste 8er Isotta Fraschini in Mailand fertigen lassen. Ein Traum übrigens, das neue Cabriolet …«

»Sicher übertrieben in Zeiten wie diesen.«

Margherita schwieg. Sie hatte schon viel zu viel gesagt.

»Sagen wir so«, hob er sein Glas, »die letzte Hoffnung sind doch immer noch … wir Menschen?«

Sie stießen an.

»Natürlich, wir Menschen. Eine Maud Powell, die heute Abend, obschon nicht in bester gesundheitlicher Verfassung, in Genua spielt«, antwortete Margherita.

»Haben Sie den Artikel von heute Morgen gelesen? Und die letzten Worte ihres Interviews, wo sie sagt, dass sie am Neujahrsabend nach den letzten zwei Strichen des dritten Satzes mit Freuden sterben könnte?«

»Ich habe Gott gebeten, dass sie diesen Satz zurücknähme.«

»Sie haben Gott gebeten?«

»Ja.«

»Man kann Gott um etwas bitten?«

»Ich rede mit ihm, ganz einfach.«

»Sie reden mit ihm, ganz einfach«, wiederholte er und nahm einen weiteren Schluck. »Pierre?«

Pierre erschien in Sekundenschnelle in der offenen Flügeltür des Musikzimmers.

»Gibt es in diesem Haus nicht ein Häppchen zu essen? Es ist der Neujahrsabend!«

»Einen frisch gemachten Croque Monsieur, Monsieur?«

»Unbedingt!«

Jetzt fuhr der Graf zu Margherita gewandt fort: »Sie sind also gläubig.«

»Ich glaube an Gott, ja. Aller allzu katholischer Firlefanz aber, die Heiligen, die Dogmen, die Beichte und so weiter, ist mir suspekt.«

»Ein Glück!«

»Warum das?«

»Meine Mutter und meine Tante sind mütterlicherseits aus hugenottischer, also protestantischer Familie, so wie ja auch die Mutter des Königs, Elisabeth von Sachsen, deren Hofdamen sie waren. Meine Tante Bianca fand die bigotte römische Familie meiner Schwägerin, der jungen römischen Frau meines Bruders Luigi, äußerst lästig.«

»Pace all'anima sua, möge die Seele Ihres Bruders in Frieden ruhen«, rutschte es Margherita automatisch heraus.

»Ja, natürlich.«

Es stellte sich wieder ein langer Moment des Schweigens ein, in dem nur das Knistern des Kaminfeuers zu hören war.

»Mein Anliegen also, cara panterina«, begann der junge Graf und rutschte dabei auf die vorderste Ecke seines Hockers.

Es war klar zu erkennen, dass er sich konzentrieren musste.

»Wissen Sie, ich habe von klein an eine Behinderung beim Sprechen. Während Sie hier sitzen und sich denken, der junge Graf in seiner Schmuckschatulle, der macht sich bestimmt über mich lustig, muss ich jedes Wort auf die Goldwaage legen. Ich habe ein Problem mit den harten Konsonanten, dem R, dem S, dem T, dem C.«

»Sie stottern.«

»Wenn man es so sagen will.«

»Genau wie meine kleine Schwester.«

»Die entzückende Umbertina, die die Zeitungen rund um die Piazza dei Signori austrägt?«

»Genau.«

»Sie spricht nie ein Wort. Sie schaut einen nur an.«

Der junge Graf wurde nachdenklich, anscheinend erinnerten ihn Umbertinas Verhaltensweisen an seinen eigenen Kampf gegen diese angeborene Schwäche.

»Doch dafür sind Sie umso liebenswerter!«, entfuhr es Margherita unbedacht.

»Sie? Sie könnten mich doch duzen?«

»Niemals!«

»Sie könnten mich Nino nennen, wie alle in der Familie. Antonio scheint ein zu selbstbewusster Name, Nino entspricht meinem Naturell.«

»Das ist wahr. Nino ist zärtlich, das steht Ihnen gut.«

»Dann darf ich Ihnen jetzt mein Anliegen vortragen? Werden Sie meine Frau?«

Margherita antwortete, ohne nachzudenken, während Pierre mit einem Tablett duftender Croque Monsieurs durch die Flügeltür schritt: »Ihre Frau? Sind Sie wahnsinnig, Signor Conte?«

»Das mag sein.«

Pierre musste nahe der Tür stehen geblieben sein, doch der Graf winkte ihn heran:

»Kommen Sie Pierre, wir besprechen hier keine Geheimnisse. Meine Tante liegt mir seit Jahren in den Ohren, endlich zu heiraten. Ich bin ja mit meinen sechsunddreißig Jahren schon ein alter Mann, dann kommen meine Schüchternheit und mein Sprachfehler dazu, schlussendlich mein wenig belastbarer Kreislauf ... Oder warum, glauben Sie, Margherita, hat man mir eine Politikerkarriere erspart?«

»Die hätte Ihnen aber gelegen«, sprach Margherita weiter, weil sie sah, dass er seinem Bediensteten voll zu vertrauen schien, »Sie wären der perfekte Nachfolger Ihres Großvaters Luigi geworden, der Statthalter Franz Josefs I. für das gesamte Venezien und, wie man sich erzählt, auch der Vertraute der Kaiserin Sissi.«

»Ja, der alte Luigi hätte uns in den vergangenen Jahren womöglich Hunderttausende Gefallene erspart.«

Pierre servierte die Croque Monsieurs perfekt mundgerecht als ein paar Zentimeter breit geschnittene Toaststreifen auf Porzellantellerchen mit blauem und gelbem Rand, dazu fein gebügelte Leinenservietten mit farbig gesticktem Wappen: die blaue Diagonale mit dem Turm von Ferrara, wo einst der größte Landsitz der Familie lag, auf gelbem Feld, darüber rot der Löwe von Venedig.

»Ihr Vater war kein solcher Diplomat?«

»Der war Geschäftsmann, ein Draufgänger wie mein Bruder. Aber gut«, blickte er brav an die Decke, in Richtung Himmel, »lassen wir sie ruhen.«

Margherita kostete den Toast, denn was sie hier erlebte, war ja nicht die Wirklichkeit, sondern ein köstliches Theaterstück. Der Erbe einer der größten Familien ihrer Region hatte sie gerade gefragt, ob sie seine Frau würde.

Eine mozartsche Farce!

Gleich käme der Hofnarr herein und würde sich einen Schalk aus der Situation machen, denn die wirkliche Verlobte des jungen Grafen, eine Hochwohlgeborene vom Turiner Hof oder einem der benachbarten deutschen oder französischen Hochadelshäuser beträte die Bühne …

Der Duft von warmem Gruyère war unwiderstehlich, Margherita trank noch einen Schluck und stellte dann ihr Tellerchen und ihr Glas wieder auf den Beistelltisch.

Sie müsse jetzt gehen.

»Nein, bitte bleiben Sie noch etwas. Jacques kann Sie nachher nach Hause bringen, es ist ja schon dunkel draußen und eiskalt!«

»Ich kenne den Weg«, sagte sie trocken, und der junge Graf sandte ihr einen ertappten Seitenblick, natürlich, sie ging diesen Weg jeden Morgen und jeden Abend allein, seit sie ein junges Mädchen war.

»Es geht also nicht um die Zeitungen?«

»Warum um die Zeitungen? Nein, Margherita, es geht um uns.«

Da war es wieder, sein unendlich fernes Lächeln. Es hatte jetzt eine Nuance an Traurigkeit mehr.

Meinte er sein »Anliegen« wirklich ernst?

Und hatte er verstanden, dass sie kategorisch ablehnen würde?

»Eine vollkommen verrückte Idee, Signor Conte! Kein Mensch würde sie Ihnen erlauben, und das wissen Sie genau!«

»In der Familie bleibt, außer meinem Onkel Tunichtgut, doch nur noch meine Tante Bianca. Und die fragt ständig nach Ihnen.«

»Ach?« Jetzt nahm Margherita ihr Glas doch noch einmal in die Hand.

»Sie sieht Sie ja jeden Tag, wenn sie hier zu Besuch in Treviso ist, und seit Jahren erzähle ich ihr dann beim Abendessen von Ihren treffenden Kommentaren. Seit einiger Zeit fragt sie mich schon gezielt: ›Was sagt das schöne Kind zum König? Was sagt das schöne Kind zu Mussolini? Was zur Schulpolitik? Liebt das schöne Kind Musik? Gefiele ihr das Violinkonzert in Genua?‹«

»Das hört sie nicht etwa heute Abend?«

»Selbstverständlich.«

»Ach! Dann ist sie es, die Maud Powell morgen mit hierherbringt?«

»So ist der Plan, allein erzählte mir mein Cousin Visconti,

der den Freundeskreis des Teatro Carlo Felice leitet und die Überfahrt aus Amerika arrangiert hat, sie könnte vielleicht gar nicht auf der Höhe sein.«

»Das tut mir leid.«

»Sie hat es am Herzen, genau wie ich.«

»Sie sehen blendend aus für einen Herzkranken!«

Er verharrte einen langen Augenblick ohne irgendeine Bewegung, als hätte man ihn eingefroren. Dann begann er zu lachen, ein zuerst ersticktes und sich dann befreiendes, glucksend dahinrollendes Lachen, er hörte gar nicht mehr auf damit!

Dieser immer ernste junge Herr, der viel älter wirkte, als er eigentlich war, konnte genauso leidenschaftlich lachen wie Umbertina. Seine hohe Stirn legte sich in Denkerfalten dabei, und er wirkte plötzlich lausbubenhaft, ja verschmitzt wie ein Zehnjähriger.

»Sie würden mir so guttun, Margherita«, brachte er einen Satz heraus, während sein Lachen zu einem warmen Kichern wurde.

Margherita konnte nichts antworten, so sehr entwaffnete sie der Anblick.

Womöglich hatte dieser Mensch seit Jahren mit niemandem mehr gelacht!

»Und überhaupt, wohin ziehen wir denn?«, kicherte er weiter.

»Nach Venedig natürlich«, gab sie sich einen Ruck und spielte mit.

»Wie angenehm, da habe ich schon ein Palais. Und wohin reisen wir?«

»Nach Paris.«

»Das wäre die Idee meiner Tante Bianca, en faite. Ein halbes Jahr Paris vor der Hochzeit. Sie würden von ihrer Freundin unter die Fittiche genommen, um die Sprache, die Kunst, die Couture zu erlernen.«

»Und die Musik?«, wagte Margherita zu ergänzen. Die ganze Unterhaltung war schon derart verrückt, dass diese kleine Frechheit nichts mehr ausmachte.

»Die Freundin meiner Tante ist die Mäzenin Picassos, aber ebenso die von … Strawinsky.«

»Nicht etwa die fabelhafte Chilenin aus dem Corriere-Artikel von heute früh?«

»Doch.«

Es blieb nichts mehr zu sagen. Diese ganze Szene träumte sie. Margherita stand auf.

»Bitte! Ich bitte Sie!«

»Danke für Ihre freundliche Einladung, Signor Conte.«

»Ich bin ungeschickt, ich weiß. Ich habe Sie verunsichert.« Er erhob sich umgehend und stellte sich vor sie.

»Sie verunsichern sich selbst mit dieser Träumerei, die niemals Wirklichkeit werden wird.«

»Sie denken mindestens darüber nach?«

»Nachdenken fällt mir nicht schwer.«

»Gut. Und ich wünsche es mir inzwischen. Wissen Sie, Margherita, Gedanken machen die Wirklichkeit.«

»Da gebe ich Ihnen recht, Signor Conte.« Margherita nahm, sie wusste nicht, aus welchem Antrieb heraus, jetzt seine beiden Hände. Er hatte kühle Hände, wie jemand, der sich tapfer aufrecht hält, aber innerlich erschöpft ist.

Als sie weitersprach, änderte sich ihr Tonfall ohne ihr Zutun. Es war etwas um diesen Menschen, das sie sich reifer fühlen ließ, als sie vielleicht war: »Ich in meinem bescheidenen Leben, Signor Conte, glaube fest an die Kraft der Gedanken. Doch man muss sich einfache Wünsche wünschen, erreichbare Wünsche, keine Hirngespinste.«

»Sehen Sie? Ist das nicht ein guter Beginn zwischen Ihnen und mir?«

»Das wird zu besprechen sein.«

Er hatte sich wieder im Griff. Sie könnte jetzt seine Hände loslassen, sich umwenden und gehen.

»Morgen früh?« Sein Lächeln war zurück.

Margherita schwieg, doch ihre Augenlider nickten dazu.

»Ich kann es kaum erwarten«, beschloss er kaum hörbar.

Margherita verließ das Palais mit verhaltenen Schritten, es kam ihr vor, als trüge sie etwas in sich, das beim Herkommen noch nicht da gewesen war.

War das so, wenn eine Hoffnung entstand? Eine Idee? Eine Vision?

Sie dürfte sie nicht ernst nehmen, denn vielleicht war der mozartsche Traum morgen früh ja ausgeträumt.

5

Am Morgen des 8. Januar 1920 erlag Maud Powell tatsächlich in ihrem Haus in New York einem Herzinfarkt. Sie war nicht mehr zum geplanten Neujahrsauftritt nach Italien gereist, und der Abend im Carlo Felice in Genua war abgesagt worden.

Am Morgen des 9. Januar erschien die Nachricht in allen Feuilletons.

Ihre Einspielung des Beethoven-Violinkonzerts von 1909 mit den New Yorker Philharmonikern unter Gustav Mahler wurde aber kurz darauf in memoriam auf einem Grammophon nachgehört. Zwar in ungleich bescheidenerem Rahmen, doch dafür vor mindestens ebenso begeistertem Publikum.

Die Oberin der Ursulinen von Treviso lud ihre vollzählige Glaubensgemeinschaft aufgrund dieser Nachrichten kurz entschlossen am Samstag, dem 10. Januar, zu einem Neujahrsempfang ein. Es war der erste festliche Empfang im Kloster nach den finsteren Kriegsjahren, und die außergewöhnlichen Gäste bei diesem Hauskonzert waren die Contessa Bianca und ihr Neffe Nino.

Bei Beethovens zweitem Satz hatte jeder der Anwesenden mit den Tränen zu kämpfen, vor allen anderen aber die zwei gräflichen Besucher. Die Trauer in jener Familie, es war mit bloßem Auge sichtbar, war noch längst nicht überwunden.

Nach den letzten zwei Geigenstrichen des Schlussakkords am Ende des dritten Satzes stand die Contessa Bianca auf, dann Nino und nach und nach alle, die das Interview von Maud Powell im Corriere della Sera vom Neujahrstag gelesen hatten, und applaudierten im Takt des eben verstummten Orchesters weiter. Es klang wie ein Schwarm majestätischer Schwäne, wie er sich langsam, auf breiten Schwingen, aus den Wassern des Sile erhob.

Eine allgemeine Erleichterung machte sich bei diesem getragenen Applaus im Saal breit. Maud Powell war tot, Gustav Mahler war tot, zwei der drei Grafen Revedin waren tot und so viele andere, auf die diese kleine Neujahrsversammlung sich besinnen konnte. Der Tod war präsent, jeden Tag, jede Stunde, doch hier und heute waren ein paar Überlebende versammelt, die ihrer Toten in Liebe gedachten.

Im Laufe des Empfangs nach dem Konzert hielt Nino tatsächlich um Margheritas Hand an. Er hatte seine Absichten ab dem Morgen des 2. Januar, als Margherita die Zeitung brachte, wiederholt, und ab dem Morgen danach hatte sie begonnen, diese auch wirklich ernst zu nehmen.

Nachdem die Oberin ihre Einladung zum Neujahrsempfang ausgesprochen hatte, hatte Margherita ihrer Mutter gestanden, was dieser Abend für sie alle bedeuten könnte, und die Mutter hatte für diesen unerwarteten Anlass noch in derselben Nacht endlich einmal ein Kleid für sich selbst genäht. Sie hatte einen schmalen, kostbaren Restballen silbergrauer Atlasseide dafür zugeschnitten, und das dreiviertellange Cocktailkleid, für dessen Couture sie keinen Quadratzentimeter Stoff verschenkt hatte, ließ die Mutter am Abend darauf selbst ohne Schmuck oder frische Coiffure unangefochten neben der Contessa Bianca bestehen. Margherita war stolz auf sie. Sie saß dem jungen Grafen, der sich zu ihr herunterbeugte, gegenüber wie eine Königinmutter und antwortete auf seinen Antrag nichts anderes als: »Magari.«

Ein zauberhaftes, ein unübersetzbares italienisches Wort, das ein »Schön wäre es« weit übertraf.

Bei diesem »Magari« wurde es still im Saal. Eine erwartungsvolle Stille, denn keine wusste, was jetzt geschehen würde.

War das »Magari« ein gutes Omen, eine Hoffnung, die eine Mutter für ihr Kind aussprach?

Oder war es eine Warnung?

Warnte sie Nino, diese Hoffnung, die sie selbst und ihr Kind in ihn setzten, niemals zu enttäuschen?

In die Stille und in Margheritas Gedanken hinein wandte sich Nino zu ihr, griff in seine rechte Westentasche und zog einen fein gearbeiteten Smaragdring heraus. Er bat um ihre linke Hand und steckte ihr den Ring an den kleinen Finger:

»Verzeih, panterina, dass dieser Verlobungsring meiner Mutter für den kleinen Finger gefertigt wurde. Sie war Reiterin, wie du weißt. Ein Ring am Ringfinger, durch den die Zügel laufen, hatte bei ihr keine Chance.«

Der Ring war einen Hauch zu groß, er drehte sich locker um ihren Finger und drohte wegzugleiten. Margherita müsste achtgeben, ihn nicht zu verlieren.

Waren diese Verbindung und dieses neue Leben vielleicht einen Hauch zu groß für sie?

So groß, dass man beide leicht verlieren könnte?

Um sich zu beruhigen, betrachtete sie das Strahlen der vier in Weißgold gefassten Sternsmaragde im Glanz der sie umrahmenden Brillanten.

»Tatsächlich hat dieser Ring erst heute seine berechtigte Besitzerin gefunden«, ergänzte Nino in ihre Gedanken hinein. »Maria, meine Mutter, hatte jadegrüne Augen. Doch du, mein schönes Tier ...«

Die Contessa Bianca stand von ihrem Platz auf und trat neben sie, nahm den Kugelring aus Brillantsplittern, den sie an ihrer eigenen Linken trug, vom kleinen Finger und steckte ihn zum Ring an Margheritas Hand:

»Damit diese Liebe hält, Kindchen, und nicht leichtfertig

verloren geht«, sagte sie bestimmt und Margherita spürte, ohne hinzusehen, dass ihr Ring passte wie maßgefertigt.

Er würde den anderen in seiner Position halten.

Kein Hauch von ihrer Sympathie, ja ihrer Empathie für Nino, die zu Liebe werden könnte, könnte so je weggleiten oder verloren gehen!

»Dies ist mein einstiger Verlobungsring, und mein Mann, der ein Humanist war, pace all'anima sua, ist sicher einverstanden, dass du ihn weiter trägst. Schau her, mein schönes Kind, es ist ein winziger Globus aus Diamanten. Er erinnert uns daran, dass die Welt rund ist. Zu jeder Ansicht gibt es eine Gegenansicht, zu jedem Weltbild ein Gegenbild.«

Über Margheritas Schultern hinweg sah die Contessa direkt in die Augen ihrer Mutter, und dieser Blick glich einem stillen Einverständnis.

In das lange Schweigen, das diesem Moment folgte, sagte Umbertina, die sonst nie sprach, einen ebenso langen Satz.

Sie stand auf und zitierte aus wer weiß welcher Intuition heraus ganz bedacht und kadenziert die Sätze aus Joseph Conrads *Youth*, die ihnen beiden vor Jahren zur Lieblingspassage geworden waren. Dabei deklamierte sie den gesamten Absatz im englischen Original ohne einen einzigen Konsonantenfehler:

»It was January, and the weather was beautiful – the beautiful sunny winter weather that has more charm than in the summer-time, because it is unexpected, and crisp, and you know it won't, it can't, last long.«

Vor dem folgenden letzten Satz des Zitats legte sie eine Pause ein und kam einen Schritt auf Nino, der zwischen seiner Tante und ihrer Mutter stand, zu. Ihr Tonfall verwandelte sich wie von langer Hand geplant von »Rezitation« in »Appell«:

»It's like a windfall, like a godsend, like an unexpected piece of luck.«

Die Stille im Saal hielt an. Denn auch hier: Sprach Umbertina eine Hoffnung aus?

»Es ist wie ein Geschenk, ein Segen, ein unerwartetes Stück Glück.«

Oder doch den Zweifel an einer derart gewagten Liebe in schweren Zeiten, nach den grauenvollen Verlusten des Krieges?

»Es ist unvorhergesehen, und du weißt, es wird nicht dauern …«

Sah Umbertina diese Liebe als Lichtblick?

Oder als fatalen Fehler?

Conrad zumindest hatte in seinem *Youth* die Dimension des Zweifels ins Prinzip der Hoffnung überführt, das der Intensität jedes Gefühls mehr Wertigkeit gab als der Form oder der Dauer: »Es ist wie ein Geschenk, ein Segen …«

Vielleicht wollte Umbertina genau das sagen: Wage es, Margherita, trotz all des Grauens, das geschehen ist!

Nach einem Augenblick des Nachsinnens applaudierte die Contessa Bianca der couragierten Umbertina als Erste, dann ihr Neffe Nino, dann die ganze versammelte Klostergemeinschaft.

Ganz besonders lang, konnte Margherita beobachten, applaudierte Jacques, der die Contessa chauffierte und sie über die langen Stunden dieses Neujahrsempfangs jederzeit dienstbereit an der Tür des Refektoriums erwartet hatte.

6

Am Tag nach dem Neujahrskonzert hatte Margherita Gelegenheit, nicht nur Nino, sondern auch seine Tante bei einem ausgedehnten Mittagessen im Palais Revedin am Borgo Cavour besser kennenzulernen.

Und wenn schon Nino ein Geschenk war, welches »Stück Glück« war diese Frau!

Nino hatte eine solche erste längere Begegnung gut vorbereitet, indem er Margherita schon am Vormittag beim von Jacques in der Eingangshalle servierten Zeitungskaffee in die Lebensgeschichte seiner Tante eingeweiht hatte: Seit einem guten Jahrzehnt war sie verwitwet und hatte, kinderlos, wie ihre Ehe geblieben war, die Kinder ihrer Schwester angenommen, als seien es ihre eigenen. Nach Luigis Tod im Schützengraben blieb ihr heute nur noch er selbst. Und sie bestehe darauf, dem Brautpaar ein Landhaus in der Nähe von Venedig zur Hochzeit zu schenken, denn sie erwarte sich für die beiden ein »gesundes Familienleben«, wie er sie zitierte, keine »Lagunentristesse«.

Beim Aperitif zu diesem ersten Mittagessen im Palais Revedin erzählte die Contessa Bianca dann zunächst mit überraschend trockenem Humor von ihrer Schwester Maria: »Die arme Maria hat man vor vierzig Jahren durch die Heirat mit dem Conte Ruggero, deinem zukünftigen, leider schon verstorbenen Schwiegervater aus der königlichen Residenzstadt Turin aufs tiefste Land gescheucht. Und hier angelangt, hat sie umgehend beschlossen, sich an keinem einzigen Tag mit dem ›mit seinem eigenen Untergang befassten Dorf Venedig‹, wie sie zu sagen pflegte, zu befassen.«

»Meine Mutter hat die Stadt und die ›Dogenkomödien‹, die sich in ihren Palazzi abspielten, gemieden, wo sie nur konnte«, bestätigte Nino. »Das Dörfchen Treviso war zwar ein noch viel kleinerer Ort als die ehemalige Königin der Meere, doch immerhin ein ›gesundes Dorf‹, wie sie gern sagte, zwischen Wiesen und Weinbergen und an einem so ruhig dahinfließenden Fluss gelegen, der sich aus heilenden Quellen nährt.«

»Dem Sile«, bestätigte Margherita. Sie liebte diesen Fluss.

»Man muss sich das vorstellen«, war die Contessa Bianca ganz bei ihr, »ein heilender, immer pegelgleicher, ganz gelassen dahinziehender Fluss, der so zahlreiche Quellen hat, dass er sozusagen nirgendwoher kommt, einen ganzen Landstrich nährt und dann geruhsam ins Meer abfließt.«

»Ich liebe den Sile«, sagte Margherita leise.

»So wie Maria! Ihre Reitwege gingen am Sile entlang, von Dosson aus der Stadt hinaus über die Felder nach Casier und dann auf den begrünten Silewällen bis hinunter in die Lagune. Manchmal, wenn ich zu Besuch war, fuhr ich mit den Kindern in der Calèche hinterher, und wir sammelten sie in Portegrandi wieder auf.«

»Bei den Bauern vom Gut Le Trezze gab es dann Polenta mit Spiegelei. Im Herbst mit dampfendem Pilzragout … unvergesslich!«, schwelgte Nino kurz in Kindheitserinnerungen. Seine Stimme, merkte Margherita, wurde weich, wenn er von seiner Mutter sprach.

»Sie hat sich in Treviso und im hiesigen Umland also gut eingelebt«, fuhr er fort. »Ihren Mann hat sie bei seinen bahnbrechenden Investitionen in eine moderne Infrastruktur und die Ansiedlung erster Industrieunternehmen von hier aus unterstützt. In der damals noch vollkommen unterentwickelten Region Venezien war, wie sie immer sagte, ja ›alles zu tun‹.«

»Und für dieses ›alles zu tun‹ hat sie sämtliche unserer verwandtschaftlichen Beziehungen zum Königshaus, mich eingeschlossen, eingesetzt«, schmunzelte die Contessa Bianca über den Tisch.

»Mein Vater«, erklärte Nino, was Margherita schon wusste, »hatte ja 1905 die SADE, Società Adriatica di Elettricità, eines der ersten Energieunternehmen Norditaliens, gegründet und im Palais Balbi am Canal Grande angesiedelt. Dieses Unternehmen hatte zum Auftrag, die ländlichen Regionen und ihre Städtchen mit elektrischem Strom zu versorgen, gleichzeitig war sie aber der erste Baustein des neuen Industriehafens Marghera.«

»Ruggero hatte drei Geschäftsfreunde aufgetan«, kannte sich die Contessa Bianca genau aus, »mit denen er den neuen Hafen auf den ehemaligen Marchfeldern unterhalb des Städtchens Mestre ansiedelte. Denn dieser Hafen legte ein ganzes Feuchtgebiet trocken, in dem vormals die Malaria und die Cholera grassierten … Nino, was hieß Marghera nochmals in Eurem Dialekt?«

»Mare c'era', hier war einstmals Meer«, hatte Margherita die Antwort parat.

»Genau, danke, Kindchen! Piero Foscari, Giuseppe Volpi und Vittorio Cini, Ruggeros Gründungspartner, die heute ja weiterhin Ninos Partner sind, haben dann für die folgenden Betriebsansiedlungen weitere Unternehmer und eine Handvoll aufgeschlossener Aristokraten aus ganz Norditalien nachgeholt.«

»Die ›venezianische Gruppe‹«, bestätigte Margherita und sah Nino an, der zufrieden nickte.

Hatte er Zweifel gehabt, ob sie bei einer Gesprächsrunde wie dieser mithalten könnte?

Hatte er gefürchtet, sie zöge sich zurück, ja verbarrikadiere sich in Unsicherheiten?

»Von dieser Gruppe stammten aber nur Piero Foscari, mein Vater und ich selbst aus Venedig«, warf er mit dem weichen Lächeln ein, das Margherita nur von ihren Morgenkaffees unten im Eingangshof kannte. »Volpis Familie kam ja ursprünglich aus Bergamo, Cinis Familie aus Ferrara.«

»Deswegen hat man dich ja wohl auch bald zum Stadtentwickler von Venedig gemacht«, lachte die Contessa Bianca, erhob sich und bat die beiden zu Tisch.

Pierre servierte duftende Trüffeltagliatelle und verabsäumte nicht, die ersten weißen Trüffel der Saison anzupreisen, die die Contessa Bianca aus Alba mitgebracht hatte.

Nach den ersten umwerfenden Happen begann Nino, Margherita die bisherigen Familieninvestitionen zusammenzufassen. Er tat das in dem Ton, in dem man mit einem Geschäftspartner oder Vertrauten spricht, den man schon lange kennt und mit dem man noch viel vorhat.

Die Contessa Bianca hörte ihm, das konnte Margherita deutlich sehen, mit wachsender Freude zu.

Nicht nur habe also sein Vater die SADE als Motor für die Entwicklung eines besseren Lebensstandards in den ländlichen Regionen einsetzen wollen, sondern auch als Geldgeber für eine weitere Vision: Man strebte zu Beginn des neuen Jahrhunderts an, ein elegantes internationales Publikum nach Venedig zu holen, damit sich die Stadt, die im politischen wie wirtschaftlichen Niedergang der letzten zwei Jahrhunderte unaufhaltsam verfallen war, aus eigenen Kräften renovieren könnte. Dafür hatte er sich mit seinen drei Partnern neue Arten von Tourismus erdacht. Zunächst den Kurtourismus, nämlich Jod-Kuren für Lungenkranke am Lidostrand. Dazu war das desolate Inselkrankenhaus abgerissen und eine fortschrittliche Kurklinik, das Ospedale al Mare, am Nordzipfel des Strandes mit Blick auf die istrische Küste erbaut worden.

Die neue, betuchte Klientel kam aus Deutschland, Österreich, der Schweiz, England und Frankreich, ja sogar aus Russland und Amerika, nur leider beschränkten sich die Ausgaben, die diese Gäste in der Stadt ließen, auf ein paar Übernachtungen für Familienangehörige in den neu erbauten Hotels Des Bains und Excelsior und spärliche Limonadenrunden in den Cafés am Gran Viale.

»Kranke Menschen feiern wenig und bleiben am Abend für gewöhnlich zu Hause«, umriss die Contessa Bianca das köstlich, »also brauchte man auch ein Angebot für die mittlere, ausgeh- und konsumfreudige Altersschicht. Und zwar ...«

»Den Kulturtourismus«, musste Margherita nicht lange nachdenken.

»Dazu hat man im vom Schiffbau verwaisten Arsenale der Giardini die Kunstbiennale zeitgenössischer Malerei und Skulptur gegründet«, bestätigte Nino. »Doch, und das ist heute die Frage, können sich um diese Kunstbiennale herum nicht auch weitere, durch und durch zeitgenössische Kunstrichtungen etablieren?«

»Musik? Tanz? Theater?«, zählte Margherita ihre Lieblingsdisziplinen auf.

Da Nino nicht antwortete, sondern sein Besteck kurz auf den Teller legte und beide Hände zu einem »Warum nicht?« in die Luft hob, wagte sie noch eine Disziplin mehr: »Gar das neue Medium Film?«

»Der Krieg hat diese Entwicklung verzögert, Kindchen, doch jetzt scheint die Zeit reif«, nickte die Contessa Bianca dazu.

»Die Zeit, ja. Aber auch die Umstände«, bestätigte Nino mit einem geradezu leidenschaftlichen Seitenblick auf Margherita. »Mit meinen Partnern haben wir diese neue Kulturvision erdacht, in die du dich, soweit du möchtest, einbringen kannst, cara panterina mia. Doch damit nicht genug. Ich habe noch eine weitere ...«

»Eine weitere?«, wiederholte Margherita, ehrlich gespannt.

Was mehr könnte sie sich erträumen, als ihre Lieblingskünste ganz aus der Nähe, sozusagen vor der Haustür verfolgen zu können?

»Eine weitere Aufgabe, ja, die deine ganz eigene werden kann: den Naturtourismus.«

»Naturtourismus?«

Dieses Wort hatte Margherita noch nirgendwo gelesen.

»Auch ich hatte noch nie davon gehört, mein schönes Kind«, wanderte ein verständnisvoller Blick der Contessa Bianca zu Margherita herüber, »inzwischen hat Nino mich aber eingeweiht. Es war Ruggeros allerletzter Plan, bevor er starb. Doch, seien wir ehrlich, die zündende Idee kam von diesem Jungen hier!«

Ein Moment der Stille stellte sich ein. In Margheritas Kopf drehten sich die Gedanken. Sie fragte sich kurz, ob sie, wie schon am Neujahrsabend mit Nino vor dem Kamin der Bibliothek, im ersten Akt einer Oper saß statt in der Wirklichkeit. Die Contessa Bianca sah ihr direkt in die Augen und schien im gleichen Moment zu verstehen, dass eine solche Dimension unbeschränkter Möglichkeiten einen jungen Menschen von anderem Stand begeistern konnte.

Oder ihm Angst machen.

Als Großmeisterin der Konversation nahm sie also etwas von Ninos Geschwindigkeit aus dem Gespräch und begann, während Pierre vom erdigen Weißwein aus dem Collio nachschenkte, von Ninos Kindheit zu erzählen.

»Du musst wissen, Kindchen, woher die Idee des Naturtourismus kommt. Dieser Junge hier, dein zukünftiger Mann«, sie hob ihr Glas und prostete Margherita über den Tisch hinweg zu, »lebte als Kind sozusagen *in der Natur*. Ganz anders als sein kleiner Bruder, der jede freie Minute beim Reittraining verbrachte, machte er sich an den Nachmittagen nach der Schule und an ganzen Tagen in den Ferien in die Hügel um Treviso auf oder den Sile entlang in die Güter und Fischzuchten der

Valli der Lagune, ja bis auf die Dünen des Lidostrands. Manchmal fragten wir uns in der Dämmerung, ob er verloren gegangen sei, doch dann kam er mit großen Augen und roten Wangen nach Hause und erzählte seiner Tante aus Turin von den Gezeiten und den Winden, den Tieren und den Pflanzen, die er entdeckt hatte.«

»Ich wollte eigentlich Forscher werden,« ergänzte Nino beinahe entschuldigend, »Geograph, Geologe, Biologe ...«

»Nicht auch einmal Soziologe?«, bohrte die Tante belustigt nach.

»Ja, später, als ich in die Oberschule kam. Menschenforscher, die neueste Wissenschaft!«

»Warum bist du den ersten deutschen Soziologen dann nicht auf dem Fuß nachgefolgt?«, wagte Margherita eine sehr persönliche Frage, »man hätte hier in Treviso doch sicher auf dich gewartet?«

»Ich, mit meinem Sprachfehler? Würde in einer Sprache studieren, die ich niemals korrekt artikulieren könnte? Mein Deutsch ist und bleibt trotz aller Bemühungen meiner Mutter und meiner geliebten Tante hier eine Katastrophe.«

»Meines auch«, bedauerte Margherita trocken.

Bei dieser Pointe musste die Contessa Bianca laut lachen: »Das kann ja noch werden, Kinder!«

»Gemeinsam mit meiner kleinen Schwester Umbertina«, fiel Margherita nach einem Moment der allgemeinen Erheiterung ein, »haben wir uns beigebracht, ganze Bücher aus dem Wörterbuch zu übersetzen. Sobald man den Rhythmus einer Sprache einmal verstanden hat ...«

»Hört man die Melodie, nicht? Was wärst du denn gerne geworden, schönes Kind, hätte man dir die Möglichkeit gegeben?«, hatte die Contessa über den Tisch hinweg Margheritas Hand genommen.

»Ich hätte Geige gespielt.«

»So?«

»Ja.«

»Wie schön!«

Sie prosteten sich schweigend zu, während Pierre die Runde um den Tisch machte und frische Teller aufdeckte. Er servierte eine Käseplatte mit breiten Tranchen von Gorgonzola und Taleggio, frisch aufgeschnittenes Roggenbrot und eine Schale roter Trauben. In die bauchigen blau-gelben Revedinkelche neben den zarten Weißweingläsern schenkte er dazu aus der Rotweinkaraffe einen guten Schluck des hauseigenen Cabernet Franc.

»Also, der Naturtourismus?«, kehrte Margherita wieder zu ihrer Frage zurück.

»Ja, den müssen wir jetzt etablieren«, folgte ihr Nino gern, »er wird sozusagen unsere Lebensaufgabe, Margherita. Irgendeine Spur, und da wirst du mir helfen, muss ich in Venedig doch hinterlassen.«

»Vater und Sohn Revedin planten ... das heißt, dieser Sohn Revedin hier plant, denn jetzt nach dem Krieg und gemeinsam mit seinem ›unerwarteten Stück Glück‹ wird es ja endlich geschehen«, zwinkerte die Contessa Bianca Margherita zu, »den Lido zum ersten Zentrum erlebbarer Natur zu machen.«

»Man wird nicht mehr nur auf schattigen Terrassen sitzen und die Natur betrachten«, erläuterte Nino, »vielmehr werden wir die Natur aktiv erleben und erkunden. Dazu brauchen wir allerdings sportliche Betätigungen, wir müssen uns bewegen! Schwimmen, Rudern, Segeln, Fischen, Reiten, Wandern, Golfspielen ...«

»Toll!«, fand Margherita spontan.

»Ninos Vater hat mit seinen Partnern ja über die eigens gegründete Hotellerie-Gesellschaft CIGA schon die ersten Grands Hotels am Meeresstrand errichtet, doch die stehen bisher, und ich habe es mit meinen Musikerfreunden vielfach ausprobiert, erschreckend leer. Ihr müsst sie jetzt mit eurem frischen jungen Leben füllen!«

»Doch wer von dieser, wie du sagst, Jugend wird diese Sportarten denn wagen?«, hatte ihr Margherita den Ball zurückgespielt.

»Berechtigte Frage«, hatte die Contessa Bianca erneut aufgelacht, »in jenem Dorf voll blasser Doginnen!«

»Du natürlich, meine Campionessa«, kam jetzt von Nino mit einer Gelassenheit, die Margherita noch nie an ihm erlebt hatte.

Für einen langen Augenblick war es still bei Tisch.

Die Contessa Bianca blickte zwischen ihrem Neffen zu ihrer frischgewonnenen Nichte hin und her und zischte ihr zu: »So strahlend habe ich ihn noch nie erlebt.«

»Wir werden einen Golfplatz bauen, Margherita«, fuhr Nino fort. »Bald. Vielleicht schon nächstes Jahr. Und damit nicht genug, wir wollen die prachtvolle Lagune doch auch aus der Luft erkunden? Also brauchen wir gleich darauf auch einen Flughafen!«

Die Contessa Bianca rief nach Pierre: »Pierre, statt Kaffee nehmen wir heute Champagner in der Bibliothek. Es gibt etwas, worauf wir anstoßen müssen!«

»Er hat wieder Pläne«, zog sie Margherita beim Durchschreiten der Salons an sich heran und umarmte sie von der Seite. Sie schritten im Gleichschritt durch die verschiedenen glorreichen Epochen dieser Familiengeschichte, vom pompejiroten Esszimmer durch den korallenroten Salon, das anemonengelbe Schreibzimmer und das apfelgrüne Musikzimmer in die lichtblaue Bibliothek. Dort wartete Pierre schon mit den frisch eingeschenkten Gläsern.

7

Beim zweiten Glas Champagner fragte die Contessa, wie Margherita sich die Hochzeit mit Nino wünsche, wenn sie im Spätsommer aus ihrer »Lebensschule«, wie sie sagte, in Frankreich zurückgekehrt sei.

»Was sagst du zu September? Der schönste Monat in unserer Region«, schlug Nino vor.

Margherita nickte nur und wünschte sich eine Landhochzeit, auf dem revedinschen Weingut in Gorgo al Monticano, nicht in der Stadt. Venedig und seine Dogenclique machten ihr noch Angst, und die Contessa Bianca verstand das ohne Worte. Darüber hinaus erbat sie sich eine kleine Gesellschaft, keine »tausend Leute«, wie das von den venezianischen Adelsfesten weithin bekannt war.

Die Contessa Bianca nickte zufrieden: »Du hast mir ein kluges Kind ins Haus gebracht, Nino! Dies ist der Rahmen, der die noch lange nicht geheilten Wunden ehrt, die der Krieg in der gesamten Region und in jeder einzelnen Familie, in jeder Werkstatt, auf jedem Hof, in jeder Scheune und jedem Stall hinterlassen hat. Alles, was wir an unnützen Rezeptionskosten für die ›üblichen venezianischen Kostgänger‹, wie meine Schwester Maria sie immer nannte, sparen, werde ich mit Freuden in eine Wohnung in der Via Orsoline investieren, damit Margheritas Mutter ein gesichertes Alter hat.«

Sie nahm dabei über die Sessellehne hinweg Margheritas linke Hand und strich mit dem Daumen rasch drei Kreuze über ihre zwei Verlobungsringe. Die kleine Brillantkugel saß perfekt, wie ein Reiter in seinem Sattel. Und so aufrecht, wie sich dieser Globus auf Margheritas Hand hielt, saß die Contessa Bianca in ihrem Sessel.

Haltung hatte sie, die königliche Hofdame! Und auch Gefühl!

Noch bevor Margherita im September aus Paris zurückkehrte, nannte ihre Mutter die halbe zweite Etage des Gesindehauses der Ursulinen ihr Eigentum.

In Paris hatte die Contessa Bianca sie ab Ende Januar in ihrem Lieblingshotel, dem Pont Royal im Stadtteil Saint-Germain-des-Prés auf der Rive Gauche eingemietet, wo sowohl Eugenia Errázuriz als auch Gertrude Stein gern die ausländischen Besucher ihrer Salons unterbrachten. Die Bar des Hotels war ab elf Uhr morgens von amerikanischen und englischen Literaten besetzt, die an den runden Tischchen lasen oder schrieben, vor allem aber tranken.

Gegen sieben Uhr abends, bei Büroschluss, kam das junge Verlegerehepaar Gallimard auf ein Glas Burgunder vorbei. Margherita hatte sich in den ersten zwei Tagen vom Concierge und dem Barmann alle »Raubtiere« dieses »Zoos«, wie sie das Hotel spontan getauft hatte, erklären lassen. Die Gallimards hatten ein stets verständnisvolles Lächeln für alle hier logierenden amerikanischen und englischen »heimatlosen Schreiberlinge« übrig. Und diese wiederum hegten eine echte Bewunderung für die Gallimards, die, wie sie sagten, eine neue, inhaltsvolle Dimension der Pariser Kultur wagten, die hoffentlich Bestand haben werde.

Ihre frisch gegründete Librairie lag im Nebengebäude des Hotels, und sie förderten Autoren, die das Nachkriegsfrankreich und seine gespaltene Gesellschaft zu porträtieren wussten. Die dandyhaft gekleideten angelsächsischen Schriftsteller an den Einzeltischchen der Bar, die sich untereinander aber verschlossen gaben wie Spione, fielen gegen ihr schlichtes Auftreten sichtbar aus dem Rahmen und schienen sie maßlos zu amüsieren.

Margherita fühlte sich im Pont Royal bald zu Hause, vielleicht weil der kleine Stadtteil, der einem dicht besiedelten und sehr lebhaften Dorf gleichkam, von einem menschlichen Maß war. Die Stadt außerhalb von Saint-Germain-des-Prés erschien ihr immens.

Sie erschloss also zunächst dieses, ihr eigenes Quartier, dann erst die umliegenden Stadtteile. Tag um Tag, zu Fuß. An der Seine konnte man sich glücklicherweise orientieren wie am Silefluss, und zwischen ihrem vormittäglichen Französisch- und Englischunterricht am nahen Quai Voltaire und den abendlichen Treffen im Salon von Eugenia in der Avenue Montaigne blieb ihr genug Zeit, um die großen Museen der Stadt zu besuchen.

Schon ab der zweiten Woche ihres Aufenthalts wurde sie Stammgast in den Kunstgalerien der Rue Bonaparte und der Rue de Seine und besuchte die immer montagabends gehaltenen öffentlichen Vorlesungen an der École des Beaux-Arts. Hier lernte sie Alberto Giacometti, einen blutjungen Schweizer Maler und Bildhauer kennen. Er war einige Jahre jünger als sie, doch das hätte ihm keiner geglaubt, so ausgemergelt wie er schon mit knapp zwanzig aussah. Ebenso wenig wie sie war er aus Paris und hatte sich als Gasthörer an dieser teuren Eliteschule eingeschrieben. Schon am ersten Abend nach der Vorlesung hatte er sie ins Charette, eine Bar gegenüber der Akademie, auf ein Glas eingeladen, überglücklich, mit Margherita ein paar Takte Italienisch sprechen zu können, seine Muttersprache, die ihm »immens fehlte«, wie er sagte. Ebenso herzzerreißendes Heimweh hatte er nach Graubünden, seinen Künstlereltern und seinen jüngeren Geschwistern. Margherita tat ihm sichtlich gut, und sie gewöhnten sich daran, an den Montagabenden in den Cafés von Saint-Germain-des-Prés oder in den Bars am Montparnasse zu sitzen und schlicht und einfach Italienisch zu sprechen. Ende Februar lud Margherita ihn in Eugenias Salon ein, und dort wurde er aufgenommen wie in eine Familie.

Von Nino erhielt sie wenig Nachricht, ganz im Gegensatz zur Contessa Bianca, die ihr beinahe täglich schrieb. Doch Anfang März kam er sie besuchen. In der Folge nicht oft, ganze drei Mal in den langen Monaten in dieser riesengroßen Stadt, die für Margherita so voller Erlebnisse und neuer Lebensgeschichten waren.

Ninos Besuche waren seltsam distanzierte Besuche, sie konnte sich ihm kaum mitteilen, denn ohne sein gewohntes Umfeld war er ganz verändert. Ohne Pierre und Jacques um ihn herum und in seiner eleganten Wintergarderobe mit Zylinder und nerzbesetztem Pellerinenmantel schien er ihr viel schmaler und nervöser als zu Hause in Treviso.

Als ob man ihn in einer fremden Stadt seines Humors und seines feinen Blicks beraubt hätte, hatte er kaum Augen für Margherita und ihre neuen Bekanntschaften aus Eugenias Salon. Er logierte im Ritz, das sie nie von innen sah, da sie ja noch nicht verheiratet waren, und hatte tagsüber kaum Zeit für sie. Auf dem Hinweg zu ihr nach Paris fuhr er nämlich jedes Mal über Wetzlar bei Frankfurt, wo er mit dem Unternehmer Ernst Leitz, dem Sohn des berühmten Mikroskopherstellers, in Verhandlungen zur Ausrüstung eines »Optischen Instituts« stand, das er in Mailand gründen wollte.

Jetzt, mit dem Beginn seines »neuen Lebens«, erklärte er Margherita, würde er sich neben der Entwicklung Venedigs nämlich der Verbreitung der Photographie in Italien widmen. Margherita schwindelte, wenn er die Summen nannte, die er sich dieses »hochfortschrittliche« Institut kosten lassen wollte, von dem er begeistert war wie ein Kind.

»Wie wirst du deine Zeit einteilen können zwischen den Hotels und Unternehmen in Venedig, diesem Institut in Mailand und dem Weingut in Gorgo al Monticano?«, fragte sie an einem der ersten Abende, an dem sie gemeinsam in der Closerie des Lilas am Montparnasse saßen, einem gemütlichen Weinlokal in einem Fliedergarten, das Giacometti entdeckt hatte und in dem man immer dienstagabends die Künstlercliquen von Brancusi, Delaunay und André Breton antraf.

»Ahhh, ich delegiere«, antwortete er und schwärmte ihr ein ganzes Essen lang von den neuen Kleinbildkameras vor, die Leitz aus der Filmtechnik ableite und die in den nächsten Jahren auf den Markt kämen. Sie müsse sich vorstellen, aus dem 35-Millimeter-Kinofilm entwickle er den Kleinbildfilm für Photographie-Apparate, die so klein und leicht seien, dass man sie in einer Hand tragen und spielend leicht manuell aufziehen könne! Kein Vergleich zu den schweren, mit Stativen gestützten Apparaten, mit denen er noch an der Front habe photographieren müssen!

Diese neue Technik werde die Photographie zu einem Handwerk »für alle« machen, wie er sagte, die Leitzkameras, simple Belichtungskästen mit fester Brennweite, würden für alle erschwinglich werden. Man werde die Kleinbildfilme, die ein neues Photo-Querformat im Verhältnis 2:3, also 24 Millimeter Höhe auf 36 Millimeter Breite erlauben würden, selbst abziehen können, wenn man über eine simple Dunkelkammer und die fundamentalen Werkzeuge und Chemikalien zum Entwicklungsvorgang verfüge.

»Stereoscopia« würde er sein Institut in Mailand nennen, so wie die dreidimensionale Dokumentations- und Abbildungstechnik, die er während des Kriegs erlernt habe und die die Photographie dem neuen Medium Film so ähnlich machte. Und so weiter und so weiter, der amerikanische Tisch neben ihnen erheiterte sich sichtlich an ihnen beiden, den einzigen

Italienern in der Bar. Sie folgten den Ausführungen des eleganten schmalen Herrn, der Margheritas zukünftiger Mann war und der in diesem brennenden Photographie-Plädoyer all seine Betonungsprobleme der harten Konsonanten vergessen hatte. Kein Hauch eines Sprachfehlers war ihm anzumerken, er erzählte wie ein Wasserfall!

Doch eigenartig, Nino fehlte Margherita nicht, wenn er wieder abgereist war. Hingegen begann sie sich in den langen Wochen des Alleinseins zu fragen, wie sich ihr gemeinsames neues Leben in Venedig wohl gestalten würde.

Wäre Nino auch dort der aufgedrehte, doch distanzierte Phantast, den er hier in Paris abgab?

Oder könnte sie ihn von Anfang an davon abhalten und ihm eine ganz eigene Ebene anbieten?

Margherita müsste ein Muster finden, das auf sie beide maßgeschneidert war: weder den gemütlich heimatlichen Trevisaner Dorfzuschnitt noch den aufreibenden Laufsteg-Auftritt einer Weltmetropole!

Sie würde dieses Muster, diese Dimension finden, sie spürte das. Und sie freute sich darauf.

Ihre Angst vor Venedig, diesem so geschichtsträchtigen Ort, und dem gesellschaftlichen Szenario, auf das sie sich eingelassen hatte, wich von Woche zu Woche, als in Paris das Frühjahr einzog und die Kastanien, die Linden und die Trompetenbäume auf allen Plätzen und entlang den Alleen blühten. Das Venedig, das sie vorfinden würde, war immer noch ein durch und durch italienischer, um nicht zu sagen provinzieller Ort.

Hier in Paris aber traf sie Tag um Tag auf neue Flüchtlinge, Revolutionäre, Künstler und Erfinder aus der ganzen Welt. Die würde sie, mit allen Möglichkeiten, die ihr bald zur Verfügung stünden, mit sich nehmen, um ihnen auch in Venedig ein kleines Eckchen Heimat zu bereiten.

8

In Eugenia Errázuriz' Salon wurde Margherita so selbstverständlich aufgenommen wie jedes ihrer Künstlerkinder, herrschte in ihrer Entourage doch weder Aristokratendünkel noch neureiche Angeberei.

Eugenia, diese einzigartige Rebellin, die gut sechzig war, aber die klare, stets ungeschminkte Haut und das volle Haar einer Dreißigjährigen zur Schau trug, hatte die für eine elitäre Minderheit reservierte »L'Art pour l'Art«-Szene der Pariser Belle Époque gleich nach der Jahrhundertwende aus allen Angeln gehoben. Vom anderen Ende der Welt nach Frankreich eingewandert, hatte sie eine gänzlich neue Avantgarde gefördert, die sich auf der Neugier unermüdlichen Entdeckens gründete.

Ererbte Millionen oder vom Krieg verschonten Großgrundbesitz sah sie, die selbst vom Verdienst der Silberminen und Weinberge ihrer chilenischen Familie lebte, als kein wirklich verdientes Gut.

Also waren sie nur das wert, was man aus ihnen für die heutige offene Gesellschaft machte!

Nino war bei seinem ersten Besuch in Paris sichtlich überrascht, dass er bei all seiner Erziehung und den klingenden Namen seiner Vorfahren in Eugenias Salon härter auf die Probe gestellt wurde als seine junge Verlobte, das »Kind von den Quellflüssen«.

Denn das war der Name, den Eugenia Margherita gegeben hatte.

Es war ein ungleich liebevoller Name, und nur eine wie Eugenia, die ihre Kindheit in der großen Natur Patagoniens und mit den Mapuche-Indios verbracht hatte, hatte ihn erfinden können. Quellflüsse waren, wie sie sagte, ein rares Gottesgeschenk, »denn in ihren Wassern wohnt die Kraft der Liebe«.

Eugenia behandelte Margherita vom ersten Moment ihres Kennenlernens an wie eine alte Freundin oder Verwandte. Hingegen hatte Nino, das merkte Margherita aus seinen Bemerkungen, keine echte Sympathie für sie. Wahrscheinlich hatte sie ihm schon vor dem Krieg, als die Contessa Bianca ihn in Eugenias Salon in Paris eingeführt hatte, zu viele direkte Fragen gestellt. Und direkten Fragen, wie Margherita inzwischen gelernt hatte, entkam Nino ja gern.

Für Eugenias Mäzenentalent hatte er aber vollen Respekt: »Wen immer sie in die Hand nimmt, formt sie zu einer außergewöhnlichen Erscheinung«, konnte er neidlos zugeben, wenn er Margherita nach einem ihrer gemeinsamen Abende in der Avenue Montaigne in der Calèche im Hotel Pont Royal absetzen ließ.

Denn Eugenia war unangefochten erfolgreich und dabei unangefochten elegant. Sie war der Prototyp der emanzipierten und dabei doch endlos weiblichen Frau der lebenshungrigen »neuen Zeit«, die sich nach dem Krieg eingestellt hatte und die alle hier in Paris beseelte, ja beflügelte. Eugenias Motto »Eleganz heißt Weglassen« bedeutete, sich auf das Wesentliche zu besinnen, und das hatte sich in Windeseile bis nach New York, London, Buenos Aires und Istanbul herumgesprochen.

Nach ihrem wohl sehr enttäuschungsreichen Eheleben mit einem in Wahrheit homosexuellen chilenischen Diplomaten hatte sie sich, allen damaligen gesellschaftlichen Normen zum Trotz, schon vor dem Krieg scheiden lassen und pflegte seither eine Handvoll neuer »wilder«, wie sie sagte, Beziehungen, gleich ob zu Männern oder zu Frauen. Aus jeder Kunstsparte, die sie interessierte, hatte sie sich ein unentdecktes Talent ausgewählt und ein fließendes Zusammenleben inszeniert, das ihre Wahlfamilie in den Sommern auf ihrem Landsitz in Biarritz, in den Wintern in ihrer Beletage im Eckpalais der Avenue Montaigne mit den Champs-Élysées zusammenführte. Ihre Couturière, mit der alles begonnen hatte, hieß Coco Chanel, ihr Maler Pablo Picasso, ihr Musiker Igor Strawinsky und ihr Dichter Blaise Cendrars.

Margherita hatte sich gleich zu Beginn ihres Aufenthalts aussuchen dürfen, von wem sie eingekleidet werden wollte, und hatte auf Eugenias Rat hin Coco gewählt, die außer für sie selbst auch schon für die Contessa Bianca arbeitete. Coco wurde nach Eugenia zu Margheritas zweiter Freundin in der Stadt und stellte ihr eine Grundausstattung zusammen, die aus einer Reihe von herrlich komfortablen Röcken, Jacketts und Cocktailkleidern aus den für die Damenmode gänzlich neuen Materialien Jersey, Tweed, Flanell und Bouclé bestand.

Auch ein paar weite, knöchel- wie wadenlange Hosen suchte Margherita aus der Winterkollektion aus, und das war selbst für die Pariser Straßen noch ein Wagnis!

Man konnte diese Kleidungsstücke, ergänzt durch Twinsets in Kaschmir- und Merinowolle, endlos untereinander kombinieren, da Cocos Ton-in-Ton-Palette aus Schwarz, Weiß, Beige und Schlamm ohne schreiende Farben und auffällige Muster so zeitlos war wie die Linienführung ihrer Schnitte.

Nino fand die Wahl dieser Couturière am Anfang grauenvoll, er hätte seinen Lieblingsschneider Jean Patou bevorzugt, der aus Frauen keine »kleinen Gentlemen«, sondern »große Damen« mache, wie er sagte. Schon bei seinem zweiten Besuch hatte er sich aber an Margheritas Chanel-Look gewöhnt, auch weil die jungen Pariserinnen sich diesem Stil rasch angeschlossen hatten und er überall auf den Straßen und in den Cafés zu sehen war. In Venedig zurück, würde Margherita, die sich ihre lackschwarze Mähne wie Coco im Bob-Schnitt hatte stutzen lassen, allerdings Aufsehen erregen.

Doch darauf freute sie sich!

Da Coco bisher nur ein kleines Couture-Atelier in der Rue Cambon unterhielt und noch keine Ball- oder Hochzeitskleider fertigte, ging Margherita für ihre Hochzeitsrobe ab dem Frühsommer zu Anproben ins Atelier von Jean Patou. Er war ein hinreißender Dandy, der Nino zum Verwechseln ähnlich sah und auch ähnlichen Jahrgangs sein musste.

Ein devoter Verehrer von Eugenia und der Contessa Bianca, war er zudem aber auch ein begeisterter Venedigbesucher. Schon vor dem Krieg war er im Palais Revedin am Canal Grande bei Ninos Vater zu Gast gewesen und, wie er sagte, liebe er diese Stadt vor allem im Winter, außerhalb der Biennalezeiten, wenn »nur die Einheimischen zu Hause sind«.

Wie er Margherita beim Abstecken und Anpassen zu erzählen wusste, mache er dann tagelange Spaziergänge durch die Giardini und bis nach Sant'Elena, über die Giudecca oder den Lido. Er brauche das Aus-der-Zeit-Fallen in diesem magischen Venedig, das keinen Kalender, ja kaum die Tageszeiten kannte, wie die Luft zum Atmen. Er brauche noch dazu diese Stille. Deshalb lebe er ja auch allein.

Dieser Mann war entwaffnend, und Margherita schloss ihn ins Herz, weil er ihr trotz des Erfolgs bei all seinen Klientinnen unendlich einsam vorkam.

Bei der dritten Anprobe, Margheritas bodenlanger elfenbeinweißer Crêpe-de-Chine-Traum saß schon mehr als perfekt, bot er ihr an, Kleid und Brautschleier im September persönlich nach Venedig zu liefern. Sie lud ihn daraufhin spontan zu ihrer Landhochzeit ein, und er nahm diese Einladung mit einer hinreißenden Umarmung an.

Doch, wer wusste, was Nino dazu sagen würde?

Margherita schrieb an die Contessa Bianca, und die antwortete: »Du lädst ein, wen du willst, Kind.« Man konnte ihr Schmunzeln zwischen den Zeilen lesen.

Außer Giacometti, ihrem dürren Schweizer Künstlerfreund von der Rive Gauche, Eugenia, ihrer Pariser »Adoptivmutter«, Coco und Jean Patou, den Gestaltern ihres neuen Looks, wurde ihr in Paris aber noch ein fünfter neuer Freund unersetzlich.

Es war ein feingliedriger junger Herr, den sie bei Eugenia an jenem Abend kennenlernte, an dem sie Giacometti erstmals im Schlepptau in ihren Salon mitbrachte. Eugenia führte sie beide in direkter Linie zu diesem Gast, der allein auf dem langen, flanellgrauen Sofa ihres Musikzimmers saß und rauchte. Margherita erinnerte sich noch heute an den ersten Anblick, seine schmale Gestalt war beinahe nicht zu erkennen, da er einen Flanellanzug vom exakten Nachtgrau des Sofabezugs trug.

Man hätte sich versehentlich auf ihn setzen können!

Nur beim Näherkommen stachen sein weißes Hemd und seine dunkle Krawatte aus dieser Ton-in-Ton-Komposition hervor. Die Krawatte hatte das Seidenschwarz seiner Augen.

»Bleib sitzen, mon petit Jean chéri«, ersparte Eugenia ihm das Aufstehen, und Margherita konnte allein an den trotzigen Zornfalten zwischen seinen dichten Augenbrauen ablesen, wie peinlich es ihm sein musste, dass die Hausherrin ihn vor diesen Fremden wie einen Krüppel behandelte.

Im gleichen Moment fuhr Eugenia aber fort: »Darf ich euch vorstellen? Jean-Michel Frank, mein letztes und vielleicht größtes Talent. Seine Architektur ist so neu, dass noch kein Name dafür gefunden wurde.«

Sie verschwand ohne weitere Erklärungen in ihren Salon und überließ Margherita die Konversation. Denn Giacometti, das konnte eine wie Eugenia auf den ersten Blick sehen, würde den ganzen Abend über kein Wort sagen, erst recht nicht auf Französisch!

»Ich bin die Ausnahme in ihrer Sammlung«, begann Jean-Michel die Unterhaltung, indem er eine galante Verbeugung in die Richtung machte, in die Eugenia verschwunden war. Margherita nahm neben ihm Platz, und Giacometti zog sich den Klavierhocker heran, so dass sie sich in einem perfekten Dreieck gegenübersaßen.

»Ich bin die Ausnahme, denn weder bin ich ein namenloses Waisenkind wie Coco noch ein armer Einwanderer wie Pablito oder ein aristokratischer Regimeflüchtling wie Igor. Vielmehr bin ich einfach ein ... Jude.«

Da weder Margherita noch Giacometti hierauf zu reagieren wussten, fuhr er unaufgeregt fort: »Der Familienname Frank sagt euch etwas? Wir halten seit Generationen Bankhäuser in Frankfurt am Main und New York, doch mein Vater kam nach Paris und wagte hier ein erstes Börsenunternehmen, genau wie die Spitzers, Camondos und Rothschilds, unsere Cousins.«

»Also?«, fragte Margherita. Es war klar, dass dieser Junge an etwas anderem interessiert war als an der Bankkarriere seiner Vorväter und am »großen Geld«.

»Ich kann also gut leben, selbst als der Krüppel, der ich bin«, bestätigte er.

»Aber?«

»Eugenia entdeckte an mir etwas, was sie Talent nennt. Welches Talent? Wo ich, seit ich klein war, nie das Haus verlassen konnte und notgedrungen alle plüschüberladenen Räume, alle zu Tode dekorierten Möbelstücke, jede ihrer ornamentverfremdeten Oberflächen auswendig studierte? Seit ein paar Jahren liegt sie mir in den Ohren, dass ich die leer gefegten Räume gestalten soll, die ich zu Hause gerne gehabt hätte. Eine Architektur der Leere also ... Klar lacht mich jeder hier in der Stadt dafür aus, und deshalb brauche ich Eugenia heute mehr als je zuvor. Nicht als Mäzenin, für meine materiellen Lebensbedingungen ist gesorgt, sondern als Flügel meiner tragischen Seele.«

Margherita betrachtete diesen poetischen Bankierssohn, während er sprach.

In seiner Stimme war ein Schmelz, der berührte!

Und er hatte die zärtlichsten Augen dieses Planeten!

Als er zu seiner »tragischen Seele« kam, war ihr plötzlich klar, an wen er sie erinnerte: »Du gleichst Marcel Proust aufs Haar!«

»Findest du?«, fing er ihren Blick mit seinem Blick auf. »Das meinen Proust und ich nämlich auch. Weißt du, wir sind direkte Nachbarn. Manchmal hissen wir Fahnen auf unseren Balkons, die immer das Gleiche heißen: ›Komm heute bitte nicht zum Essen, es geht mir nicht gut.‹«

Margherita gab Giacometti, der fasziniert zuhörte, ein Zeichen, dass er sich jetzt nützlich machen könnte. Der stand auf und kam nach kurzer Zeit mit drei randvoll gefüllten Kelchen Champagner ins Musikzimmer zurück. Während des ersten Glases erzählte Jean, »Nennt mich Jean, mes amis, sonst komme ich mir vor wie in der Schule«, seine Geschichte.

Er sei das frankske Nesthäkchen, der einzige Überlebende von drei Brüdern, deshalb würde ihn jeder, außer seinen Lehrern, seit je nur Jean nennen. Seine zwei älteren Brüder seien gleich im ersten Kriegsjahr an der deutschen Front gefallen: »Zwei junge Franks aus Paris kämpften gegen die jungen Franks aus Frankfurt am Main!«, raufte er sich die rabenschwarzen Haare und rollte mit den Augen. »Wir leben in verrückten Zeiten! Gleich nach meinen Brüdern erwischte es auch meinen Vater. Vor euch sitzt also der unverkäufliche frankske Restposten, von der Kinderlähmung für immer entstellt.«

Aus Mangel an Alternativen, »Wer will in unserem Bankhaus schon von einem Krüppel begrüßt werden?«, habe er also begonnen, sich schon sehr früh mit Architektur zu beschäftigen. So habe er diesen neuen, zugegeben verrückten Stil erfunden,

den er gerade an ersten, vollkommen leer gefegten Projekten ausprobiere. Bisher verstünden seine »mönchische Strenge«, wie Eugenia sie nenne, nur zwei, drei weitere Verrückte, die gesamte dekorverliebte Pariser Szene aber sei brüskiert.

»Jean Cocteau verlacht mich überall als Dieb, der den Leuten über Nacht die Häuser leer räumt.«

»Das ist doch herrlich! Die beste Werbung«, fand Margherita, die es kaum erwarten konnte, eines dieser Projekte kennenzulernen.

»Zumindest macht es einen Heidenspaß!«

Margherita dachte, während er sprach, dieser frankschen Familientragödie nach. Die erinnerte sie doch an eine ähnliche Geschichte?

Ja, natürlich, an die der Revedins!

Nicht nur waren Jeans Brüder genau wie Ninos Bruder im Schützengraben gefallen, auch war sein Vater genau wie Ninos Vater nur wenige Monate später verstorben. Allerdings, wie sie jetzt von Jean erfragte, nicht am Herztod. Jeans Vater hatte den Verlust seiner beiden Söhne nicht ertragen und sich vom Dach seines Palais an der Avenue Kléber gestürzt: »Auf mich, den Letztgeborenen, das Muttersöhnchen, einen hoffnungslosen Phantasten, hat er ja nie gesetzt.«

Margherita nahm spontan seine beiden Hände, die so kühl waren wie die von Nino bei ihrem ersten Rendezvous am Neujahrsabend.

Was für ein Schatz war dieser Jean!

Und wie komisch! Man konnte mit ihm lachen wie mit Umbertina!

An jenem Abend hatte Margherita noch herausgefunden, dass sie und Jean beinahe auf den Tag gleich alt waren und dass sie beide vernarrt waren in Musik. Er hatte sie nach der Dauer ihres Aufenthalts befragt, und als er herausgefunden hatte, dass ihr noch fünf Monate blieben, um Paris zu erkunden, hatte er vom nächsten Tag an und wann immer es seine laufenden Projekte zuließen, begonnen, ihr ein Stück »seiner« eleganten Rive Droite oder »Giacomettis« verwinkelter Rive Gauche am gegenüberliegenden Ufer der Seine zu zeigen.

Und Margherita, das sah jeder, tat ihm gut.

Jean blühte in den kommenden Wochen regelrecht auf, ja er fand sogar den Mut, einen ersten Auslandsauftrag anzunehmen!

Der führte ihn um Ostern herum ein paar Wochen aus der Stadt. Er fehlte ihr mehr, als Nino ihr hier je gefehlt hatte.

Sie gestand ihm das bei seiner Rückkehr, und er versprach umgehend, Margherita ab dem Herbst regelmäßig in Venedig besuchen zu kommen. Er erzähle seiner Mutter täglich von ihr. Einsam, wie sie jetzt nach dem Tod der ganzen Frank-Familie war, würden ihr regelmäßige Reisen in ein heilsames Klima nur allzu guttun.

Und in Venedig gebe es ja die neuen Grandhotels am Lido, von denen schon Thomas Mann geschwärmt habe?

Margherita sagte nur: »Ich freue mich auf Sie, Jean.«

Ihr war bewusst, dass wenn ein Ausgegrenzter, ein Besessener und Perfektionist wie er das Wort »regelmäßig« in den Mund nahm, dies auch wirklich regelmäßig, wohl ein bis zwei Mal im Monat bedeuten würde!

9

Bei Ninos letztem Besuch vor der Hochzeit hatte Margherita mit Jeans Hilfe ein Überraschungsprogramm zusammengestellt, nämlich vier Abende in Folge anlässlich der Wiedereröffnung des Théâtre des Champs-Élysées.

Dieses Haus war Jeans Lieblingstheater an der Rive Droite, er liebte seine Entstehungsgeschichte sowie das Kontrastprogramm zu den Klassikern der Opéra Garnier, das hier gewagt wurde. Gabriel Astruc, der famose Agent von Mata Hari, Isabella Duncan und Arthur Rubinstein, hatte sich dieses erste im revolutionären Baumaterial Beton entworfene Konzerthaus 1913 von Auguste Perret erbauen lassen.

Es war allein durch seine beinahe kahle Art-déco-Fassade ein Ereignis!

Margherita und Jean mussten jedes Mal kichern, wenn sie durch die bildschöne hausmannsche Avenue Montaigne zu Eugenias Palais spazierten und vor dem Théâtre die alteingesessenen Pariser Aristokraten und die elitären Gäste des direkt benachbarten Hotel Plaza Athene in aufgebrachten Grüppchen antrafen, wie sie sich den Mund über diese »Arme-Leute-Architektur« zerrissen.

An den vier Abenden zum Saisonschluss Ende Juni sah Margherita mit Nino den orgiastischen *Feuervogel* Strawinskys, Arthur Rubinstein in seinen Interpretationen von Chopin und Debussy und Sergei Djagilews Ballets Russes.

Unvergesslich blieb ihnen beiden aber die Aufführung von Camille Saint-Saëns' *Le Cygne* zum abendfüllenden Soloauftritt von Djagilews Primaballerina Anna Pawlowa. Die neuartige Choreographie der Pawlowa verzichtete zum Großteil auf den klassischen Spitzentanz und ließ dafür den ganzen Körper sprechen. Man erlebte Bewegungen auf der Bühne, die nicht nur für die Augen, sondern für alle Sinne gemacht waren.

Es fiel Margherita schwer, still sitzen zu bleiben, so sehr war sie angerührt und mitgerissen! Dieser Tanz war keine brave Kulisse, kein ästhetisches Zitat mehr, er ging unter die Haut!

»Solch ein Theater, solche Künstler müssten wir in Venedig haben«, war Nino auf dem Weg zu ihrem letzten Dîner in der Stadt nicht aus dem Schwärmen herausgekommen. »Die Pawlowa macht ihren Körper genauso begreifbar, wie ich die Natur unseres Lido begreifbar machen will!«

»So hatte ich dich bei unserem ersten Mittagessen in Treviso verstanden.«

»Ja?«

»Ja.«

»Ich liebe dich, panterina!«

Margherita hielt im Gehen kurz inne. Es war Sommer, es war warm, Nino ging sehr nahe neben ihr und hatte den Arm um ihre Hüften geschlungen. Er hatte gerade das erste Mal »Ich liebe dich« gesagt. Allerdings mit dem Kosenamen versehen, den er ihr gegeben hatte, als sie zwölf war. In diesem Augenblick verstand sie, warum sie Jean bei seiner Abwesenheit aus der Stadt vermisst hatte und Nino nicht. Jean erhob ihr gegenüber keinen Anspruch auf Leidenschaft, homosexuell, wie er war. Er verschenkte seine Freundschaft, die man inzwischen schon Zärtlichkeit, ja vielleicht Liebe nennen konnte, ohne jegliche Gegenleistung zu erwarten. Und so war es Margherita vom ersten Moment auf Eugenias nachtgrauem Sofa leichtgefallen, sich ihm zu öffnen und sich gleichwohl zu verschenken. Sie wusste, sie konnte Jean vertrauen, blind vertrauen, ohne je enttäuscht zu werden.

Nino hingegen erwartete alles von ihr. Nicht nur das »neue Leben«, von dem er ständig sprach, also eine geschäftliche und gesellschaftliche Rolle, die sie einzunehmen hatte, sondern auch ihren Körper, ihre Leidenschaft, ihre Hingabe.

Würde sich diese Hingabe einstellen, unerfahren, wie sie war?

Und würde sie dauern?

Auch bei ihm?

Wäre Hingabe die »neue Dimension«, die Margherita sich bei seinen vorigen Besuchen angeschickt hatte, für ihr gemeinsames Leben in Venedig zu entdecken?

Sie ging weiter, von der Erinnerung an den Tanz der Pawlowa beschwingt.

Schluss mit Ängsten und Reserven! Für Hingabe hatte sie Zeit bis zur Hochzeit!

Für heute und diesen herrlichen Sommerabend in Paris bliebe sie bei der erprobten Dimension, ihren gemeinsamen Visionen für Venedig.

»Doch was das Theater und die Künstler für Venedig betrifft«, lachte sie ihn leise aus, »da hätte ich doch einen kleinen Rat. Machen wir einen Schritt nach dem anderen und beginnen zunächst einmal mit den … Künstlern?«

Er blieb stehen und drehte sich frontal zu ihr, eine für ihn sehr seltene, direkte Regung, Fluchttier, das er war. Er sah ihr in die Augen und verharrte so einen langen Moment, das ferne Lächeln um den Mund, das Margherita so gut an ihm kannte. Plötzlich, ohne Ankündigung, legte sich seine Stirn in Denkerfalten, und er begann, laut zu lachen. Dabei wirkte er wieder so lausbubenhaft, ja verschmitzt, wie bei ihrem allerersten Abend am Neujahrstag im Palais Revedin.

»So machen wir es!«

Während des ganzen Abendessens sprach er von nichts anderem mehr als von ihrer gemeinsamen Vision für Venedig.

Wer außer Jean Patou kam also zu ihrer Landhochzeit Ende September? Alle!

Eugenia hatte ihre sämtlichen Talente im Gepäck: Jean, Coco, Igor, Blaise und Giacometti. Nur Pablito nicht, der Margherita ohnehin nicht sympathisch war. Pablo Picasso, den Eugenias Wahlfamilie mit dem Spitznamen Pablito konsequent in Rage versetzte, hatte immer Besseres zu tun. Selbst wenn seine verlässlichste Freundin und Mäzenin nach ihm rief. Dafür aber kam Jeans Mutter, was Margherita besonders freute, und brachte ihren Nachbarn aus der Avenue Kléber, den jungen Pianisten Francis Poulenc, und dessen Freund, den Komponisten Cole Porter, mit. Die Pariser Partie vervollkommnete eine frische Eugenia-Entdeckung, eine Couturière, die sich als äußerst amüsant entpuppte, ja das ganze Wochenende durcheinanderbrachte. Sie hieß Elsa Schiaparelli, stammte aus Rom und plante, aus New York nach Paris zu ziehen und dort einen Modesalon zu eröffnen. Der explosive Charme, der von ihr ausging, schaffte es in den drei Tagen der Festlichkeiten, sämtlichen Herren den Kopf zu verdrehen.

Und nicht nur den Herren!

Von der revedinschen Seite beehrten die »üblichen venezianischen Verdächtigen«, die die Contessa Bianca von Anfang an benannt hatte, das Fest. Außer den Foscaris und den Marcellos, Ninos nächsten Nachbarn am Canal Grande, die Margherita schon am Vorabend der Hochzeit kennenlernen konnte, da sie das ganze Wochenende bei ihnen auf dem Land verbrachten, kamen die da Mostos, Pisanis, Avogadros, Loredans, Grimanis und Franchettis. Sie blieben aber nur bis zum Mittagessen nach der Trauung und brachen danach geschlossen auf. Denn im Park der Villa Revedin tummelte sich eine gefährlich anmutende, gänzlich neue Aristokratie, die zwar keine neun Zacken in der Krone und keinen Dogenhut im Wappen trug, dafür aber erfrischend originell war und vor allem blendend aufgelegt.

War das denn überhaupt erlaubt in einem solch noblen Haus? Genau wie diese unsägliche Mesalliance mit einem Zeitungsmädchen?

Der venezianische Dogentross war gerade aufgebrochen, da traf die Königinmutter Margarethe aus Turin ein, die Jugendfreundin der Contessa Bianca, die sich die Hochzeits-Soirée und das Sonntagsbuffet im Park nach der Messe in der hauseigenen Kapelle nicht entgehen lassen wollte. In den letzten Jahrzehnten hatte sie mit dieser ihr verwandten Familie nur Trauer miterlebt, jetzt wurde die Villa in Gorgo al Monticano endlich wieder zum Ort freudigen Wiedersehens.

Margherita lebte an jenem Wochenende erstmals mit Nino unter einem Dach. Die Landvilla war groß, jeder hatte einen Flügel für sich, doch sie konnte spüren, dass Paris weit weg war und er ihr hier, bei sich zu Hause, wieder unvermittelt nah sein konnte. Am Freitagabend vor der Trauung, als sie vom kleinen Begrüßungsdîner, das die Weinbauern für die Gäste aus Paris und die Marcellos und Foscaris in der von Fackeln erleuchteten Kelterei ausgerichtet hatten, zurückkehrten, kam er mit einer Karaffe Rotwein in ihr Boudoir hinauf. Sie setzten sich an den Kamin und unterhielten sich beinahe bis zum Morgengrauen.

Pierre fand sie am nächsten Morgen, wie sie auf dem Sofa unter ihren Kaschmirdecken eingeschlafen waren. Nino sprang auf, schaute verdutzt an sich herunter und auf Margherita, die, genauso wie er voll angekleidet, auf dem Sofa lag, und sie mussten alle drei schallend lachen.

»Du wirst mir so guttun«, flüsterte er ihr zu, als sie sich wenig später zu Beginn der Trauung nebeneinander vor den Altar der kleinen Hauskapelle knieten. Margherita warf ihm einen Seitenblick zu, unwiderstehlich, wie er war in seinem seidengrauen Cutaway mit schlammfarbener Weste. Bei all der Mozartmesse, dem Kerzenlicht und dem Weihrauch um sie herum brauchte sie eine Weile, um in ihrer Erinnerung zu suchen, wo er diesen schönen Satz das erste Mal gesagt hatte.

Ja, an ihrem allerersten Abend am Neujahrstag!

An jenem Abend im Palais Revedin war wohl mehr zwischen ihnen geschehen, als es Margherita damals erschienen war.

Die Trauung zelebrierte Don Piero, der Dorfpfarrer von Gorgo al Monticano, den Margherita gut aus dem Kloster der Ursulinen kannte. Er hatte sich die ganzen Kriegsjahre über dafür eingesetzt, dass die Kranken, die Alten, die Frauen und Kinder aus seiner Landgemeinde im Kloster innerhalb der Stadtmauern Unterschlupf finden konnten, und war dabei ganz und gar nicht obrigkeitshörig vorgegangen. Als er ihre Ringe segnete, sah er Margherita direkt in die Augen, dann ebenso Nino, der dazu den Kopf tief beugte wie ein Bub bei der Kommunion.

Die Geste rührte Margherita bis tief in ihr Herz. Dieser schlanke Nobiluomo war fragiler, kindlicher, rührender, als jeder von ihm denken mochte. Sie würde ihm Stütze sein. Sie würde alles darangeben, ihm gutzutun.

Nach der Trauung und dem Reisregen vor der Kirche wich Nino ihr den ganzen Samstag und Sonntag keine Minute von der Seite, auch wenn Margherita mehr Zeit mit ihren neuen Pariser Künstlerfreunden als mit seinen alten venezianischen Dogen verbrachte. Es war keine böse Absicht. Die Letzteren wussten nicht, wie sie Margherita ansprechen sollten, sie hatten keine Themen, sie stotterten herum. Die Künstler hingegen feierten dieses riskant ungleiche Paar ausgelassen und ohne Vorbehalte.

Vielleicht, weil ihr eigenes Leben ebenso riskant und ungleich war wie das zukünftige Leben von Margherita und Nino?

Jean, ihr Tischherr zur Rechten bei der Hochzeits-Soirée, fasste das so zusammen: »Wir feiern dich, ma belle, ausschließlich dich! Nicht die Mittel, nicht den Rahmen, nicht die Statisten.«

10

Drei Monate später, es war der erste Montagmorgen des neuen Jahres 1921, hatte Nino wie immer noch vor neun Uhr das Haus verlassen. Margherita sah auf den Garten am Canal Grande hinunter, während sie sich ihr Negligé überzog. Ihr blieb eine gute Stunde, bis sie sich ankleiden, zur Salute spazieren und dort in das 1er-Vaporetto zum Lido steigen würde.

Lorbeer und Buchs rahmten das grüne Viereck des Gartens als Hecken ein. An den Eisengittern vor dem Wasser rankten sich Glyzinien und Kirschlorbeer, die im Sommer herrlich dufteten. Das grüne Reich war zwar nach Norden zum Kanal hin ausgerichtet, doch zum Glück groß genug, um auch im Winter von der Sonne erreicht zu werden, und das war nicht selbstverständlich, denn das Palais Revedin, das dritte Palais ostwärts neben der Akademie gelegen, hatte seine Fensterfronten wie alle »besten Lagen« am Canal Grande auf der Schattenseite. Nie fingen die Salons direktes Sonnenlicht. Die venezianischen Patrizier hatten in den über tausend Jahren ihrer Stadtgeschichte gut gelernt, Stoffe, Möbel, Holzböden, Stuccomalereien, Gemälde und Skulpturen vor dem starken Südlicht zu schützen, und ihre Gebäude nach Norden ausgerichtet.

Doch Margherita liebte die Sonne!

Sie blickte auf das erste morgengoldene Lichtband, das sich vom Lido und vom Markusbecken, hinter denen die Sonne aufging, über den Canal Grande zog und alle sieben Eisengitterfelder der Gartenfront zum Canal Grande traf. Vor der dunkelgrünen Wasseroberfläche glitzerten die schwarzgrauen, senkrecht gereihten Eisenstäbe silbern, ja sie schwebten vor dem welligen Hintergrund wie ein filigran gearbeiteter Spitzenvorhang im Wind.

Sie hätte stundenlang am Fenster stehen und diesem Lichttheater zuschauen können. Gleichzeitig zu dem goldenen Sonnenband über dem Kanal legte sich an einem bestimmten Zeitpunkt jeden Morgen, jetzt mitten im Winter kurz nach neun, ein schräger Schatten von Osten übers Wasser, da, wo der Canal Grande beim Campo San Vio eine leichte Kurve machte. Dieser Schlagschatten des östlichen Nachbarpalais, das die Cinis gekauft hatten, gewann langsam, seines allmorgendlichen Siegeszuges sicher, Welle um Welle und langte dann am Ostrand des Gartens an. Sobald der Schatten die Eisengitter traf, und das würde heute Morgen noch ein paar Minuten dauern, war der silberne Spitzenzauber vorbei, und die senkrechten Stäbe standen wieder schwarz und still in ihrer Reihe.

Margherita ließ diesen Lichtmoment ihre Seele wärmen. Sie liebte die Sonne, genau wie sie Nino liebte. Sie hatte ihn in den wenigen Monaten seit der Hochzeit lieben gelernt, wie sie niemanden mehr lieben würde.

Seit dem Frühjahr in Paris hatte sie sich eine neue Dimension für sie herbeigewünscht, eine Partnerschaft, ja eine Verschworenheit, die die gesellschaftlichen Abgründe zwischen ihnen überwände, überflöge. Sie hatte sich vorgestellt, dass diese Verschworenheit aus Hingabe entstehen könnte.

Allein, die Kraft dieser Hingabe hatte sie nicht voraussehen können.

Während die Eisenstäbe die letzten Augenblicke lang vor dem Dunkelgrün des Canal Grande glitzerten, sagte sie sich ihren Gedanken mehrmals laut vor: »Ich liebe ihn, wie ich niemanden mehr lieben werde.«

Das war vielleicht riskant. Doch es machte ihr keine Angst.

Als sie Anfang September aus Paris zuückgekommen war, hatte schon mehr zwischen ihnen beiden in der Luft gelegen als Freundschaft, ohne dass sie dieses »mehr« hätte benennen können. In Treviso und im Borgo Cavour war ihre gegenseitige Sympathie über Jahre etabliert gewesen: ein aristokratisch-aufgeschlossener Freigeist hatte sich in ein Mädchen aus dem Volk vernarrt, weil er glaubte, in ihr all das, was er in seinem reaktionären Umfeld vermisste, finden zu können. In Paris war die Zielsicherheit seiner Vernarrtheit aber ins Wanken geraten. Denn dort war nichts mehr gewesen wie in seinem gewohnten Umfeld.

Wie sollte ein Graf Revedin sich vor der neuen, aus allen Ländern zusammengewürfelte Elite einer Weltstadt verhalten, die die Erbaristokratie infrage stellte und jungen, engagierten Menschen aus dem Volk mehr Anerkennung zollte als verblassten Adelswappen?

Wie sollte er sich behaupten, er, der nur in die Kreativität anderer investieren konnte, doch seine eigene Kreativität nie wirklich leben würde?

Verlor er in dieser Stadt der Moderne den Boden der Tradition unter den Füßen?

Entzog man ihm unwiederbringlich, wie Jean es bei der Hochzeit so treffend formuliert hatte, den Respekt vor »seinen Mitteln, seinem Rahmen, seinen Statisten«?

Er hatte schließlich zu seinen Gefühlen, ja zu seinem Grundvertrauen in Margherita zurückgefunden, als sie nach Treviso heimkehrte. Wahrscheinlich hatte er erkannt, dass der Künstlertrupp, der ihr aus Paris folgte, ja keine Gefahr, sondern, im Gegenteil, eine wahre Chance für seine Stadt, seine Region, sein ganzes Land sein konnte. Noch dazu hatte Margherita wohl auch im Auftreten gewonnen. Sie sprach jetzt fließend Französisch und Englisch, sie kleidete sich und trug ihr Haar nach der neuesten Mode. Die langen Perlenketten der Contessa Maria, die Nino ihr Mal um Mal nach Paris mitgebracht hatte, vollendeten ihren Look auf das Meisterhafteste. Er konnte stolz sein auf seine Wahl, die ja ein Wagnis war. Und das war er auch.

Seit der Hochzeit im September war die schwebende Nähe, die sie seit Jahren verband, zu einem Sehnen geworden, das sich in Verlangen entlud.

Das war das neue, heilsame Muster!

Sie hatten sich einander hingegeben wie Gefäße, die ineinanderschwappen, überlaufen, sich vermischen. Zwei Seelen in Osmose in einer Stadt in Osmose, einer Stadt, deren Lagunenwasser überall war, sich flaschengrün oder himmelblau gab, aufgewühlt oder bleiern oder schlicht als glatter, unschuldiger Himmelsspiegel. Dazu kamen der kreideweiße Marmor aller Brücken, Treppen und Fundamente, die satten Backsteintöne aller Gassen, schließlich der Himmel.

Dieser Himmel!

Heute nach dem Aufwachen, als Margherita wie immer zu Marta, der revedinschen Hausköchin in die Küche gegangen war, um den Kaffee zu holen, den sie für Nino und sich auf einem kleinen Tablett ins Schlafzimmer trug, war der Himmel von einem zarten Pfirsichrot gewesen.

Auf dem Rückweg von der Küche durch die lange Reihe der Salons hatte sie den Wind vom Meer in Böen an die Scheiben wehen hören. Es würde heute also klar bleiben, klar und kalt.

Nino hatte sie in diesem Pfirsichlicht im Bett erwartet, seine Hände waren noch vom Schlaf warm gewesen, er hatte sie zu fassen bekommen und zu sich hergezogen, sein Atem war schnell und schneller geworden. Sie hatten sich geliebt und gekichert, ja gelacht. Sie konnten sich lieben und lachen dabei.

Margherita lehnte sich an die Fenstertür, an die der Wind strich. Sie könnte jeden Tag mit Lieben beginnen und mit Lieben vollenden und dazwischen die Stadt und ihr Licht betrachten, sonst nichts weiter tun. Sie wusste, das grenzte an Dummheit, doch sie hatte sich in diese Liebe hineintreiben lassen, ohne Vorbehalte. Ninos Atem, seine Stimme, sein Schweigen waren der Beginn einer neuen Lebensreise. Gleich in ihrer ersten gemeinsamen Nacht hier im Haus hatte er ihr alle Angst genommen, indem er überraschend gewesen war, zärtlich, aber auch wild.

Schlussendlich aber lustig!

Alle Grenzen, die Margherita nie überschritten hatte, waren plötzlich spielerisch überwunden worden. Sie hatten im Morgengrauen im Bett gesessen, die Fenstertüren zum Garten geöffnet, ein letztes Glas Cabernet Franc aus der Karaffe vom Vorabend getrunken, gelacht und geraucht. Dann war Margherita im Negligé in die Küche gegangen und hatte zu Martas Erstaunen für sie beide Kaffee geholt.

Kein Morgen hatte sich seither anders gestaltet. Margherita erwachte mit dem ersten Morgenlicht und stand auf, stellte sich an die Fensterfront und betrachtete den Garten und das Lichtspiel auf dem Kanal. Dann warf sie sich ihr Negligé über und ging durch die ganze lange Etage, in der sich ein Salon an den anderen reihte, bis in die Küche, die auf der Südseite des Palais, über der Gasse zum Rio di San Vio und der Piscina Forner lag. Meistens kam sie so früh ihren Kaffee holen, dass Pierre noch bei warmem Toast und Milchkaffee bei Marta am Küchentisch saß.

Ninos Leben hatte sich in Venedig nicht anders dargestellt, als Margherita es über Jahre in Treviso beobachten konnte. Sein Alltag war ein einziger Aufbruch. Er kannte kein Stillsitzen, er war stets in Bewegung.

Doch das hatte auch sein Gutes, jetzt, wo es dieses ihr gemeinsames neues Komplizentum gab!

Wenn sie manchmal abends mit Ninos Geschäftspartnern ausgingen, ins Monaco oder an warmen Abenden auf die Gritti-Terrasse, war der Kaffee kaum serviert, da brachen sie schon auf. Meistens rannten sie im Laufschritt nach Hause und liebten sich noch in einem der Salons, halb angezogen, im Stehen. Der Flügel im Musikzimmer war Margheritas Lieblingsplatz, auch weil sie begonnen hatte, Klavierstunden zu nehmen und ihre ersten kleinen Diabelli-Melodien beim Lieben mitsummen konnte. Sie endeten dann im Schlafzimmer, öffneten die Fenstertüren zum Garten, tranken ein letztes Glas Rotwein und rauchten dazu.

Wenn Nino morgens in aller Frühe das Haus verließ, er liebte den Morgen, kam er zurück, wann immer er wollte. Margherita hatte sich abgewöhnt, nachzufragen oder einen Tages-, gar einen Wochenplan zu machen. Für sich selbst etablierte sie aber den geordneten Lebenslauf, den sie gewohnt war. Der bestand aus täglichen Golfstunden am Lido und aus ihrem abendlichen Rudertraining, abwechselnd bei den neu gegründeten Canottieri Querini und bei den traditionsreichen Canottieri Bucintoro, die nebeneinander an der Fondamenta allo Spirito Santo auf der Südseite ihres Dorsoduro-Viertels lagen.

Ihre Nachbarn Piero und Elisabetta Foscari, die Margherita auf Anhieb ins Herz geschlossen hatten und sich rührend um sie kümmerten, hatten sie an einem der ersten Abende hier in der Stadt, an dem sie im Monaco diniert hatten, dazu überredet. Seither war der betagte Piero beinahe allabendlich zur Stelle, wenn sie bei Dämmerung an den Docks anlegte. Sein Palais mit der schönen Terrasse mit Giudeccablick lag nahe der Fondamenta, und oft tranken sie noch ein kühles Glas Weißwein mit Elisabetta, bevor Margherita nach Hause ging.

Meistens war sie dann abends allein, weil Nino zu Besprechungen im Marghera-Hafen blieb oder einen seiner Geschäftsfreunde traf. Manchmal blieb er auch über Nacht in Mailand, wo er nicht nur sein Optisches Institut verwaltete, sondern auch die Aktienanteile seines Vaters und seines Bruders bei den Milano Assicurazioni und den Generali. Darüber hinaus hatte er deren Mitgliedschaft im dortigen Aristokratenklub des Circolo dell'Unione übernommen.

Doch diese Einsamkeit machte ihr nichts aus.

Sie spielte Klavier oder las oder schrieb, denn ihre Korrespondenz mit Eugenia und ihren Künstlerfreunden riss seit dem letzten Jahr nicht ab und füllte ganze Abende.

11

Die Morgensonne zauberte ihr letztes Silberglitzern auf die Eisengitterfelder vor dem Kanal. Margherita stand noch immer an der Fenstertür, und ihr fiel der Traum ein, mit dem sie heute Morgen erwacht war. Seit dem Tag im letzten Herbst, dem 21. September, an dem sie in dieses Palais mit der Hausnummer 866 an der Piscina Forner, der breiten Gasse zwischen der Kunstakademie und dem Campo San Vio eingezogen waren, träumte sie die immer gleiche bedrückende Szene. Dieses Traumbild hatte sie nach ihrer ersten Nacht hier aus dem Schlaf gerissen, und seither verunsicherte es sie.

Nach der Landhochzeit hatten Nino und sie ein paar Flittertage in den Valli, den Fischergewässern der venezianischen Lagune verbracht und mit dem Boot die Casoni, die weit abgelegenen Landhäuser aufgesucht, die Nino an seine Kindheit, an die Angel- und Jagdausflüge mit seinem Vater und seinem Bruder erinnerten. Am Ende jener zwei sonnigen Nachsommertage letzten Herbst hatten sie vor dem Palais angelegt, und Nino hatte sie über die Porta d'Acqua, die Wassertür, die jedes herrschaftliche Haus in Venedig aufzuweisen hatte, zunächst in den Garten, dann über die Schwelle des Innenhofs ins Haus getragen.

Am nächsten Morgen war sie dann von diesem Traum erwacht. Sie hatte Maud Powell gesehen, wie sie das Beethoven-Violinkonzert bravourös vor großem Orchester auf einer schier grenzenlosen Bühne spielte. Das Publikum war gebannt, die eine oder andere Dame weinte lautlos. Schließlich hatte sich ihr

Spiel seinem Ende genähert, und im Traum hatte Margherita sich selbst sagen hören: »Gott, lass Maud Powell ihren letzten Satz zurücknehmen.«

Dann war die Powell bei den abschließenden zwei Geigenstrichen des Schlussakkords angelangt, das Orchester verstummte, sie stand einen kurzen Moment bewegungslos, senkte Geige und Bogen zu Boden und brach auf offener Bühne zusammen.

An jenem ersten Morgen hier im Palais am Canal Grande hatte Margherita keine Zeit gehabt, sich zu fragen, was dieser Traum für ihre Zukunft mit Nino bedeuten könnte, denn er war wie immer schon frühmorgens hellwach gewesen und wollte ihr an ihrem Willkommenstag in der Stadt seinen geliebten Lido zeigen. Sie hatten die ellenlange Düneninsel in ihrer ganzen Länge erwandert, vom Leuchtturm von San Nicolò im Norden bis zu den Alberoni im Süden. Erst bei Einbruch der Dunkelheit waren sie herrlich durchwindet und frisch gebräunt nach Hause zurückgekehrt.

Doch seither kam dieser Traum zurück.

Margherita war plötzlich kalt, wie ihr das oft hier in Venedig geschah. Sie wandte sich um und griff nach ihrem Wollschal auf der Liseuse, die mit Blick auf den Kanal am Fußende des noch ungemachten Bettes stand. Auf diesem in hellem Wildleder bezogenen, herrlich komfortablen Möbelstück konnte sie ganze Abende beim Lesen verbringen. Überhaupt hatte Nino ihre Beletage in einer einzigen Ton-in-Ton-Symphonie von elfenbein- bis schlammfarben ausstatten lassen, das Kontrastprogramm zu den vielfarbigen Salons seines Palais in Treviso. Und auch das Kontrastprogramm zu dessen prunkhaftem Charakter.

Hier in Venedig kam alles leicht und modern daher, die Räume waren beinahe leer, die wenigen Möbel trugen die geraden Linien des Stils Louis XVI. und des Art déco. Margherita war hingerissen gewesen, als sie die Salons zum ersten Mal gemeinsam durchschritten hatten, und Nino hatte dazu nur angemerkt: »Unverkennbar: die Leere des Jean-Michel Frank.«

Wie bitte? Er hatte Jean beauftragt, ihre Beletage zu gestalten?

Das war die liebenswerteste Idee, die er hatte haben können.

Jener erste Auslandsauftrag, den Jean im letzten Frühjahr angenommen hatte und für den er um Ostern herum aus Paris verschwunden war, war also ihr Palais gewesen!

Jean musste sich mit Nino auf Anhieb verstanden haben, um in so kurzer Zeit ein solches Gesamtkunstwerk zu schaffen. Alle Wände waren weiß und bar jeglicher Kunstwerke, das gab den Räumen einen für Venedig ganz ungewöhnlichen Charakter. Man wähnte sich direkt am Meer.

»Dein Jean hat geraten, uns mit der Kunst Zeit zu lassen. Die Stücke, die uns glücklich machen würden, kämen von selbst auf uns zu.«

Typisch der feinsinnige, aber auch clevere Jean, Nino auf diese Art Mut zu machen, den Ballast seiner tonnenschweren Familiengeschichte abzuwerfen. Gleichzeitig gab Jean so aber auch Margherita freie Hand, sich Monat um Monat, Jahr um Jahr in dieses lichte Interieur einzuschreiben.

Der Schal wärmte Margherita umgehend den Rücken, wie immer, wenn sie in diesem Haus von einem auf den nächsten Augenblick fröstelte. Als sie hier eingezogen waren, letzten Herbst, hatte sie sich das anfangs nicht erklären können, wohnten sie doch in einem sehr hoch gelegenen und luftigen zweiten Stock.

»Acqua marcia«, faules Wasser, hatte Marta, die Köchin, die gar nicht begeistert gewesen war, dass man sie von Treviso in die Lagune »strafversetzt« hatte, grollend erklärt. Es sei die salzige Feuchtigkeit, die in allen Wänden und Böden der venezianischen Gebäude hocke und die einen mehrmals am Tag unerwartet überfalle. Genau wie dieses Hochwasser, das seit jeher regelmäßig im frühen Frühjahr und späten Herbst vom Meer in die Lagune drücke und so sinnlos wie unberechenbar sei. Wie heilsam und berechenbar seien hingegen doch die Wasser ihres Trevisaner Sileflusses!

Ein Fluss, den schon Dante in seiner Göttlichen Komödie erwähnt habe, der Sile habe seinen Namen ja berechtigt von »Silis qui silet« erhalten, dem Fluss, der immer schweige.

Margherita hatte bei Martas Ausführungen schmunzeln müssen. So wie sie, das revedinsche Zeitungsmädchen Beethoven liebte, liebte die revedinsche Köchin Dante!

Jetzt, in diesem Moment, Margherita öffnete die Fenstertür einen Spalt, und der kalte Morgenwind vom Meer wehte herein, hatte der Schlagschatten des Nachbarpalais den Ostrand ihres Gartens erreicht. Der silberne Spitzenzauber vor den Kanalwassern war vorbei, alle Stäbe der Gartengitter standen schwarz und still in ihrer Reihe.

Am Ende dieser Woche, rechnete Margherita in Gedanken nach, reiste Jean wieder mit seiner Mutter am Lido an. Allerdings, wie er schrieb, begann sie ihm Sorgen zu machen. Sie vergaß Namen und Ereignisse. Sie verlief sich in ihrem 16. Arrondissement, und die Zofe fand sie im Negligé im Trocadéro-Park auf einer Bank sitzend, wie sie fremde Menschen ansprach. Sie erzählte von Kindheitsfreunden aus New York, die Jean nie getroffen hatte.

Anlässlich dieses Besuchs und zum ersten Jahresbeginn in ihrer neuen Heimat Venedig hatte Margherita vorgestern, am Neujahrstag, einen Entschluss gefasst, den Nino begeistert aufgenommen hatte. Sie würde ab dem nächsten Samstag, dem 8. Januar, jeden Samstag ein Dîner abwechselnd im Excelsior und im Des Bains geben, um die neuen Hausgäste mit den Habitués bekannt zu machen und die kulturellen und sportlichen Aktivitäten der kommenden Woche anzukündigen. Schließlich aber auch ganz einfach, um in den Häusern präsent zu sein. Denn, so hatte sie zu Nino gesagt: »Den Grandhotels am Lido mangelt es an Seele.«

»Genau wie mir vor dir«, hatte er geantwortet.

Er konnte sie immer wieder erobern.

Sie würde mit dieser Hausherrinnen-Rolle am Lido eine echte Lücke füllen, denn keine der Ehefrauen von Ninos drei Partnern war zum winzigsten Engagement für diese Hotels, die Lido-Insel, ja die ganze Stadt bereit. Elisabetta Foscari hatte im letzten Jahr einen immensen Waldbesitz im nahen Kärnten geerbt und ihren Wohnsitz, bis auf ein paar Wochen Venedigluft im Frühjahr und im Spätsommer, dorthin verlegt.

Die Frauen von Volpi und Cini snobbten den Lido seit je, das Des Bains fanden sie spießig, das Excelsior einen brutalen Kitsch. Um keinen Preis hätten die beiden sich in den Dienst einer gemeinsamen Sache gestellt, hatten sie sich doch im vorigen Jahrhundert als Schauspielerinnen versucht und sahen sich noch heute als epochale Diven. Um zwei Jahrzehnte älter als Margherita und eingehaust in ihre Belle-Époque-Gewohnheiten, waren sie seit jeher Ninos größte Sorge gewesen. Genauso wie die weiteren Nobildonnen der Stadt. Deshalb hatte er zu keinem Moment versucht, auch nur irgendeine von ihnen in ihre gemeinsame Vision des Kultur- und Naturtourismus einzubeziehen. Ein namenloses Mädchen vom Land, das bisher die Zeitungen ausgetragen hatte, konnte ein junger Graf Revedin heutzutage zu seiner Frau machen. Er konnte sie auch für eine tragende Rolle in der kulturellen und touristischen Entwicklung seiner Stadt vorschlagen und, da sie diese blendend ausfüllte, über längere Zeiträume verteidigen. Doch gesellschaftlich bedeutete das so gut wie nichts.

Die venezianischen First Ladies aus dem vergangenen Jahrhundert, das hier in der Stadt noch viel präsenter war als anderswo, würden Margherita ein Leben lang verachten.

12

Jetzt, wo Margherita an ihrer Fenstertür stand und über die Nobildonnen nachdachte, kam ihr spontan, sozusagen zum Seelenausgleich, die Contessa Bianca in den Sinn.

Sie hatte sich nach der Hochzeit ganz aus ihrem jungen Eheleben zurückgezogen, doch Margherita erfuhr von Eugenia, dass sie über den Winter fast ständig zu Konzerten nach Berlin und Paris reiste. Um so besser, sie lebte ja, genau wie Margherita selbst, für und durch die Musik.

Der Contessa Bianca gegenüber hatte sie ein schlechtes Gewissen, denn mit der Villa auf dem Festland, ihrem Hochzeitsgeschenk, war sie in den vergangenen Monaten nicht wirklich warm geworden. Dieses Landhaus, das ihnen als Sommer- und Wintersitz zugedacht war, denn, wie die Contessa gesagt hatte, »bleibt ihr mir in den vom Hochwasser durchtränkten November- und Dezemberwochen nicht in jenem venezianischen Sumpf«, stand auf dem Festland nahe dem Dorf Carpenedo, vor den Toren des Städtchens Mestre. Es war von Weiden- und Kastanienhainen umgeben und trug den schönen altrömischen Namen »Villa Salus«, ein Ort des Wohlergehens.

Vielleicht hatte Margherita sich jenen Besitz innerlich noch nicht wirklich aneignen können, weil sie sich so sehr in dieses Palais am Canal Grande verliebt hatte?

In Jeans leere und lichte Salons? In den Garten? In den Blick aufs Wasser und sein ständig wechselndes Licht?

Zugegebenermaßen auch in den Lido. Ihr herrlich neuer Alltag bestand, abgesehen von Ninos sehr spürbaren Präsenzen, denen sehr spürbare Absenzen folgten, aus spannenden Golfstunden mit ihrem neuen Golflehrer, einem von Nino aus Schottland importierten, bestens gealterten Earl. Dazu kam das von den Foscaris initiierte Rudern. Schließlich noch köstliche Gespräche mit einem frischen Neuzugang aus Eugenias Entourage, einer Amerikanerin, die seit diesem Herbst ständig zu ihr nach Venedig reiste.

Sie war am 21. November, dem Festtag der Salute, in der Stadt angekommen und hatte, von sich selbst eingenommen, wie sie zu sein schien, gemeint, die ganze Stadt sei auf den Beinen, um sie zu bergüßen!

Dabei war der Kirchtag der Salute der höchste Festtag der Stadt, gleich nach dem Redentore-Fest Ende Juli, und alle Venezianer kamen auch von weither zurück, um zur Madonna della Salute zu pilgern und sie um ein gesundes neues Jahr zu bitten.

Die Begegnung mit dieser jungen Amerikanerin fand im Hotel Gritti statt, wo sie logierte. Margherita war von pompösen Billets überschwemmt worden, die sie für den Nachmittag ihrer Ankunft, fünf Uhr, zu einem Begrüßungsdrink in der Gritti-Bar einluden. Sie allein einluden, wie sie mehrmals schrieb, so hatte es wohl Eugenia von Paris aus orchestriert.

Margherita war diese erste Begegnung in Erinnerung, als hätte sie gestern stattgefunden. Sie war in der schmalen Eingangshalle des Hotels angekommen, und die war von Schrankkoffern verstellt, während am Tresen der Rezeption eine junge Frau stand, die sicher nicht älter war als Margherita selbst. Sie trug einen bodenlangen, lila gefärbten Zobelmantel, darunter ein orangefarbenes, eng anliegendes Cocktailkleid zu hohen lila Seidenpumps. Dafür weder Hut noch Handschuhe.

So war sie im Orientexpress die ganze Strecke von Paris bis hierher gereist?

Adolfo, der betagte Concierge, war ganz außer Atem. Die neue Kundin musste ihn schon seit geraumer Zeit mit Beschlag belegen, denn als Margherita das Haus betrat, schrie sie ihn an: »No bathtubs? No telephones? No elevator? You seriously don't have one american standard suite?«

Adolfo bat die beiden jungen Damen, in der Bar zu einem Begrüßungsdrink Platz zu nehmen, »Der geht aufs Haus, Contessa«, raunte er Margherita zu, er werde derweil das Gepäck in die Dogensuite bringen lassen. Die gnädige Frau werde sich dort sicherlich wohlfühlen.

Claudio, der Barmann, erschien in der Lobby und bat sie zu sich in seine vom Boden bis zur Decke mit Muranospiegeln verkleidete Bar. Dort beruhigte sich die »Amerikanerin in Venedig«, wie er sie charmant betitelte, und sie strahlte ihn dafür mit breitem Lächeln an. Bei jedem Glas Wodka wurde das Strahlen intensiver.

Sie hieß Peggy. Sie war drei Jahre jünger als Margherita. Sie war unverheiratet, doch sie liebte die Männer, »am besten mehrere gleichzeitig«, wie sie offen zugab, und hatte entschieden, ihr Leben in Europa zu verbringen. Denn die »Moralisten«, wie sie sie nannte, bei ihr zu Hause in New York »shall finally fuck off«.

Unübersetzbar. Unwiederholbar.

Margherita war noch nie jemandem begegnet, der sich so ausdrückte!

Ihr Vater, begann sie beim dritten Glas und der sechsten Zigarette zu erzählen, sei ein höchst erfolgreicher jüdischer Unternehmer gewesen. Er war beim Untergang der Titanic umgekommen, weil er seiner Mätresse den Platz im Rettungsboot überlassen hatte: »Du kannst Dir vorstellen, Mamy darling, ein gefundenes Fressen für die New Yorker Presse. Und erst recht für die Society!«

Seither floh sie vor ihrem Onkel, der sowohl ihr Vermögen als auch ihren Lebensstil autokratisch zu verwalten suchte. Unsicher, was sie mit ihrem Erbinnendasein anfangen sollte, hatte sie sich im letzten Spätsommer in Paris niedergelassen, genau als Margherita die Stadt verließ.

Eugenia hatte sie zu Margherita nach Venedig geschickt, weil sie eine Anhängerin der morbiden Belle Époque war, »you know, I loooove the *Tod in Venedig*!«, in Wahrheit wohl aber, weil sie nicht wusste, was sie mit ihr in Paris anfangen sollte. Nun war sie hier, und sie würde bleiben: »Open end, darling«, säuselte sie über den kleinen Bartisch, und es klang wie eine Drohung. Sie wolle diese Stadt erkunden »bis in den Tod«.

»The loveliest town in the world«, war sie gleich am nächsten Tag von diesem Dorf, in dem alle Welt zu Fuß ging und sich mehrmals am Tag begegnete, hingerissen. »How marvellous«, man treffe sich ja ständig auf den Gassen und Brücken!

Sie könne die Spione ihres Onkels Solomon so schon aus der Ferne ausmachen!

Peggy hatte eigentlich den schönen Namen Marguerite, die französische Form von Margheritas eigenem Namen, wurde aber, seit sie ein Kind war, mit dem schrecklichen Spitznamen Peggy gerufen. Ihr schien dieses banale Kürzel allerdings zu gefallen.

Ebenso trug sie die hässlichste Nase im Gesicht, die man je gesehen hatte, doch sie hatte sich mit ihrem Aussehen arrangiert und lenkte mit ihrem bizarren Kleidungsstil von ihrem entstellten Gesicht und ihrem knallig gefärbten Haar ab. Sie erzählte jedem, der es hören wollte oder auch nicht, dass sie sich letztes Jahr bis nach Cincinnati, ein Städtchen im »Nowhereland Ohio« begeben habe, weil sich dort, gut geschützt vor den neugierigen Blicken der New Yorker Society, ein Chirurg niedergelassen hatte, der die berüchtigten neuen »Schönheitsoperationen« durchführte. Diesem Arzt, dessen Namen sie für immer aus ihrem Gedächtnis gestrichen habe, habe sie eine sündteure neue Nase bezahlt, im Voraus und bar. Sie habe sich die Nasenform aussuchen dürfen und habe sie sich »tip-tilted like a flower« gewünscht, eine Formulierung, die sie einmal bei Tennyson gelesen habe und mit der sie sich sehr gebildet vorgekommen sei. Was »tip-tilted« denn sei, musste der Arzt gefragt haben, und sie hatte geantwortet: »Eine arische Nase eben.« Leider habe sie während der Operation, »eine Tortur, Mamy darling!«, die Nerven verloren und in der Mitte abgebrochen. Das Ergebnis sei entsprechend katastrophal.

»Vielleicht hätte ich für eine arische Nase nicht zu einem jüdischen Chirurgen gehen sollen?« war ihre stete Schlusspointe, für die sie tatsächlich jedes Mal Lacher erntete.

Peggy hatte einen herben Humor, den man ertragen können musste, und Margherita war nach einer halben Stunde in der Gritti-Bar klar gewesen, warum Eugenia sie an sie weitergereicht hatte. Ein scheues Andenreh konnte mit solch derben Lachern nicht leben.

Sie musste im Grunde aber schrecklich einsam sein. Und diese Einsamkeit rührte Margherita, wie sie sie bei Nino gerührt hatte. Noch dazu war sie durch und durch ehrlich, was eine unbezahlbare Qualität war. Und als Daraufgabe hatte sie die rauchigste Stimme, die man je gehört hatte.

Kein Wunder, sie rauchte ja auch ständig!

Ihre Zigaretten der Marke Muratti Ambassador, erfuhr Margherita schon am zweiten Tag ihres Zusammenseins, bestellte sie per Eisenbahnexpress direkt aus Berlin und trank generell ab elf Uhr morgens Absolut Wodka pur.

Sie blieb einen ganzen Monat in der Stadt, und schon bei diesem allerersten Besuch brachte sie Margherita, die sie seit dem Tag ihres Kennenlernens »Mamy« nannte, das Pokern bei. Sie spielten um Drinks oder Zigaretten, aber zum Glück, ohne echtes Geld einzusetzen, denn Peggy war eine fatale Gegnerin und gewann hohe Summen.

Für diese Treffen, die Stunden dauern konnten, hatte sie sich die Bar des Europa & Britannia ausgewählt, wo sie einen jungen Barmann entdeckt hatte, den sie unwiderstehlich fand. Er hieß Giuseppe.

Mit dem Golfunterricht hatte Nino seit Margheritas Ankunft in der Stadt natürlich den Plan verfolgt, die Grandhotels am Lido mit neuem Publikum zu füllen und seine Frau zum Mittelpunkt der kulturellen und sportlichen Angebote zu machen, die man den neuen internationalen Gästen bieten wollte. Und Margherita würde ohne Probleme die erste »Campionessa« Italiens werden, denn diese gelassene und gleichwohl höchst konzentrierte Partie mit der Natur fiel ihr zu wie im Spiel.

Peggy fand Golfen zwar grauenhaft englisch, amüsierte sich aber königlich, wenn sie Margherita beim Training begleiten konnte. Sie nannte das »Mitgolfen«, und sie zogen in Ermangelung eines Golfplatzes über die Dünen des Lido, da, wo der Strand ganz wild war, vom Excelsior aus Richtung Südspitze.

Im Dorf Malamocco, wo ihr improvisiertes Golfterrain begann, gab es eine herrlich verruchte Kneipe, die nur Fischer und Inselschiffer besuchten, die Trattoria al Borgo, und da wollte Peggy regelmäßig hin. Sie legte sich eine himmelschreiende Mitgolferausrüstung zu, die die Einheimischen auf den Strandwegen und den Dorfsträßchen regelmäßig zum Grinsen brachte. Margherita erfuhr sehr bald, wie man auf der Insel sagte: »Da kommt die Contessa mit ihrem Papagei.«

Um das Golfen am Lido heimisch zu machen, hatte Nino jenen schottischen Earl mit dem shakespearschen Namen Malcolm Montgomery MacCruikshank in einem der Dachzimmer des Excelsior eingemietet. Gegen Kost und Logis und Scotch rund um die Uhr gab er den Hotelgästen Unterricht oder begleitete sie auf ausgedehnte Spaziergänge rund um die Insel. Er hatte die berühmte Glasgower Landschaftsgärtnerei Maxwell M. Hart über Jahrzehnte in der Golfplatzgestaltung beraten.

Nino hatte den betagten Gentleman letzten Herbst im White's Club in London kennengelernt und sozusagen im Gepäck mit nach Venedig gebracht. Sein Englisch war nicht zu verstehen, nicht für Margherita und erst recht nicht für Peggy. MacCruikshank lebte aber ohnehin ohne viele Worte und verständigte sich mit Augenzwinkern und knappen Gesten. Es war eine Wohltat und eine Lebenslehre, mit ihm die Tage zu verbringen.

Im nächsten Jahr war die Errichtung des ersten Golfplatzes auf italienischem Boden am Lido geplant und gemeinsam mit MacCruikshank hatten die vier CIGA-Partner die südliche Inselspitze ins Auge gefasst. Dort lag das ehemalige Fort der Habsburger Besatzungstruppen auf einer Fläche von über 100 Hektar brach. Die gut erhaltenen Kasernenbauten und Marställe waren für die notwendige Infrastruktur und ein Clubhaus wie gemacht. Das Terrain war noch dazu unregelmäßig hügelig und zum Meer hin abfallend, also vom idealen Schwierigkeitsgrad für einen anspruchsvollen Parcours. MacCruikshank ging das Gelände täglich mit Margherita ab und improvisierte die möglichen Schwunglinien eines 9-Loch-Platzes. Par 35 wäre erreichbar und MacCruikshank spielte diesen Parcours bei genügend Scotch aus seinem Flachmann locker drei Schläge unter Par.

Golfen. Rudern. Peggy. Damit waren ihre Tage in den ersten Monaten in dieser Stadt gefüllt. Dazu kam ihr Engagement in den Grandhotels, das Nino sichtlich gefiel. Er erschien ihr heute noch verliebter als im letzten Herbst. Bald, hoffentlich, würde ihre Leidenschaft füreinander Früchte tragen, denn Margherita freute sich auf ein Kind, ja, mehrere Kinder. Manchmal ging sie die Stufen zur Salutekirche hinauf und sprach, wie sie es gewohnt war, direkt zu Gott: »Lass uns Kinder haben, Gott, gesunde Kinder.«

13

An einem Frühlingsmorgen zwölf Jahre später, dem 20. Mai 1933, kam Margherita mit dem kleinen Luigi an der Hand aus dem Stadtkrankenhaus am Campo San Giovanni e Paolo. Es war das erste Mal, dass sie mit ihrem Sohn ein Krankenhaus aufgesucht hatte, und ein wenig zitterten ihr die Knie von den umfangreichen Untersuchungen, zu denen sie von Umberto Marcello, ihrem Nachbarn und dem Chefarzt hier, gedrängt worden war. Eigentlich hatte der Bub ja nur Kopfweh und leicht erhöhte Temperatur, eine für ihn sozusagen alltägliche Symptomatik. Nur hatte Margherita dieses Mal ein schlechtes Gefühl. Man würde sehen, was die Examen zu Tage brächten.

Luigi hatten sie nach Ninos Bruder benannt, er war jetzt beinahe neun Jahre alt und ihr einziges Kind geblieben. Nach der Hochzeit hatte es gut drei Jahre gedauert, bis Margherita endlich schwanger geworden war. Sie hatte die besten Ärzte in Venedig, Padua und Mailand konsultiert, um schließlich herauszufinden, dass nicht sie der Grund für den ausbleibenden Kindersegen war. Es war schwierig gewesen, diesen Befund Nino zu erklären.

Denn an wen wandte man sich, wenn der eigene Mann ungreifbar war wie eine Seife in der Badewanne?

Schließlich hatte Umberto sich Nino persönlich vorgenommen, immerhin waren die beiden verwandt, und in der Stadtgeschichte Venedigs verband die Familien vieles. Für ein Kind brauche man Zeit, hatte er ihm gesagt, noch lange bevor es überhaupt gezeugt war!

»Sich Zeit nehmen für ein Kind?«, hatte Nino sie nach diesem Gespräch mit dem Chefarzt entgeistert gefragt, »wo wir hier gerade die Welt neu erfinden?«
»Wir wollen doch Kinder.«
»Wir wollen Spaß, mein schönes Tier.«
»Nicht nur«, hatte Margherita geantwortet.
Das ging ihr zu weit!
Sie hatte Spaß mit ihm, oh ja, doch ihn lieben hieß auch, eine persönliche Zukunft mit ihm aufzubauen, nicht nur eine geschäftliche!

Er hatte Margherita die kulturelle und touristische Entwicklung des Lido in vollem Vertrauen überlassen und widmete sich seither seinen anderen Investitionen im Marghera-Hafen und in Mailand. Er war folglich ständig unterwegs.

Sie hatte also dringend eine Strategie finden müssen, mehr Momente der Zweisamkeit erleben zu können, und überzeugte ihn in den Sommern vor ihrer Schwangerschaft von kleinen Schiffsreisen durch das Mittelmeer, nach Konstantinopel, nach Athen und nach Kairo. Über die Winter fuhren sie gemeinsam nach Wetzlar, nach Berlin und nach Dessau, Ernst Leitz, das Ehepaar Gropius und ihr Bauhaus sowie Hugo Junkers, den Luftfahrtpionier, besuchen, außerdem zu den Saisoneröffnungen der Theater nach Paris.

Im Herbst 1923 war sie dann endlich schwanger geworden, Gott sei Dank, doch damit hatte sich ihr Leben schlagartig verändert. Denn Nino glaubte wie ein Kind, Schwangere seien unantastbar.

Er war in ein Zimmer im Gästeflügel ihrer Etage gezogen, hatte sie monatelang gemieden und die Wochenenden möglichst auf dem Weingut oder auf der Jagd bei Freunden verbracht. Schließlich war das Kind geboren worden, und es war ein Junge. Nino war tagelang enttäuscht, so sehr hatte er sich eine kleine Margherita oder eine kleine Caterina gewünscht,

Nachfolgerinnen der letzten Revedin-Komtesschen, die im 19. Jahrhundert geboren worden waren, einer Zeit, in der für die Menschen seines Standes die Welt »noch in Ordnung« gewesen war.

Hatte er Angst, in gesellschaftlichen und wirtschaftlichen Umbruchszeiten wie diesen einen Jungen erziehen zu müssen?

Einen, der den Familiennamen weitertragen sollte, trotz der auf den Kopf gestellten sozialen Ordnungen, trotz der neuen unternehmerischen Ansprüche?

Einen, der reüssieren müsste, wie sein verstorbener Vater und sein verstorbener Bruder das geschafft hatten?

War er sich selbst als Vater und Vorbild so wenig wert?

Luigi war ein glückliches Kleinkind gewesen und hatte schon lange vor dem Schulalter gut zu erzählen gewusst. Seine Eltern, die er kaum je gemeinsam antraf, hatte er wechselweise mit selbst erfundenen Geschichten unterhalten. Nino hatte diese Erzählungen mit venezianischer Geschichte genährt, sodass der Junge bald die Hintergründe aller in der Stadt präsenten Wappentiere und allegorischer Figuren verstanden und in seine Kindersagen eingebaut hatte. Seither klangen die früher spontan entwickelten Erzählstränge für Margherita oft etwas altklug, doch sie unterstützte jeglichen seiner kreativen Einfälle, war er doch sonst ein so stilles Kind. Er hasste die frische Luft. Er bewegte sich ungern. Und er hing an seinem Vater wie ein kleiner, blasser Schatten. Es war rührend mit anzusehen, doch es machte Margherita auch Angst.

Luigi, den Nino »Luigino« nannte, was seinem eigenen, verzärtelnden Kosenamen sehr ähnlich kam, Margherita aber gar nicht gefiel, es machte das Kind noch fragiler, ja zu einer Karikatur seiner selbst, kam diesen Herbst immerhin schon in die Mittelschule. Er ging in die vierte Klasse des privaten Instituts der Cavanis-Brüder am Rio Terrà dei Foscarini gleich um die

Ecke ihres Palais. Margherita hätte zwar eine öffentliche Schule bevorzugt, da in dieser dem Patriarchen unterstellten Privatschule sämtliche Dogenkinder Venedigs eingeschrieben waren, doch Nino hatte zu ihrer Überraschung nichts von volksnaher Schule hören wollen und sich bockig auf die elitäre Institution eingeschossen.

»Alle Patrizier schicken ihre Kinder dorthin«, hatte er gesagt.
»Also?«, hatte Margherita mit einer Gegenfrage geantwortet.
»Muss er sich dort beweisen.«

Wie wunderbar! Ein Mischlingskind aus uraltem Adelsblut und namenloser Arbeiterklasse sollte sich in einer vergangenheitsverliebten und noch dazu erzkatholischen Privatschule »beweisen«?

Pierre brachte ihn also seit dem Herbst 1929, dem Herbst, in dem Venedig ausnahmsweise von jeglichem Hochwasser verschont geblieben war, jeden Morgen um acht Uhr vor das Schulportal auf den Rio Terrà und holte ihn um Punkt eins wieder ab.

Luigi hatte darauf bestanden, schon mit fünf Jahren in die Schule gehen zu dürfen, und die frühe Aufnahme gestaltete sich problemlos, wissbegierig, wie er war. Er war also immer der Kleinste der Klasse, doch das schien ihm nichts auszumachen. Jeden Tag kam er brav und ohne zu trödeln oder im Hof zu verweilen mit nach Hause, aß einen Happen zu Mittag, denn auch Essen begeisterte ihn nicht, und sperrte sich dann in seinem Kinderflügel zum Lesen ein. Gegen Abend spielte er Schach, was ihm Jacques beigebracht hatte, gegen sich selbst. Kein Schulkamerad kam ihn je besuchen, keiner lud ihn ein.

Zum Glück gab es jeden Sommer ab Schulschluss die Capanna, die Badehütte am Excelsiorstrand, die Margherita gemeinsam mit den Foscaris für die ganze Saison bis Ende September mietete. Sie hatte diese Bachhütte mit Namen Cignus 38, die letzte am südlichen Ende des Strandes, die vom Society-Trubel schon abgeschieden war, für sie alle gewählt. Und die Wahl hatte sich als Kunstgriff erwiesen.

In der Kinderwelt der Capanna ging es nämlich nicht stocksteif wie bei den Schulfesten der Cavanis-Brüder zu, sondern wild und lustig, und der kleine Luigi traf auf Gleichaltrige, die sich nicht von Anfang an von ihm abwandten. Elisabetta Foscaris Nichte, die nach Wien geheiratet hatte, brachte außer ihren drei Mädchen die zwei Nachbarjungs aus dem Rocca-Palais auf der Fondamenta degli Incurabili mit. Diese fünf Kinder kamen von anderswo und hegten keine venezianischen Ressentiments gegen Margherita, die »Contessa Campionessa«.

Denn so, hatte Marta, die Köchin, Margherita schon vor der Geburt des kleinen Luigi gestanden, nannte man sie hier in der Stadt: die Turnier-Gräfin. Das Geständnis hatte Marta nur ein müdes Lächeln gekostet, dann hatte sie souverän hinzugefügt: »Diese Venezianerinnen sind ja nur blass vor Neid, Contessa! Sogenannte Nobildonnen, die schon uralt geboren werden, sehen Sie sie doch an! Die sind aus ihren stinkenden Gassen und ihren feuchten Nebelwintern nie herausgekommen!«

Die abgrundtiefe gesellschaftliche Ausgrenzung, die wohl unüberwindbar bleiben würde, hatte Margherita bei der Geburt des kleinen Luigi noch nicht wirklich durchschaut. Erst bei seiner Einschulung wurde sie sichtbar und blieb seither allgegenwärtig. Bei den Cavanis-Brüdern wusste jeder, vom Gärtner bis zum Rektor, wer die Mutter des kleinen Luigi war: eine aus dem Volk, die einst die Zeitungen ausgetragen hatte. Also mied man ihn genau wie sie.

Ab Anfang Juni, wenn das Schuljahr endete, holte Margherita ihn zu seiner Morgenschokolade zu sich ins Zimmer und nahm ihn am Vormittag mit an den Lido. Er blieb mit seinen Kinderfreunden und Irma, dem Kinderfräulein, das Eugenia ihr aus dem fernen Patagonien nach Venedig geschickt hatte, den ganzen Tag am Strand. Schon nach zwei Wochen war er herrlich gebräunt und grünäugig wie ein Clark Gable im Kinderstarformat.

Margherita hingegen spazierte noch vor der größten Hitze auf den Golfplatz weiter, nicht ohne vorher im offenen Meer die halbe Strecke bis zum Des Bains und wieder zurück geschwommen zu sein. Nach dem Training sammelte sie Irma und Luigi am späten Nachmittag wieder in der Cignus 38 auf, sie duschten gemeinsam und spazierten mit noch nassen Haaren den Lungomare und den Gran Viale des Lido entlang bis zur Haltestelle bei Santa Maria Elisabetta, wo das 1er-Vaporetto anlegte, das sie bis zurück zur Salutekirche brachte. Sie hatten alle drei einen echten Strandtag in der Natur verbracht, nicht ein durchgehendes Society-Grüßprogramm, wie es in den Badehütten direkt vor dem Excelsior gepflegt wurde.

Denn die Capannas, die gleich unter der Hotelterrasse und der Freitreppe zum Strand lagen, waren für die Hotelgäste reserviert, und neuerlich fiel man dort buchstäblich über Filmstars, Drehbuchautoren, Produzenten und Pressechefs. Die amerikanische wie die europäische und russische Filmwirtschaft hatten, nach langen Jahren von Ninos und Margheritas Bemühungen, endlich den Lido entdeckt, und in ihrem Tross flogen die Stars dieser neuen Kunst wie Möwenschwärme in die Lagune ein.

Letzten August hatte das weltweit erste Filmfestival auf der Terrasse des Excelsior stattgefunden, und die ganze Region Venezien hatte sich aufgemacht, dieses brandneue Spektakel zu erleben.

14

Auf dem Weg über den Platz zum Café Rosa Salva, wo Eugenia mit ihrem Neffen und Peggy mit ihren beiden Kindern auf sie warteten, drehten sich Margherita und Luigi nach ein paar Schritten nochmals zur Fassade des Krankenhauses um.

Kein Mensch würde glauben, dass in diesem Gebäude ein Krankenhaus untergebracht war!

Die Südfassade war ein Juwel der Frührenaissance mit in Marmor gehauenen Trompe-l'Œil-Effekten, die einen einzigen Protagonisten in Szene setzten, den venezianischen Löwen.

»Nicht nur einer, nein, gleich zwei Löwen!«, bemerkte der kleine Luigi.

Ja, gleich zwei Löwen rahmten das Eingangsportal spiegelbildlich ein, in ihrem Hintergrund war der Sternenhimmel der Republik Venedig zu sehen, der im Effekt der zur damaligen Zeit frisch erfundenen Zentralperspektive grenzenlos wirkte.

»Und schau, die Sterne im Hintergrund«, ging Margherita mit dem Jungen an der Hand nochmals ein paar Schritte zu den Löwen zurück, »hat man in mit Blattgold hinterlegtem Glas in den Marmor gefügt. Den Himmel hingegen, du kannst ihn ruhig berühren, aus Mosaiksteinchen aus purem Lapislazuli!«

»Wie die Augen des Drachen, gegen den der heilige Theodor auf der Säule des Markusplatzes kämpft?«

»Allerdings! San Tòdaro ist der Schutzheilige der Seefahrer und kämpft gegen einen Drachen, der den Feind symbolisiert, aber auch das Meer selbst.«

»Die Hochwasser.«

»Ja, das Meer, die Gezeiten an sich. Man erbaute Venedig ja in ein Lagunenarchipel, um sich vor den Barbareneinfällen vom Festland, aber auch vor dem offenen Meer zu schützen.«

»Haben wir schon ein richtig hohes Hochwasser erlebt, Maman?«

»Seit du geboren wurdest? Ja, zweimal drückte seither das Wasser sowohl vom Canal Grande als auch von der Gasse hinterm Haus in unser Erdgeschoss, da warst du drei und vier Jahre alt. Der Garten, die Cavana und der Innenhof standen fast einen Meter unter Wasser, doch du warst noch zu klein, als dass du dich daran erinnern könntest. In allen anderen Jahren hatten wir, sagen wir, stille, langsam ansteigende und langsam wieder abfallende Hochwasser, wie sie im November und Dezember eben vorkommen.«

»Die die Stadt und ihre Kanäle sauber waschen.«

»Sehr wohl, Signorino Conte.« Margherita beugte sich zu ihrem Kind hinunter und biss sich mit leisem Knurren in seinem Nacken fest, eine Geste, die Luigi besonders liebte. »Nur wenn der Wind von Norden, die Bora, oder der Wind von Süden, der Scirocco, dazukommen, wird es gefährlich. ›Duri i banchi‹, sagt man sich dann in der Stadt, haltet euch an den Bänken fest!«

»Wie früher die Ruderer in den Galeeren, wenn auf See Sturm aufkam!«

»Das weißt du? Hat Papà dir von den Abenteuern der venezianischen Flotte erzählt?«

»Nein, Pierre. Der kennt alle Geschichten der großen Seeschlachten. Im letzten Leben war er sicher Hochseekapitän.«

»Ach, Pierre!«

Luigi fand jetzt zu den Löwen zurück, indem er mit seiner kleinen Hand vorsichtig über die Mosaiksteinchen ihres Sternenhimmels fuhr: »Papà erzählt mir eher von den Steinen, wie von diesen Lapislazuli.«

»Natürlich, er liebt ja Edel- und Halbedelsteine.«

»Er kennt jeden einzelnen beim Namen, weißt du? Er sagt, er habe das von seinem Vater gelernt.«

»Und du wiederum von ihm. Eine schöne Tradition.«

»Und sehr nützlich, denn ich werde ja Erdenforscher.«

»Ach, wirklich? Geograph nennt man das. Doch wolltest du bisher nicht eher Geschichtenerzähler werden?«

»Man kann Geograph werden und dazu Geschichtenerzähler!«, fuhr der kleine Luigi jetzt fort und suchte mit der linken Hand, die keinen Sternenhimmel ertastete, nach der Hand seiner Mutter. »Gleich zwei Löwen, zwei Wappentiere ...«

»Für wen steht denn der Löwe in Venedig?«

»Für den Evangelisten Markus natürlich, unseren Stadtpatron«, wusste Luigi auswendig.

»Und der zweite, für wen könnte der stehen?«

»Ahhh ... für den Schutzpatron dieser Scuola?«

»Bravo, mein Studiosus!«

»Bei unserem Geschichtslehrer haben wir gelernt, dass diese Scuola di San Marco die allererste Laienbruderschaft der Stadt war, die die Künste förderte.«

»Sie war auch die wohlhabendste der sechs Bruderschaften, da sie von den zwei reichsten Gilden, der der Seidenweber und der der Juweliere unterhalten wurde.«

»Sie entdeckten Jacopo de Palma, Domenico und Jacopo Tintoretto und Giovanni Bellini.«

»Nochmals bravo, mein Sohn! Und stell dir vor, was für ein Zusammenleben das damals gewesen sein muss, freie Kost und Logis, ein geheiztes Atelier, schöne Schlafgemächer und ... faszinierende Tischgespräche.«

»Ich könnte auch Künstler werden«, gab Luigi der Unterhaltung wie so oft eine pfiffige Wendung.

»Und warum nicht? Schau zum Beispiel die Dame, die dort im Café auf uns wartet, Eugenia, du erinnerst dich an sie?«

»Natürlich, die, die nie Farben trägt, genau wie du.« Es war frappierend, wie der Junge Menschen beobachten und mit drei, vier Worten beschreiben konnte.

»Solch eine Figur sollte dich dann entdecken.«

»Künstlerentdecker ist auch ein toller Beruf«, konstatierte Luigi trocken, »wenn einen das so gelassen macht wie sie.«

Er drehte sich um seine eigene Achse nach rechts, wo das immense Massiv der Hallenkirche von San Giovanni e Paolo die gesamte nördliche Platzfassade einnahm.

»Papà sagt immer ›Zanipolo‹ zu dieser Kirche, wenn wir hier vorbeigehen.«

»Zum Photographieren?«

»Ja, klar. Du weißt ja, er liebt Photographieren!«

»Oh, und wie ich das weiß! Aus dem Grund seid ihr ja nie bei mir zu Hause!«, brachte Margherita ihn jetzt zum Lachen.

Wie ernst dieses Kind sonst war!

»Zanipolo«, erklärte sie ihm während er noch weiterlachte, »kommt von ›Zanni‹, wie die Venezianer zu Giovanni sagen, und ›Polo‹ wie Paolo.«

»Wie der Zanni aus dem Karneval!«

»Ganz genau. Der Zanni, auch ›Harlekin‹ genannt, ist ja der listige Knecht aus der Commedia dell'Arte, du wirst ihn eines Tages in allen Mozart-Opern wiederfinden. Mit seinem weiblichen Pendant, der Colombina, ziehen sie hinter den Kulissen der Aristokratenhäuser die Fäden.«

»Die Colombina ist unsere Marta!«

»Wenn du das sagst«, musste jetzt auch Margherita lachen.

»Und warum gibt es keinen Karneval mehr bei uns in der Stadt?«

»Gute Frage, Kind. Weil der Karneval seit Napoleons Eroberung Venedigs verboten wurde.«

»1797. Der letzte Doge Ludovico Manin übergibt die Schlüssel der Stadt.«

»Du hast einen guten Geschichtslehrer.«

»Er hasst Napoleon.«

»Wie jeder Venezianer, das muss man verstehen.«

»Wir haben mit unserem Lehrer den Straßenkarneval auf den Bildern von Longhi und Tiepolo studiert. Man sieht, wie ausgelassen die Menschen feiern, man ist ihnen nah. So wie man auf Papàs Photographien den Fischern, den Bootsbauern, den Handwerkern und den Marktfrauen nah ist.«

»Ah, da siehst du eine Ähnlichkeit?«

»Natürlich. Papà lässt die Menschen sein, wie sie sind, genau wie diese Maler. Ich bin ja immer dabei, wenn er abdrückt. Nichts ist gestellt. Er hält sich im Hintergrund, bleibt im Schatten einer Markise oder unter einem Säulengang stehen.«

»Eigentlich ist es schade, dass der Karneval nicht wieder auflebt, nicht? Die Stadt würde im Winter wieder lebendiger, die Theater hätten mehr Zulauf.«

»Du machst ja jetzt deinen eigenen Karneval am Lido, Maman.«

Dieses Kind war immer wieder eine Überraschung!

»Wenn du das sagst, Luigi chéri …«

»Irgendwann kommt schon einer und bringt den Karneval wieder in unsere Stadt.«

»Das wird sicher ein Künstler sein, vielleicht einer vom Film? So zumindest sagen die Venezianer, die zu mir zum Filmfestival kommen.«

»Sagen sie? Sagen wir, Maman!«, drehte der Junge sich jetzt entschlossen zu Margherita um, »Warum sprichst du von den Venezianern immer in der dritten Person? Du bist eine Venezianerin genau wie wir!«

»Da hast du recht, entschuldige.«

Margherita ertappte sich immer wieder dabei, zwar diese kleine Familie als ihre Familie anzusehen, doch Venedig selbst und seine Gesellschaft nicht als wirkliches Zuhause. Irgendwie war sie in den über zehn Jahren, die sie jetzt hier lebte, nicht heimisch geworden. Sie erlebte jeden Tag, als wäre es der erste oder letzte. Und es ging ihr gut dabei.

Vielleicht ging es ihr gerade deswegen so gut in dieser Stadt, weil sie sie ohne Plan und Strategie erlebte?

Über beinahe zwei Jahrtausende hatte Venedig es mit denen von anderswo, den Flüchtlingen, den Minderheiten und den rastlosen Erfindern gut gemeint. Jetzt auch mit ihr. Margherita war stets bereit, aus diesem Traum zu erwachen und ihre beiden Lebensgeschenke, die Nino und Luigi hießen, loszulassen, wenn Gott das fordern sollte.

Was dachte sie da?

Es ging den beiden doch gut! Es ging ihnen allen dreien doch gut!

»Gott, ich danke dir, dass es uns allen so gut geht«, sagte sie eilig im Stillen, um den Gedanken bloß nicht zu lange stehenzulassen. Vielleicht sprach sie es auch leise aus, denn der kleine Luigi drückte länger und kräftiger ihre Hand, als er das sonst tat. Tatsächlich machte der Junge ihr aber im Augenblick Sorgen, denn seit einer Woche war ihm nicht wohl. Margherita kannte solch schwächelnde Phasen an ihm, sie gingen mit der Wetterumstellung im Frühjahr und im Herbst einher und äußerten sich immer in leicht erhöhter Temperatur und Kopfschmerzen, auf die manchmal ein Husten folgte. Marta hänselte ihn dann und stellte die Diagnose: »Lagunenfieber«, an dem man mit hundertprozentiger Sicherheit den Siechentod sterbe, außer man trinke zweimal am Tag ihre frisch gepressten Orangensäfte und morgens und abends eine große Tasse Salbeitee mit Honig.

Doch in den vergangenen Tagen war Luigi ganz außergewöhnlich schläfrig gewesen und hatte kaum etwas gegessen, und deshalb hatte Margherita ihn heute Morgen hierher zu Umberto ins Krankenhaus gebracht.

15

»Entonces? Also?«, rief Eugenia laut zu ihnen herüber, da Margherita und das Kind schon eine ganze Weile vor den zwei prachtvollen Löwen standen und keine Anstalten machten, zu ihrem Eisentischchen unter den Sonnenschirmen des Cafés Rosa Salva zu kommen. Wenn Eugenia sich Sorgen machte, wechselte sie automatisch in ihre Muttersprache, man konnte den Grad ihrer Beunruhigung daran ermessen.

Margherita strich Luigi über den Kopf und fuhr ihm dann mit der Hand unters Kinn, um sein kleines Gesichtchen zu ihr hochzudrehen, was er hasste. Er machte, wenn man ihn so direkt ansah, unweigerlich eine kleine Clownsgrimasse, die Margherita jedes Mal zum Lachen brachte.

»Es wird alles gut.«

»Es ist alles gut, Maman«, antwortete dieses Kind in der ihm eigenen vollkommenen Ruhe. Manchmal kam er ihr vor wie ein kleiner Buddha.

Sie gingen auf Eugenia zu, die mit Peggy am Tisch saß. Die beiden ungleichen Damen, eine in schlichtem Ton-in-Ton-Leinenweiß, die andere in schreiendes Kirschrot und Pink gekleidet, hatten bisher nur Sodawasser aus hohen Karaffen getrunken, sicher in der Erwartung Margheritas und der Neuigkeiten zum Gesundheitszustand des kleinen Luigi.

Neben ihnen, im langen Geviert, das die aufgereihten Cafétische mit der schier endlosen Seitenfassade der Basilika San Giovanni e Paolo bildeten, spielte Eugenias Neffe, der kleine Eugenio mit seinem jungen Foxterrier Ballapportieren. Peggys

Kinder standen bewegungslos daneben und schauten zu. Es war Ende Mai und, wie um diese Jahreszeit in Venedig üblich, fast schon Sommer, das sonnige Rechteck des Platzes glich vor der hohen, durch Rundbogenfenster gegliederten Ziegelsteinmauer einem perfekt ausgeleuchteten Basketballfeld.

»Entonces?«, wiederholte Eugenia, als Margherita sich setzte, nicht ohne Luigi vorher erlaubt zu haben, zu den anderen Kindern zu gehen: »Doch du bleibst hier in der Nähe, bitte. Wir trinken nur einen Kaffee, dann gehen wir mit Eugenia und Eugenio zum Mittagessen nach Hause.«

Zu den Freundinnen gewandt, antwortete sie: »Nichts, mes amies.«

»Was, nichts?«

»Der Chefarzt sagt, auf den ersten Blick ist nichts Auffälliges zu erkennen, außer diesen Kopfschmerzen. Doch über Kopfschmerzen klagt mein kleiner Luigi ja beinahe täglich.«

»Sie haben ihn in der Hals-Nasen-Ohren-Abteilung untersucht?«

»Alles unauffällig, keine Schwellungen, keine Entzündungen, er sieht wie ein Adler, er hört perfekt. Von da ging es weiter in die nächste Abteilung … Ihr seht ja, wir haben euch hier eine gute Stunde warten lassen, verzeiht!«

»Wir drei sind leider auch bald wieder weg, Mamy love«, konterte Peggy in sichtbarer Eile, auf ihre beiden Kinder im Schatten der Sonnenschirme weisend, »der Orientexpress zurück nach Paris geht gleich nach dem Mittagessen.«

»Wo könnte man besser sitzen und auf dich warten?«, fragte Eugenia hingegen geruhsam, ohne Peggys Hast Raum zu geben. Eugenio, ihr Neffe, der um ein paar Jahre älter war als die weiteren drei Kinder auf dem Platz, schaute in diesem Moment zu ihr herüber, einen winzigen Augenblick lang, und doch lag in diesem Blick ein vollkommenes Einverständnis, eine Vertrautheit, die man sonst nur unter eingeschworenen Teamsportlern oder leidenschaftlich Liebenden fand. Er genoss es sichtlich, mit seiner betagten Tante hier in Venedig sein zu dürfen und erst recht mit diesem jungen, offensichtlich blitzgescheiten Hund, den er penibel erzog, wie Eugenia es ihn sicherlich täglich lehrte.

»Komm, Pudù«, sagte er, klopfte mit der Leine auf seinen rechten Schenkel und nahm den jungen Hund, der ihm aufs Wort folgte, auf eine weitere Runde über sein Spielfeld mit. Die drei Kinder der Freundinnen seiner Tante schauten ihm gebannt zu.

»Pudù, was für ein sonderbarer Name.«

»So sonderbar wie das scheue Andenreh, das nur im patagonischen Hochland heimisch ist. Auf seinem Fell trägt es das Feuerrot des Andenwalds, dessen majestätische Myrten die Indios Arrayanen nennen. So schön wie alle ihre heimischen Bäume benannten die Indios auch alle ihre Tiere. Dem Andenreh gaben sie den Namen Pudù.«

»Pudù hat auf seinem schneeweißen Fellchen ja keinen einzigen schwarzen Flecken, nur feuerrote ...«

»Genau deshalb habe ich ihn ausgesucht. Als ich ihn sah, ein drei Monate altes Wollknäuel, wusste ich, er wird Eugenio und uns allen zum Glücksbringer. Doch nun zu deinem kleinen Luigi, ma belle.«

»Von der Hals-Nasen-Ohren-Station kamen wir zur Herz-Kreislauf-Abteilung, dann in die Radiologie. Seine Lunge wurde durchleuchtet, dann sein Gehirn. Nichts.«

»Nichts? Er hat doch ein Gehirn!«, warf Peggy ein.

Margherita stutzte.

War das ein Witz?

»Mamy darling, verstehst du keinen Spaß mehr?«

»Doch! Verzeih, Peggy. Natürlich hat er ein Gehirn, es ist jetzt sogar erwiesen!«

»Also, was kann hinter dem Fieber unseres kleinen Grafen

stecken? Ausgerechnet jetzt, mitten im Frühling?«, fragte Eugenia betont ruhig weiter.

»Von der Radiologie, wo die Ärzte ein Gehirn vorfanden, doch nichts Auffälliges an seinen Funktionen, kamen wir in die Orthopädie. Vielleicht waren ja seine Wachstumsfaktoren nicht in Ordnung, fragte sich der dortige Oberarzt, er ist ja insgesamt ein solcher Hänfling.«

»Nun, er bewegt sich auch kaum«, konnte Eugenia einen leicht strengen Unterton nicht unterdrücken.

»Ich weiß! Entsprechend ist er kaum an der frischen Luft und hat wenig Appetit.«

»Das Gegenteil seiner Mutter, unserer Campionessa.«

»Er trottet eigentlich nur Nino nach«, warf Margherita einen Seitenblick auf ihren Jungen, der mit zusammengekniffenen Augen den Foxterrier verfolgte, wie er entlang der Seitenapsis der Basilika dem Ball nachlief und ihn wieder zurückbrachte.

»Jedes zweite Wochenende bleiben sie hier bei mir in Venedig«, erklärte sie jetzt Eugenia. »Nino nimmt ihn auf seine Streifzüge mit, am frühen Morgen und am späten Nachmittag bis in die Dämmerung wird photographiert. Zauberhafte Bilder tatsächlich, er porträtiert seine Stadt. Er findet die einfachen Menschen und bildet sie bei ihrer täglichen Arbeit ab. Die Wochenenden dazwischen fahren sie gemeinsam nach Mailand.«

»Nach Mailand? Was machen sie denn dort?«

»Freitags kümmert sich Nino um seine Investitionen und geht zur Börse. Samstags gehen sie zum Pferderennen nach San Siro, er hat im Jockeyklub die Vollblüter seines Bruders übernommen.«

»Und sonntags?«, fragte Eugenia.

»Das fragst du den kleinen Luigi am besten selbst.«

An Margheritas Ton las Eugenia ab, dass sie nichts Genaueres zu berichten wusste. Also schwieg sie und suchte über den Tisch hinweg nach ihrer Hand.

»Erzählst du mir noch vom Filmfestival, bevor ich fahren muss?«, warf Peggy ein.

»Zuerst wird sie uns erzählen, wann wir die Ergebnisse zu Luigis Untersuchungen erhalten«, blieb Eugenia beim Thema.

Peggy konnte grundsätzlich schlecht abwarten, sie schnippte den Ober mit den Fingern herbei, eine schreckliche amerikanische Angewohnheit, die sowohl den Ober als auch die beiden Freundinnen bei Tisch kurz zusammenzucken ließ.

»Please, Ma'm?«, antwortete der weiß livrierte Cameriere routiniert in herrlich breitem, amerikanischem Akzent über den ganzen Platz zurück.

»Kaffee americano für uns drei, bitte«, rief sie ebenso laut zu ihm hinüber, »und dazu …«, sie stockte kurz und lehnte sich über den Tisch zu ihren Freundinnen, »es ist doch schon halb elf? Also drei Wodka Absolut. Pur.«

»Come desidera, Signora«, nickte der Ober betont galant herüber und balancierte sein leeres Tablett wie einen verheißungsvollen Schatz in Richtung Caféhaustheke. Es war klar, dass er mit drei Tassen Kaffee und einer ganzen Flasche Absolut zurückkommen würde.

»Sicher, Peggy, wir erzählen dir gleich von den Filmfestspielen, du hast ja *das* Ereignis des letzten Jahres verpasst,« begann Eugenia, »doch können wir zuvor bitte erfahren, wie es mit dem kleinen Luigi jetzt weitergeht?«

»Der Chefarzt kommt zu Hause vorbei, sobald er die Auswertungen der Blutproben hat. Heute Nachmittag noch, oder gleich morgen früh.«

»Morgen früh hast du ein Golfturnier.«

»Er auch.«

»Ach so?« Eugenia musste schmunzeln. »Sieht er auch gut aus?«

»Hör auf! Allerdings spielt er hervorragend, inzwischen besser als Nino.«

»Weil er mehr mit dir trainiert …«

»Unfug. Weil er schlichtweg öfter da ist.«

»Also bis heute Nachmittag oder morgen früh wissen die hier nichts?«, warf Peggy echauffiert ein, »was ist denn das für eine Lahme-Enten-Stadt?«

»Bisher hast du sie immer geliebt, weil sie so nach Menschenmaß gemacht ist.«

»Für Blutanalysen braucht man vierundzwanzig Stunden? Nun ja, man muss ja nur das Gebäude ansehen, kommt mehr wie eine bröckelnde Beaux-Arts-Bude daher als wie ein Krankenhaus!«

»Letzte Frage zum kleinen Luigi, Margherita chérie. Wenn dieses ›kalte Fieber‹, wie es die Mapuche bei uns in Patagonien nennen, und solch ein kaltes Fieber ist nicht zu unterschätzen, überstanden ist, darf ich dir etwas vorschlagen?«

»Das kalte Fieber? Mach mir keine Angst, Eugenia!«

»Dein Arzt wird den Grund bald herausgefunden haben. Doch so lange entspann dich bitte. Schau diesen herrlichen Tag an, den uns deine Stadt schenkt. In Paris sitzt man gerade im Atlantikregen.«

»Ich sollte jetzt gleich mit Luigi nach Hause gehen.«

»Um was zu tun? Im Zimmer sitzen? Schau doch einmal hinüber zu den Kindern. Siehst du, wie begeistert Luigi meinem Eugenio zusieht?«

»Tatsächlich, und erst recht dem Hund.«

»Sie würden ihm beide so guttun! Was sagst du, wenn ich sie dir diesen Sommer für ein paar Wochen schicke? Dazu eine weitere meiner kleinen Nichten, die Eugenio heiß liebt, sie heißt Evelyne, wir alle nennen sie Eve, und sie ist genauso alt wie dein kleiner Luigi.«

»Das wäre wunderbar«, sagte Margherita leise. Sie wusste genau, dass Eugenia ehrlich besorgt war und dieses Sommerferienangebot ein Ablenkungsmanöver.

»Sie könnten im Excelsior wohnen. Ich schicke dir ihre Kindermädchen mit«, machte Eugenia konkrete Pläne.

»Oder gleich in unserem neuen Palais am Lido?«, hatte Margherita eine noch bessere Idee. »Nino hat am Gran Viale, zwischen dem Hungaria Palace und unserem Des Bains ein schönes Stadthaus als Gästehaus für Freunde erbauen lassen. Es sollte bis Juni, wenn der Strand eröffnet, bezugsfertig sein.«

»Auch das noch?« Peggy schien heute Morgen in Höchstform, was sich stets am Grad ihres Zynismus ablesen ließ.

»Miss Guggenheim?«, warf ihr Eugenia einen bösen Blick zu.

»Nun ja, lässt Nino sein Geld denn drucken? Bei uns in Paris und New York herrscht die schlimmste Wirtschaftskrise seit dem Bankensterben vor dem Krieg, und der Herr Graf schmeißt mit Immobilien nur so um sich?«

Peggy hatte recht, auch wenn sie ihre Gedanken wie immer in ätzenden Ausdrucksweisen verpackte.

Denn woher kamen denn die Gelder für Ninos gewagte Investionen? Welche Sicherheiten bot er den Banken an?

Die Villa Salus? Das Palais am Canal Grande? Etwa die Familienvilla in Gorgo al Monticano oder das Palais am Borgo Cavour?

Und wer trieb ihn zu diesen irren Aktionen? Seine Partner Volpi und Cini, die sich auf die Machtspiele Mussolinis eingelassen hatten?

»Hör nicht hin, unsere Freundin Peggy nimmt sich nur bis heute übel, dass sie Euer fabelhaftes Dîner zum Finale der Filmfestspiele verpasst hat«, versuchte Eugenia die Situation zu beruhigen.

»Ich war verhindert«, schaute Peggy jetzt mit plötzlich verändertem Gesichtsausdruck, man konnte ihn betreten nennen, zu ihren Kindern hinüber, die weiterhin stocksteif im Schatten der Sonnenschirme des Cafés standen. Das waren keine glücklichen Kinder, das sah man von Weitem. Margherita zog sich das Herz zusammen.

Ihr kleiner Luigi war anders als sie, sehr anders, doch er war ihr nah. Er sprach mit ihr, er lachte mit ihr, er erzählte ihr, was ihn bewegte. Er verteidigte sie sogar. Nicht gegen Nino, der sein Held war, aber doch gegen jeden anderen, wenn es sein musste. Diese Kinder hier, ein Junge, der ein Jahr älter als Luigi war, und seine um zwei Jahre jüngere Schwester, erzählten nie irgendwelche Geschichten. Sie sahen einem nicht in die Augen und sie lachten auch nie.

»Verhindert nennt man das neuerdings?«, fragte Eugenia spitzbübisch.

»Laurence, mein hoffentlich baldiger Ex-Mann, war wie so oft in der Krise. Und John ...«

»Du musst wissen, Margherita, Miss Guggenheim hält sich in Paris einen Harem aus Alkoholikern, der sie auf Dauer teuer zu stehen kommt. Ich zum Beispiel lade sie schon gar nicht mehr ein, beziehungsweise schreibe ich im Vorhinein auf die Billets, dass es Buttertoast und Champagner gibt und nichts weiter. Keinen Gin, keinen Wodka, keinen Cognac, keinen Whiskey. Nicht einmal einen Wermut habe ich mehr im Haus.«

»Dein Buttertoast ist ja auch ein Gedicht!«

»Für Engelchen wie euch ...«, schickte Peggy ihnen beiden ein säuerliches Lächeln. »Laurence war den ganzen letzten Sommer auf Entziehungskur in Quiberon und schlug regelmäßig die Klinik in Stücke. Ein teurer Spaß! Ich lebte in Paris währenddessen aber schon mit John, dessen Leberzirrhose, wie ich natürlich zu spät entdeckte, noch fortgeschrittener ist als die von Laurence. Interessieren tut mich aber ein ganz anderer und der wird sie alle beide überleben, hoffe ich.«

»Auf gute Gesundheit also, allerseits!«, improvisierte Eugenia mit ihrem leeren Wasserglas einen Toast in die Luft. »Wer ist denn der Glückliche?«

»Er heißt Samuel. Zwar ein genialer Schriftsteller, aber leider nicht zu haben.«

»Beckett also«, schloss Margherita.

Peggy sagte nichts, denn der Ober kam und servierte die Kaffees und die Flasche Absolut in der Art, in der nur italienische Camerieri ihre Gastronomie inszenieren konnten. Peggy trank ihren Kaffee in drei großen Schlucken und ging dann nahtlos zum Wodka über. Nachdem sie das kleine, hohe Glas auf einen Zug geleert und sich aus ihrem massivgoldenen Zigarettenetui eine ihrer Murattis gefischt und angesteckt hatte, schien sie sich endlich zu entspannen.

Margherita schaute zu den Kindern hinüber. Eugenio hatte sich mit Luigi an eines der leer stehenden schattigen Tischchen des Cafés gesetzt und erklärte ihm etwas. Er tat das mit einer inneren Gelassenheit, die der von Luigi ähnelte. Es musste um den Foxterrier gehen. Luigi durfte dem Hund Kommandos zu Sitz und Platz geben. Pudù führte sie wohlerzogen aus.

Und Luigi strahlte dabei.

Selten hatte Margherita ihren Sohn so begeistert erlebt.

»Also zu letztem August«, begann Peggy erneut. »Wie mir alle erzählt haben, hatte Nino für dieses allererste Filmfestival der Welt die Parole ›Keine Konkurrenz zwischen den Filmen‹ ausgegeben?«

Eugenia nickte und gab dabei Margherita, die sich von Peggy eine Muratti erbeten hatte, Feuer. Aus ihrem Seitenblick las sie wortlos, dass Margherita lieber den Jungen zusehen wollte, und erzählte also selbst vom Filmfestival.

»Hollywood brachte weltbekannte Schauspieler wie Clark Gable und James Cagney an den Lido«, begann Eugenia im Lehrmeisterton ihre Wiederholung für Zu-spät-Gekommene.

»Doch es waren schließlich zwei Schauspielerinnen, die dieses venezianische Filmfestspieldebüt beherrschten. Und auch herrlich polarisierten! Die Berliner Ufa war zum letzten Festspieltag mit *Das blaue Licht* und Leni Riefenstahl angereist, die wir beide, nicht wahr, chérie?«, nahm sie zwischendurch Margheritas zigarettenfreie Hand, »ob ihres unerträglichen *Overactings* und ihrer penetranten Art nicht ertragen können. Hingegen präsentierte die Metro-Goldwyn-Mayer Greta Garbo mit *Grand Hotel* nach Vicki Baums faszinierendem Roman *Menschen im Hotel*. Der Publikumserfolg war kein Wunder! Für das weltweit erste Filmfest unter freiem Himmel, auf der Terrasse eines der gefragtesten Grandhotels des Erdballs hätte man kein passenderes Sujet und keine passendere Hauptdarstellerin finden können!«

»Die Garbo also«, sinnierte Peggy mit einem frisch nachgefüllten Glas in der Hand.

»Ja. Sie kam in einem vom Wiener Hofschneider Knize maßgefertigten Herrenfrack und warf uns alle um! Nicht nur ist sie Elsa Schiaparellis neue Geliebte und gehört so selbstredend zu meiner Wahlfamilie, sondern eine schlichtweg faszinierende Frau. Weil sie wie besessen arbeiten kann, weil sie schön ist dabei und weil sie sich mit niemandem gemein macht.«

Amen, dachte Margherita. Das würde sie gern auf ihren eigenen Grabstein geschrieben wissen, wenn sie eines Tages gestorben war.

Peggy wirkte kurz brüskiert, wahrscheinlich dachte sie gerade ebenso über diese drei Qualitäten nach und wurde sich bewusst, dass sie in ihrem aufgabenlosen Luxusleben bisher keine einzige auch nur annährungsweise erreicht hatte.

»Ihr habt ja recht. Ich sollte mich einmal mit etwas anderem beschäftigen als mit Männern«, flüsterte sie beinahe unhörbar über den Tisch.

»Dann such dir endlich dein Steckenpferd!«, flüsterte Margherita zurück, in dem sie sich zu ihr hin lehnte, »seit geschlagenen zehn Jahren springst du von der modernen Kunst zur Haute Couture und zur klassischen Oper! Dabei willst du doch eigentlich tun, was Eugenia tut, Talente fördern.«

»Eigentlich, ja«, zischte Peggy zu ihr herüber und angelte sich die nächste Muratti samt ihrem nahtlos mit Amethysten besetzten Feuerzeug.

»Nun aber zu meiner geliebten Margherita hier«, fuhr Eugenia fort, als hätte sie nichts gehört. »Das Kind von den Quellflüssen hatte die Idee, nach der Projektion von *Grand Hotel* auf der Excelsior-Terrasse zu einem, wie sie es nannte, ›kleinen Dîner‹ im Maurischen Restaurant im ersten Stock einzuladen. Hier erwartete uns das Rauschen des nächtlichen Meeres zu Kerzenlicht und Duftlaternen, die den Saal in das Parfum von Jasmin, Rosen und Tuberosen tauchten. Unser Freund Jean Patou war eigens für den Abend aus Paris angereist und hatte sein exklusiv für Margherita kreiertes *Joy* mitgebracht. Ein unvergesslicher Moment! Wir hätten alle ohne Essen und Trinken auskommen können! Margheritas berückend einfaches Menü bestand dann entsprechend nur aus einfachsten lokalen Gerichten: sautierten Gemüsen von den nahen Sant'Erasmo-Inseln, frisch gegrilltem Adriafisch, gefolgt vom famosen Ziegenkäse der Voralpen, der mit in Honig getauchten Walnüssen serviert wurde. Den Abschluss machten duftig weiße Pfirsiche zu säuerlichem Dattel- und Mango-Chutney. Ein Gedicht, Peggy!«

Peggy sagte nichts. Sie saß in Gedanken anscheinend gerade bei diesem Dîner.

»Neben Greta, ihrer Filmpartnerin Joan Crawford und Vicki Baum selbst war Clark Gable unter den handverlesenen Gästen. Ich selbst führte mich dagegen geradezu unverfroren auf, hatte ich doch Coco und Elsa sowie Jean mit seinen Musikerfreunden Francis und Cole aus Paris mitgebracht, und im letzten Moment war sogar Pablito aufgetaucht. Von den Venezianern hatte Margherita, konsequent, wie sie ist, nur ihre echten Freunde, die Foscaris und die Marcellos, eingeladen.«

»Und wo waren die sonst allseits präsenten Volpis und Cinis?«, fragte Peggy, »über die die Gazetten schreiben, dass sie die Biennale und die Filmfestspiele und überhaupt alles, was man am Lido heute vorfindet, ganz allein erschaffen haben? Hält diese Herrschaften denn niemand auf, Mamy dear?«

Margherita musste tief durchatmen. Genau diese Frage stellte sie sich seit Monaten, ja Jahren.

»Siehe da, die Volpis und die Cinis sympathisierten an jenem Abend weder mit Greta Garbo noch mit uns«, schmunzelte Eugenia ihr versonnenes Schmunzeln, »sondern, im Gegenteil, mit der Berliner Ufa-Truppe um Leni Riefenstahl. Nach der Projektion ihres Festivalfilms ließ sich die gesamte deutsche Gesellschaft von Volpis Gondolieri bei Fackelschein in die Stadt rudern. Den Abend verbrachten sie im Palais Vendramin Calergi, Wagners Todeshaus, weit hinter der Rialtobrücke, das Volpi schon seit geraumer Zeit wie besessen zu erstehen sucht.«

»Das passt ja!«, grunzte Peggy, »bei Wagner ist diese gefühlsduselnde Faschisten-Entourage bestens aufgehoben!«

»Das findet im Übrigen auch d'Annunzio«, fügte Margherita, die am Ende ihrer Muratti angekommen war, ihrem Dialog jetzt hinzu. »Er hat sich seit den jüngsten populistischen Machenschaften infolge der Wirtschaftskrise merklich von Mussolini distanziert und nennt ihn jetzt öffentlich einen ›lächerlichen Nibelungenfürsten‹«.

»Entzückend«, fand Eugenia, »und wie nennt er Mussolinis neuen Bergbauernfreund, diesen Österreicher?«

»Hitler? Einen ›als Charly Chaplin geschminkten Malerlehrling‹.«

Sie mussten alle drei laut lachen.

»Hoffentlich können wir uns auch weiterhin so über diese

Herren amüsieren«, musste sich Eugenia vor Lachen an den Eisenlehnen ihres Sesselchens festhalten, während Eugenio und Luigi für einen Moment von ihrem Foxterriertraining abließen und zu ihnen herüberschauten.

»Wahrscheinlich nicht mehr lange«, vertrieb Peggy all ihre Hoffnungen, »mein Onkel Solomon, und Ihr wisst, wie sehr ich sonst von ihm Abstand halte, hat doch sicher recht, wenn er sagt, Europa verkomme an der Dummheit seiner Eliten.«

Eugenia legte den Kopf in den Nacken und schüttelte ihn hin und her, wie beim Auftauchen nach langem Unterwasserschwimmen. Sie vertrieb diese Gefahr entschieden – oder zumindest versuchte sie es. Diese Frau hatte eine derartige innere Kraft, eine so spürbare Verbundenheit mit der Natur, dass Margherita jedes Mal erschauerte.

Wie konnte eine so große Seele ihre Freundin geworden sein?

Margherita machte sich auf ihrem Sesselchen gerade: »Volpi ist, seit er Mussolinis Finanzminister geworden ist, tatsächlich zu meiden.«

»Die Kunstbiennale hat er ganz für sich und seine brokatschweren Banausen vereinnahmt«, ergänzte Eugenia, »lang sind die Zeiten vorbei, in denen ein Marinetti wagen konnte, Klimt, Renoir, Courbet oder die Brücke-Maler in die Stadt zu holen.«

»Inzwischen«, musste Margherita bestätigen, »wird tatsächlich nur noch Gefälliges gezeigt. Ein Glück, dass Nino und ich uns den Filmfestspielen verschrieben haben.«

»Allerdings«, befand Eugenia. »Und nur, damit wir Peggy nicht das Finale des Dîners vorenthalten: Jeder Dame verehrte Nino als Gastgeschenk einen Sechs-Karat-Diamantring, platingefasst von Chaumet, Paris.«

»Ein Wahnsinn!« Peggy saß da mit offenem Mund, während Eugenia den Ring an ihrem linken kleinen Finger genüsslich in die Sonne drehte. Ein makelloser Baguette-Brillant sandte seinen Lichtstrahl auf die Fassade des Krankenhauses und traf die goldfunkelnden Sterne hinter den venezianischen Löwen.

16

»Nino versicherte mir noch am gleichen Abend, die vierte neue Domäne der Biennale nicht kampflos Volpi und Cini zu überlassen«, beschloss Margherita die Unterhaltung. Es war jetzt Zeit, zu gehen.

»Nämlich?«, wollte Peggy wissen.

»Den Tanz natürlich«, ergänzte Eugenia mit lächelnder Selbstverständlichkeit. »Im übernächsten Jahr, wenn die Filmfestspiele sich als fixer Ende-August-Termin in den internationalen Festspielkalender eingetragen haben werden, kann Margherita mit dem Ausdruckstanz beginnen, Anna Pawlowa wird ihren *Schwan*, Mary Wigman ihre *Elfe* auf der Terrasse des Excelsior tanzen, hinter ihnen nur das nächtlich aufgewühlte Meer …«

»Bitte«, sagte Peggy jetzt beinahe tonlos und stand so ruckartig von ihrem Eisentischchen auf, dass der Ober von der Theke des Cafés hinzugeeilt kam, »verzeih mir, Mamy dear. Ich hatte dich bisher haushoch unterschätzt.«

»Sag uns lieber, wofür du dich entscheidest«, hakte Margherita trocken nach.

»Entscheidest?«

»Mode? Oper? Kunst?«

»Jetzt und hier?«

»Jetzt und hier.«

»Kunst«, triumphierte Peggy nach kurzem Nachdenken.

»Du verstehst nichts, aber auch gar nichts von Kunst, Miss Guggenheim«, war Eugenia plötzlich wieder ganz ernst.

»Das macht nichts, Anfänger sein ist doch eine Chance! Ich leiste mir Beckett als Berater.«

Als Margherita mit Eugenia, Luigi, Eugenio und Pudù gegen Mittag nach Hause kam, lag in der Eingangshalle schon ein Billet des Chefarztes auf dem Silbertablett.

»Verdacht auf Pocken. Ich bin untröstlich, Margherita. Das Labor der Universitätsklinik Padua sendet uns die detaillierten Auswertungen morgen Nachmittag. Ich brauche den kleinen Luigi also morgen gegen siebzehn Uhr in der Klinik. Ist dir das möglich? Un abbraccio, Umberto.«

17

Gerade war der Tross von Militärs aufgebrochen. Es war gegen vier Uhr nachmittags am Tag darauf, und unter der Pergola der Clubhausterrasse wurde es wieder angenehm kühl.

Margherita hatte für Eugenia und sich je einen doppelten Wermut auf Eis bestellt und dazu ein Päckchen Zigaretten. Sie rauchte sonst nie, wenn Peggy nicht dabei war. Doch heute war kein Tag wie jeder andere.

Sie waren zeitig morgens im Clubhaus angekommen, heute ausnahmsweise einmal luxuriös mit dem Motorboot chauffiert. Peggy hatte darauf bestanden, ihnen in Anbetracht von Luigis möglichem Befund ihr Riva Serafino zur Verfügung zu stellen, das in der kleinen Anlegebucht des Excelsior stets für sie vor Anker lag. Zu diesem bildschönen offenen Mahagoniboot gehörte Tankred, ein polnischer Exiladeliger, mit dessen Kapitänsdiensten das Excelsior und das Des Bains tageweise seine besten Gäste beglückte. Am Lido munkelte man, dieser Tankred sei, damals fast noch ein Kind, das Vorbild zu Thomas Manns Romanfigur Tadzio in *Der Tod in Venedig* gewesen.

Er hatte Margherita und Luigi zu Hause am Canal Grande abgeholt, dann waren sie durch den schmalen Rio di San Vio zum Giudeccakanal gefahren und hatten Eugenia, Eugenio und Pudù eingesammelt, die in der Pension Calcina logierten, einer schlichten, doch heimeligen Bleibe, in der schon Lord Byron und John Ruskin abgestiegen waren. Wer immer Eugenia zu bedenken gab, dass das nicht die schicke Seite Venedigs sei, ganz im Gegenteil sogar, dem antwortete sie: »Was heißt schon schick?«

Sie hatten die Punta della Dogana umschifft und das Markusbecken in seiner morgendlichen Ruhe durchkreuzt. San Tòdaro hatte sie schon von Weitem von seiner hohen Säule zwischen dem Dogenpalast und der Markusbibliothek gegrüßt, und der kleine Luigi hatte dabei Margheritas Hand gedrückt und ihren Kommentar von gestern auf dem Campo San Giovanni e Paolo auswendig wiederholt: »San Tòdaro ist der Schutzheilige der Seefahrer und kämpft gegen einen Drachen, der den Feind symbolisiert, aber auch das Meer selbst.«

Ja, so war das zwischen ihnen.

Wenn sie sich über gewisse Inhalte unterhielten, blieb das tage-, ja wochenlang im Raum stehen, und ein Händedruck, ein Blick genügte, um erneut an den Gesprächsfaden anzuknüpfen.

Tankred fuhr behutsam, damit der kleine Luigi nicht zu viel Fahrtwind abbekäme, zwischen San Giorgio und den Giardini hindurch und hatte dann nach Santa Maria Elisabetta und dem Lido übergesetzt. Entlang der Westküste dieser ellenlangen Insel waren sie Richtung Süden bis zum Hafen der Alberoni gefahren und schneller als gedacht am Golfplatz angekommen.

Denn direkte Wasserrouten waren überraschend kurz, wenn man wie Margherita gewohnt war, das langsam dahinschippernde 1er-Vaporetto bis Santa Maria Elisabetta zu nehmen und dann den Lido wie ein Wanderer den Strand entlang bis zur Südspitze abzugehen!

Sie waren für den Turnierbeginn viel zu früh da gewesen, doch das hatte sein Gutes gehabt, weil auch Umberto, der Chefarzt des Stadtkrankenhauses, früh angekommen war und sich so zwischen ihm und Eugenia eine schöne Unterhaltung unter der Pergola ergeben hatte, während die zwei Buben von der Clubhausköchin ein zweites Frühstück serviert bekamen und dann mit Pudù zum Strand losgingen.

»Eugenio, du gibst auf den kleinen Luigi acht heute?«, hatte Eugenia ihren Neffen angewiesen. »Er muss sich schonen«.

»Schonen wovor, ma Tante?«

»Er brütet vielleicht etwas aus, sagt sein Arzt hier.«

»Wir wissen heute Nachmittag mehr, junger Mann«, hatte Umberto beruhigend eingeworfen, »inzwischen kommst du ihm bitte nicht zu nahe. Wer weiß, ob er etwas Ansteckendes hat? Lass ihn sein Käppi aufbehalten gegen die Sonne, er darf auf keinen Fall Zugluft abbekommen oder schwitzen.«

»Wie sollte er denn schwitzen? Er bewegt sich ja nie.«

»Nun ja, er darf keinesfalls laufen oder gar rennen.«

»Rennen?«, Eugenio gab sich Mühe, ein Grinsen zu unterdrücken. »Aber gut, ich werde Pudù an der Leine behalten. Wir gehen nur ein Stück den Strand entlang und kommen dann gleich wieder zurück. Es ist heute vollkommen windstill, Monsieur.«

»Sehr gut, mein Sohn.«

»Sie kennen sich aus mit Kindern«, hatte Eugenia geschmunzelt, als die Buben sich mit dem Hund entfernt hatten.

»Finden Sie? Leider habe ich selbst keine.«

»Ach?«

»Ich habe mein Leben der Forschung gewidmet.«

»Kinderheilkunde, nicht?«

»Immunologie zunächst.«

»Infektionskrankheiten.«

»Ja, alle Krankheiten, die die Menschheit über die Jahrtausende um ein Haar ausgerottet haben, bis man die Ursache verstand und besser gegen sie vorgehen konnte. Ein faszinierendes Sujet! Schließlich habe ich mich auf Kinder spezialisiert, die die allerärmsten Opfer solcher Krankheiten sind.«

»Und die Sie seither heilen.«

»Manchmal gelingt es.«

»Meistens, bin ich mir sicher.«

Eugenia hatte dann schnell herausgefunden, dass dieser Arzt aus einer alten hiesigen Familie kam, die den Dogenhut trug.

Auch, dass sein jüngerer Bruder ebenso ein Forscher war, nämlich ein weit über Europa hinaus bekannter Botaniker.

»Ihr Bruder Alessandro bereiste die Anden von Kanada bis Feuerland auf den Spuren von Humboldt, nicht?«

»Ja, er war für ein Jahrzehnt vom Erdboden verschwunden.«

»Natürlich, denn am Ende seiner Reise kam er in Patagonien an, bei mir.«

»Nicht doch«, war Umberto sichtlich gerührt gewesen und hatte einen Moment im Stillen nachgedacht. »Tatsächlich schrieb er von den Errázuriz-Weingütern im südlichen Chile begeisterte Briefe nach Hause, wissen Sie? Um ein Haar wäre er dortgeblieben.«

»Nun, es sollte wohl nicht sein, er war ja auch ein paar Jährchen jünger als ich.«

Unglaublich, hier und heute konnte man erstmals miterleben, dass eine Grande Dame wie Eugenia ihr Alter andeutete!

»Doch als er aufbrach, verließ ich meine Heimat ebenso. Er fuhr zurück nach Venedig, ich nach Paris.«

»Die mythische Eugenia, also!«

»Umberto, der geliebte große Bruder!«

Margherita hatte bei dieser morgendlichen Unterhaltung unter der Pergola dabeigesessen wie ein unmündiges Kind.

Hier unterhielten sich zwei aus dem vorigen Jahrhundert, die die fundamentale Veränderung der Welt Tag um Tag miterlebt hatten und im fortgeschrittenen Alter auf viele Umbrüche und Verluste zurückblicken konnten, aber auch auf einen großen Sieg: sie hatten die Revolutionen einer neuen Zeit mitgetragen und waren deshalb vielleicht moderner in ihrer Denkart als Margherita und ihre Generation.

Das Turnier hatte dann pünktlich um halb elf begonnen, fünf Flights zu je vier hochkarätigen Spielern waren eingetragen, und zum Glück war Margherita gemeinsam mit Umberto im ersten Flight. So würden sie zeitig vom Platz zurück sein und könnten nach einem kurzen Mittagessen mit Eugenia, Luigi und Eugenio zum Stadtkrankenhaus aufbrechen. Nino war im dritten Flight eingetragen, was seinem nachlassenden Handicap entsprach, aber auch seiner gestrigen Nachricht, er werde im Excelsior übernachten, denn er habe dort eine wichtige Investorengruppe zu betreuen.

Er wurde immer schwerer zu fassen, und das musste mit seinen stets viel zu voreiligen Investitionen und den entsprechenden finanziellen und politischen Abhängigkeiten zu tun haben, in die er sich begab. Höchstens noch drei Abende in der Woche verbrachte er zu Hause, den Rest tingelte er in Mailand und »der Welt«, wie er sagte, herum. Rom war die neue angesagte Adresse, »dort werden die Entscheidungen getroffen«, zum Beispiel ein neues Projekt zur Futtermittelproduktion und Hühnerzucht, das er mit seinen Partnern in diesem Frühjahr in Angriff genommen hatte.

Konnte dieser charismatische Junge nicht irgendwann einmal etwas zu Ende führen?

Konnte er nicht auch wieder einmal ein wenig an sie denken und an sein Kind?

Luigi war vielleicht schwer krank, und sie hatte gestern Nachmittag oder Abend keine einzige Gelegenheit gehabt, ihm davon zu berichten!

Nun gut, heute im Laufe des Spiels oder spätestens danach beim Lunch würde sie ihm alles erklären können, und noch dazu brauchte das gesamte Blutbild ja bis heute Abend. Sie würde ihn nicht unnötig nervös machen, das tat seinem Herzen nicht gut.

Als sie am Ende des neunten Lochs ankamen und der Turnierdurchgang beinahe beendet war, hatte sich aber diese unsägliche Operettenszene ereignet.

Volpi, Cini und der Bürgermeister von Venedig waren vom Clubhaus auf sie zuspaziert, gekleidet wie zu einem offiziellen Empfang, in Gehrock und Melone!

Nino, der sich mit seinen auffälligsten weißen Knickerbocker-Golfhosen und seinem hellgrauen Prince-de-Galles-Jackett sichtlich fein gemacht hatte, folgte ihnen mit einem unauffälligen Herrn im grauen Tagesanzug. Margherita musste nicht zweimal hinsehen, der Mann war an seinen drei wangenbreiten Schmissen im Gesicht leicht wiederzuerkennen. Es war Ulrich von Hassell, der deutsche Botschafter in Rom, der letztes Jahr zum Finale des Filmfestivals schweren Herzens ihre Einladung zum Dîner hatte absagen und der deutschen Ufa-Truppe in Wagners Palais nachgefolgen müssen.

Von Hassell war ein kluger Mann, der vor seiner Berufung nach Rom schon in Barcelona, Kopenhagen und Belgrad als Konsul tätig gewesen war und demnach mindestens fünf Sprachen beherrschte. Er setzte sich für eine abendländisch-christliche Einheit Europas ein und lehnte, wie er Margherita bei den Festivalabenden auf der Excelsior-Terrasse gebetsmühlenartig wiederholt hatte, die Bestrebungen der deutschen und italienischen Nationalisten zu einem antikommunistischen Pakt mit den Japanern entschlossen ab.

Unter Adolf Hitlers nationalsozialistischer Regierung, die seit diesem Januar im Deutschen Reich an der Macht war, würde er sich mit dieser Haltung aber nicht lange im Auswärtigen Amt behaupten können!

Nino umarmte sie flüchtig zur Begrüßung und gab ihr nicht einmal die Zeit, einen halben Satz zu Luigis Gesundheitszustand zu sagen, da schob er ihr schon von Hassell entgegen. Der begrüßte sie mit herzlichem Augenaufschlag zum Handkuss, schien aber ebenso abgelenkt wie Nino. Über die Schulter spähte er zum Klubhaus zurück, es musste also noch jemand folgen, der in der Rangordnung über ihm stand.

Und tatsächlich marschierte bald der nächste Akteur auf die Golfplatzbühne. Es war Benito Mussolini, der Duce, persönlich, gefolgt von der üblichen Schar seiner Adjutanten. Mit weniger als zwölf solcher Leibwächter schien er nirgendwohin zu gehen. Alle waren in der grauen Uniform der faschistischen Miliz mit Jodhpurhosen, auf Hochglanz polierten Reitstiefeln und tarnfarbigem Kampfkäppi gekleidet.

Doch damit nicht genug.

Über die Loggia des Klubhauses marschierten jetzt weitere, andersfarbig Uniformierte herbei!

Sie trugen schwarze Uniformen, die sich stark von denen des italienischen Heers abhoben und die Margherita noch nie gesehen hatte. Ein sehr schmaler, fast könnte man sagen hagerer Herr ging dieser Truppe schwarz gekleideter Offiziere voraus, die sich schützend um einen weiteren Herrn im schwarzen Anzug und einer Art Tirolerhut scharten. Er trug einen penibel gestutzten Schnauzbart, drehte seinen Hut unbeholfen in den Händen und bewegte sich abgehackt wie in einem schlecht geschnittenen Film. Die Kopie von Charly Chaplin.

Nein, doch bitte nicht ... dieser Hitler?

Margherita hatte blitzartig an ihre Unterhaltung mit Eugenia und Peggy gestern auf dem Campo San Giovanni e Paolo denken müssen. Einen »lächerlichen Nibelungenfürsten« hatte d'Annunzio Mussolini genannt, Hitler hingegen einen »als Charly Chaplin geschminkten Malerlehrling«.

Das traf haargenau zu!

Hoffentlich könnten sie sich auch weiterhin so über diese Herren amüsieren, hatte sich Eugenia gestern in ihre allgemeine Erheiterung hinein gewünscht, doch Peggy hatte sie mit einem »Wahrscheinlich nicht mehr lange« ernüchtert.

Am neunten Loch angekommen, begrüßten sich all diese Herren untereinander und standen brav am Rand des Putting Greens, um Umbertos und Margheritas letzte Schläge zu erwarten. Die beiden hatten sich das ganze Turnier lang Par gleich geschlagen, jetzt ließ Umberto Margherita den Vortritt und lochte dann bewusst schlecht ein.

Er schenkte ihr galant den Sieg dieses Flights, nichts anderes war von ihm zu erwarten gewesen, und Margherita drohte ihm vom Rand des Greens mit dem Putter dafür. Die uniformierten Delegationen und die Herren im Gehrock klatschten laut.

18

»Dass Mussolini kam, na ja«, sinnierte Eugenia jetzt unter der Pergola der Golfklubterrasse in den lauen Nachmittag.

»Und wir alle hier spielten ein Turnier zur faschistischen Erheiterung, wie die Löwen im Zirkus?« Margherita konnte es immer noch nicht fassen, dass Nino ihr dieses absurde Mittagessen mit keinem Wort angekündigt hatte.

»Es sollte aussehen wie ein zufälliges Treffen bei Freunden am Land, chérie.«

»Na gut. Hätte ich wenigstens davon erfahren können?«

»Allerdings. Vor allem aber: Warum dieser Hitler?«

»Und erst recht dieser Goebbels?«

»Für ein solches Mittagessen werde ich Nino ewig dankbar sein, das kannst du ihm ausrichten, solltest du ihn heute noch sehen … Vor allem aber dafür, dass er mich bei Tisch zwischen einem Proleten und einer Schlange platzierte!«

»Du warst die ranghöchste Dame! Die Herren Hitler und Goebbels waren sprachlos, neben der persönlichen Freundin von Eleanor Roosevelt zu sitzen.«

»Ach was! Diese Tölpel wissen doch nicht einmal, wer Eleanor Roosevelt ist!«

Margherita musste spontan lachen und steckte Eugenia für einen Moment damit an, dann wurde diese aber wieder ernst: »Wenn ihr nicht achtgebt, habt ihr nächstes, spätestens übernächstes Jahr eure Seele an den hier anscheinend unausweichlich aufkommenden Nazi-Wahn verkauft. Und diese unbändige Gefahr, die mit einer klaren Unterdrückung der Demokratie und einer brutalen Ausrottung aller Minderheiten einhergeht, wird sich nicht auf Deutschland und Italien beschränken. Schau, ich erlebe das ja in Paris schon heute mit. Nimm Jean, Deinen Jean chéri? Dieser tüchtige Junge hat im letzten Jahr den Salon der De Noailles, sprich der Bischoffsheims, Marie-Laures Eltern, von denen das Geld kommt, an der Place des États-Unis und ihr Sommerhaus in Hyères eingerichtet. Weiter Nancy Cunards Teesalon und Cole Porters Appartement. Doch trotz dieser nachweislichen Erfolge findet er als Jude in Paris kaum mehr Aufträge. Außer bei ebensolchen Juden, die sich aber, klug, wie sie sind, in Anbetracht von Hitlers Machtübernahme in Deutschland schon ihre Zweitwohnsitze in Nord- und Südamerika einrichten.«

»Was tut er also?«

»Er arbeitet weiter. Besessen. Er schaut weder nach rechts noch nach links, du kennst ihn. Ich aber spiele mit dem Gedanken, ihm ein großes Projekt zu ermöglichen, ein Lebensprojekt sozusagen, weit ab von Europa.«

»Die Tischrunde von heute wird dich in diesem Entschluss bestärkt haben.«

»Allerdings«, leerte sie ihren Wermut in zwei Zügen. »Noch einen, bitte. Und eine Zigarette.«

Margherita machte dem Barmann ein Zeichen, das auch ein Päckchen der Murattis einschloss, die Peggy hier kistenweise deponiert hatte. Als der Wermut kam, bot sie Eugenia die frisch geöffnete Schachtel Zigaretten an und gab ihr Feuer. Es war das erste Mal, dass sie sie rauchen sah, und sie wurde unvermittelt zu der Rebellin, die sie als junge Frau gewesen sein musste. Umbertos Bruder, der Botaniker, war vor einem halben Jahrhundert von diesem Anblick sicher genauso hingerissen gewesen wie Margherita jetzt.

»Und wo liegt dieses Lebensprojekt?«

»In Patagonien natürlich, bei mir zu Hause. Wo sonst?«

»Irgendwann kehren wir alle heim, nicht?«, entkam es Margherita spontan.

Was wollte sie denn damit andeuten?

Sie war doch glücklich hier in Venedig!

In dieser Stadt, die sie als eine Stadt am offenen Meer, zwischen Dünen und Mittelmeerpinien erlebte und die ihr täglich den höchsten Himmel und das farbigste Abendrot schenkte.

Ganz abgesehen von diesem Wind! Und diesem Licht!

»So scheint es zu sein, Margherita, mon amour. Du bist jederzeit willkommen, weißt du?«

»Danke.«

Eugenia fischte nach ihrer Hand, führte sie kurz an ihre Lippen, »solange ich am Leben bin, kümmere ich mich um Luigi und um Dich. Danach wird mein Neffe Eugenio das übernehmen.«

Margherita wandte sich ab, damit Eugenia die Tränen nicht sah, die ihr plötzlich in die Augen schossen. Sie kümmerte sich um Luigi und um sie. Und Luigi war vielleicht todkrank.

Während sie ihren Kopf zur Seite drehte, erkannte sie, dass hinter ihnen im Schatten des Klubhauses jemand stand und auf einen geeigneten Moment wartete, um auf die Terrasse zu treten, ohne ihre Unterhaltung zu stören.

Es war Tankred. An den Händen hielt er Luigi und Eugenio. Er hatte sie aus dem Obergeschoss abgeholt, wo sie ein Mittagsschläfchen gehalten hatten.

»Einen Kaffee, Tankred, bevor wir jetzt aufbrechen?«, bot Margherita ihm an.

»Nein, danke, Contessa. Die jungen Herren sind zum Aufbruch bereit.«

Mit dem wendigen Riva konnte Tankred den direkten Weg durch die Stadt zum Krankenhaus wählen und musste nicht um

Sant'Elena und das Arsenale herum auf die Fondemente Nuove fahren, eine Strecke, die jetzt am Nachmittag sehr wellig wäre und die noch dazu an der Friedhofsinsel San Michele vorbeiführte, ein Anblick, den er der Contessa Margherita und ihrer Bootspartie heute offensichtlich ersparen wollte.

Die Route vom Golfclub zurück nach Venedig blieb also die, auf der sie gekommen waren. Sie fuhren an der Westküste des Lido zurück bis nach Santa Maria Elisabetta, dann kreuzten sie an San Giorgio vorbei zu den Giardini und der Riva degli Schiavoni entlang bis zum Danieli-Hotel.

Kurz davor bogen sie rechts in den Rio dei Greci ein. Das war ein schöner Kanal, sie kamen bei der griechisch-orthodoxen Kirche und ihrer Scuola vorbei und sogen die Gerüche ein, die dieses alte Exilanten-Viertel so besonders machten. Es duftete unwiderstehlich nach Honig, nach kandierten Früchten und nach griechischen Backwaren.

Alle hatten auf der Fahrt geschwiegen, jeder hing wohl seinen eigenen Gedanken zu diesem außerordentlichen, als Golfturnier getarnten Mittagessen nach, und Margherita hatte sich dabei ertappt, sich ständig durch den Anblick der Lagune ablenken zu müssen, um nicht wieder wie vorhin auf der Terrasse in Tränen auszubrechen.

Luigi war vielleicht todkrank, und Nino wusste nichts davon, er hatte sie über all die Stunden auf dem Golfplatz und unter der Pergola des Klubhauses nicht ein einziges Mal angesehen.

Und das bei dieser unerträglichen Tischrunde!

Wo war ihre Nähe, ihr wortloses Verstehen, das sie einst so stark gemacht hatte, das sie über alle gesellschaftlichen Grenzen gehoben hatte, nur geblieben?

Denn diese Nähe war ja über Jahre erprobt!

Sie hatte sich nach Luigis Geburt langsam, aber sicher wieder eingestellt, weil Margherita kontinuierlich daran gearbeitet hatte. Erst seit letztem Jahr war Nino wieder ständig auf dem

Sprung, besonders aber seit diesem Jahresbeginn, als Hitler in Berlin an die Macht gekommen war.

Gut, sie konnte nachvollziehen, dass die reichsdeutschen Gäste seinen Partnern Volpi und Cini wichtig waren.

Aber das hieß doch nicht, dass man diese Herrschaften goutierte?

Dass man jede kritische Distanz verlor?

Nino hatte keinen einzigen komplizenhaften Seitenblick, kein Lächeln für Margherita übrig gehabt. Ging es ihm, genau wie Volpi und Cini, inzwischen auch nur noch um Macht?

Waren die »Investoren«, für die er die letzte Nacht im Excelsior verbracht hatte, diese fragwürdigen Berliner Gestalten? War er also dabei, sich mit Haut und Haar an Mussolinis faschistisches Gefüge von Rollen und Abhängigkeiten zu verkaufen, ohne Margherita auch nur ein Wort davon zu sagen?

Pudù, der neben Tankred am Steuer saß, stellte sich jetzt mit den Vorderpfoten an die Windschutzscheibe und nahm die ungewohnten Fährten des griechischen Viertels mit hoch erhobener Nase auf. Eugenia begann währenddessen eine Unterhaltung mit den Buben: »Dass ihr mir niemals die Serviette in den Hemdkragen steckt, Kinder, wie dieser Herr Mussolini vorhin beim Mittagessen!«

»Die Serviette auf die Knie, sagt Maman«, konnte Luigi auswendig.

»Genau, Kind.«

»Und was war das beim Kaffee, das alle vom Tisch aufscheuchte wie einen Schwarm Bienen?«, fragte Eugenio.

»Ach das«, musste Margherita schmunzeln, »das nennt man Großmannssucht. Das heißt, man nimmt sich wichtiger, als man eigentlich ist. Die deutschen Herren hatten plötzlich Ängste …«

»Die deutsche Herren waren die, die um dich herumsaßen, ma Tante?«, versicherte sich Eugenio.

»Ja, genau, der Hagere, der aussieht wie eine Schlange, und der mit dem Schnauzbart.«

»Der mit dem Schnauzbart, der aussieht wie dieser Komiker … Charles Chaplin?«

»Du kennst dich ja im Kino gut aus!«

»Allerdings, ich liebe Filmeschauen«, bestätigte Eugenio und erntete einen überraschten Seitenblick des kleinen Luigi. Für Filme hatte Luigi sich bisher noch nie interessiert, doch man konnte von seinen gekräuselten Lippen ablesen, dass sich das noch heute ändern würde.

»Diese zwei Herren also, samt ihren Adjutanten«, bestätigte Margherita. »Es war Folgendes passiert: Die Ober des Klubhauses hatten statt Zucker Salz in die Zuckerfässchen gefüllt, ein Versehen, das bei größeren Tafelrunden leicht einmal vorkommen kann, vor allem auf dem Land, wo nicht alles Geschirr ständig benutzt wird. Es war sicher kein böser Wille. Doch die deutschen Gäste vermuteten, sie würden vergiftet.«

»Die sind ja albern«, fand Luigi.

»Wenn sie nur albern wären, Kind«, sinnierte Eugenia.

Sie bogen jetzt aus dem Rio dei Greci in den Rio della Tetta und kamen nach einer gemächlichen Rechtskurve zwischen dicht aneinandergebauten Palazzi vor dem Campo San Giovanni e Paolo an. Die Fassade der Scuola di San Marco glomm ihnen in ihrem reinen Marmorweiß schon von Weitem im Nachmittagslicht entgegen. Sie schwebte unwirklich vor dem tiefblauen Himmel, wie ein Zeichen.

»Alles wird gut gehen«, flüsterte Eugenia Margherita ins Ohr und nahm ihre beiden Hände.

»So Gott will.«

»Gott will!«

19

Tankred machte das Boot an der kleinen Anlegestelle der Scuola fest, sodass sie alle auf den steinernen Quai klettern konnten, nur Pudù musste bei Tankred im Boot bleiben, er durfte nicht mit ins Krankenhaus hinein.

»Wir erwarten Sie im ersten Kreuzgang, Contessa, bis dahin, weiß ich von anderen Ausflügen hierher, darf ein Hund mich begleiten.«

»Danke, Tankred. Es wird hoffentlich nicht sehr lange dauern.«

»Wir haben alle Zeit, Pudù und ich.«

Sie gingen durch den von korinthischen Säulen getragenen Triumphbogen des Eingangsportals. Rechts und links grüßten die venezianischen Löwen, die, kam Margherita vor, heute besorgt aus ihren Himmelsgevierten zu ihnen herüberblickten. Zumindest standen sie viel verhaltener dort als gestern früh, als hätte man ihnen den Schwung geraubt.

Gestern früh. Nur eine Nacht und ein Tag waren seither vergangen, doch Margheritas Welt war ins Wanken geraten.

Vielleicht war Luigi todkrank?

Vielleicht war Nino dabei, endgültig den Boden unter den Füßen zu verlieren und zu einem rücksichtslosen Despoten zu werden, genau wie seine heutigen deutschen Gäste, die er als »cari amici« verabschiedet hatte, als »liebe Freunde«?

Eugenia ging voraus, an jeder Hand einen Buben. Sie durchschritten die monumentale Eingangshalle der Scuola und kamen an ihrem Ende beim ersten Kreuzgang des Dominikanerklosters an, unter dessen zu Bäumen gezogenen Oleander- und Kirschlorbeersträuchern man noch heute die hin und her wandelnden Mönche, Gelehrten und Künstler der Renaissance wähnen konnte. Von hier gelangten sie in eine doppelgeschossige Galerie mit herrlich intaktem Schachbrettboden aus veronarotem und carraraweißem Marmor, hinter deren raumhohen Kassettentüren einstmals das Refektorium und die verschiedenen Künstlerateliers untergebracht waren, heute die gesamte Verwaltung des Stadtkrankenhauses.

»Wohin?«, drehte sich Eugenia zu Margherita um.

»Nach oben«, antworte Margherita und wies auf die geschwungene Marmortreppe ins Obergeschoss, in dem sich einst die Mönchszellen befanden.

Mönchszellen … Margherita hatte schon gestern bei der Schlussbesprechung in Umbertos Büro, die auf die Reihe der Untersuchungen gefolgt war, schmunzeln müssen. Wer in diesem Kloster Mönch, Gelehrter oder Künstler gewesen war, hatte in erlesenstem Marmor, von weit her importiertem Brokat, feinst gearbeitetem Samt und handkolorierter Seide gelebt!

Gar nicht zu reden von den geklöppelten Batistsoutanen, in die man die Herren gekleidet hatte und die allesamt exklusiv von den Stickerinnen der Insel Burano für sie gefertigt worden waren.

Heute befanden sich in den einstigen Zellen auf dem endlosen Gang zwischen der San-Giovanni-e-Paolo-Kirche und der Scuola die Büros des Chefarztes und seiner Oberärzte.

Es war Sonntagnachmittag, und es herrschte klösterliche Stille. Sicher war kein Mensch in diesem immensen Gebäude, außer Umberto und seinen Assistenten.

Er erwartete sie an seinem Schreibtisch, in einen weißen Stehkragenkittel gekleidet, den er über Hemd und Anzughose trug.

Dazu, das schien sein Markenzeichen zu sein, eine mit Jagdmotiven gemusterte Fliege. Gestern waren es galoppierende Schimmel beim Geländesprung gewesen, heute graubraune Bracken auf der Pirsch. Er studierte eine Handvoll noch nicht gehefteter Papiere, die auf einer schon angelegten Akte lagen.

»Herein, wenn's kein Schneider ist«, erhob er sich umgehend, als er Eugenia im Türrahmen erblickte.

»Du warst noch vor dem Lunch verschwunden, Professore?«, fragte sie in vertraulichem Ton, »hoffentlich hat man dir hier etwas zu essen gegeben?«

»Ach, das hat Zeit bis heute Abend.«

»Im Klubhaus hat dir das ... Menü nicht gefallen?«

Er musste schmunzeln, ja sogar lächeln, eine Regung, die bei Umberto sehr selten anzutreffen war. Eugenia hatte ihn sichtlich erobert.

»Normalerweise spiele ich mein Flight und gehe dann nach Hause. Oder hierher, wenn brisante Fälle anstehen, so wie heute.«

»Du liebst keine Siegerehrungen?«

»Nein, ich bin nicht gut in *social life*.«

»Dafür in den wichtigeren Dingen.«

»Margherita cara«, wandte er sich an Margherita, »soll Eugenia, ich kann sie ja inzwischen eine ›Freundin der Familie‹ nennen, bei uns bleiben, wenn ich dir jetzt die Diagnose mitteile?«

»Für mich ist sie nicht nur eine ›Freundin der Familie‹, Umberto, für mich gehört sie zur Familie«, sagte Margherita.

»Dann setzet euch bitte, die Damen. Und auch ihr zwei Buben, ich habe euch zwei Stühle mehr herstellen lassen. Wo ist denn Pudù?«

»Noch im Boot«, erklärte Eugenio.

»Tankred und der Hund erwarten uns später im Kreuzgang.«

»Ja, Tankred kennt sich hier aus«, schmunzelte Umberto erneut, »mein Gott, wie viele sagen wir ganz besondere Fälle er schon bei uns abgeliefert hat! Doch jetzt zu uns, Luigi, mein Freund.«

Die zwei Damen und die Buben saßen vor ihm aufgereiht wie Brautleute und ihre Zeugen vor dem Standesbeamten.

»Zunächst, darf ich dir ein paar Fragen stellen, um den Befund von der Universität Padua, der mir jetzt vorliegt, besser zu verstehen?«

Luigi sagte nichts und nickte.

Margherita war plötzlich eiskalt, sie nahm Eugenias Hand, um sich an irgendetwas festzuhalten.

»Wir haben heute den 21. Mai, einen Sonntag, nicht?«

Luigi nickte weiter.

»Welches Datum hatten wir denn vor zwei Wochen?«

»Sonntag, den 7. Mai«, antwortete Eugenio für ihn. Margherita sah genauer hin, Eugenio saß kerzengerade neben Luigi und hatte die Hände gefaltet. Er musste sie derart gegeneinanderdrücken, dass sich die Fingerknochen weiß unter seiner Haut abzeichneten.

»Richtig, Junge! Also, Luigi, was hast du denn an jenem Wochenende gemacht?«

»Wir waren mit Papà photographieren.«

»Ach ja, ich weiß. Diese zauberhaften Porträts unserer Stadt, die er da mit seiner Leica anfertigt. Ich hatte einmal die Ehre, ein paar von ihnen im Klub ansehen zu dürfen. Sozusagen unter dem Tisch. Er versteckt sie.«

»Das ist schade«, sagte Luigi couragiert, »es sind sehr gute Photos.«

»Das will ich meinen, mein Sohn! Doch die Zeit für diese sagen wir volksnahen Bilder wird sicher noch kommen. Wo wart ihr denn photographieren an jenem Wochenende?«

»Wir gingen zum Ende von Le Zattere, da, wo die neu gebaute Reederei liegt.«

»Die Adriatica?«

»Ja.«

»Eine Reederei eurer Firmengruppe, nicht?«, fragte Umberto zu Margherita gewandt, die das abnickte.

»Und was gab es da zu photographieren?«

»Papà hatte von einem indischen Schiff gehört, das dort, wie er sagte, fabelhafte Gewürze und Stoffe löschte.«

»Tatsächlich, Sie brachten an jenem Wochenende Darjeeling-Tee, Safranblüten und Madras-Curry mit nach Hause«, bestätigte Margherita.

»Den Samstag photographierten wir vom Quai aus, doch am Sonntagnachmittag war der Kapitän an Bord, das Schiff war beinahe leer und sollte am gleichen Abend ablegen. Er lud uns ein auf seine Brücke.«

»Und was gab es zu sehen auf dem Schiff?«

»Letzte Stoffballen wurden abgeladen, und Papà erklärte dem Kapitän, das sei die apfelgrüne Shantungseide, die die Contessa Pisani für ihr Palazzetto am Canal Grande geordert habe, sie wolle ihre gesamte Beletage damit bespannen lassen. Der Kapitän schien verwundert, dass er das wusste, doch er antwortete, das sei Stadtgespräch hier in Venedig. Er besann sich dann einen Moment und korrigierte sich selbst, ›Stadtgespräch‹ sei ja ein übertriebener Begriff, die Bevölkerung sei seit Ende des letzten Jahrhunderts auf die Einwohnerzahl eines Dorfes geschrumpft, in dem jeder alles von jedem wisse.«

»Und dann?«

»Gingen wir in die Lagerräume unter Deck.«

»Warum denn das?«

»Ich weiß, nicht, Signor Professore.«

»Nun, wie war es denn unter Deck?

»Stickig. Ich konnte kaum atmen. Alles war voller Staub, der drehte sich in Wirbeln, da vom Meer Wind aufgekommen war, wie immer gegen Abend.«

»Dann?«

»Papà blieb mit dem Kapitän noch eine Weile unten, sie besprachen irgendwelche kommenden Lieferungen von Rauchwaren, doch ich entkam auf Deck.«

»Das hast du gut gemacht, Junge!«

»Man nimmt ein Kind mit auf ein muffiges indisches Schiff und sogar unter Deck?«, fragte Eugenia dazwischen, sie konnte ihre Wut kaum verbergen.

»Ja, Eugenia, da muss ich dir recht geben«, schüttelte Umberto den Kopf.

»Welche Krankheit hat er sich da eingefangen, Signor Professore?«, mischte Eugenio sich ein. Er fragte mit sachlichem Ton, wie ein Erwachsener.

»Du bist dem kleinen Luigi ein guter Freund, weißt du das, Junge? Luigi hat, es tut mir leid, Margherita, die Pocken. Das ist ernst. Sehr ernst. Das Pockenvirus ist ein Virus, das sich in staubig feuchten Räumen einnistet und, wie in jenem indischen Frachter, über alle Weltmeere mitreisen kann. In Europa zum Glück ausgerottet, hat es nach der Infektion normalerweise vierzehn Tage Inkubationszeit. Hätte das Schiff nicht schon abgelegt, müssten wir es umgehend evakuieren und sämtliche Besatzungsmitglieder in Quarantäne nehmen. Wir werden bei der Hafenbehörde Anzeige erstatten, wer weiß, wo der Frachter jetzt vor Anker liegt.«

»Sie müssten die Besatzungsmitglieder in Quarantäne nehmen?«, wollte Eugenio sichergehen.

»Genau.«

»So wie Luigi jetzt?«

Für einen langen Moment sagte keiner etwas, dafür begannen die Fünf-Uhr-Glocken von San Giovanni e Paolo zur Messe zu läuten. Sie schlugen, so kam es Margherita vor, in jenem Moment nur für sie, die sie alle hier vor diesem erfahrenen Arzt saßen und sich nur noch an Gott wenden konnten.

Und natürlich an die Erkenntnisse der modernen Medizin.

»Gott, mach, dass er gesund wird, bitte«, sagte sie mehrmals, während das Geläut anhielt und im Mauerviereck des Kreuzgangs widerhallte. Vielleicht sagte sie es laut, doch das spielte keine Rolle, keiner konnte bei diesem Lärm ein Wort verstehen.

Umberto erhob sich und schloss die drei Flügelfenster seines Büros eines nach dem anderen. Als er zurückkam, hatte sich Margherita wieder einigermaßen gefangen.

»Wohin schickst du ihn?«, fragte sie. »Zu den Kapuzinerschwestern auf Santa Maria della Grazia?«

»Es gibt keine andere Wahl, Margherita. Wir bringen ihn jetzt gleich auf die Insel. Luigi, du wirst dort drei Monate Ferien machen.«

»Das geht nicht, Signor Professore! Ich habe doch ab nächster Woche die Prüfungen für die Aufnahme in die Mittelschule!«

»Du kommst schon in die Mittelschule? Mit neun Jahren?«

»Er war seiner Zeit ein wenig voraus, Umberto, er langweilte sich zu Hause. Also haben wir ihn schon mit fünf eingeschult.«

»Um so besser, dann kannst du die Dinge jetzt ja mit Ruhe angehen, Junge! Wir brauchen dich drei Monate auf Santa Maria della Grazia, du wirst mit Infusionen geheilt werden, die machen dich ein wenig schläfrig und appetitlos, doch wir finden schon ein Menü, das dir gefällt.«

»Ich hasse essen.«

»Du wirst sehen, die Meerluft auf der Insel, weit draußen vor der Giudecca, macht hungrig! Nur damit du dir das vorstellen kannst, Eugenia cara, es ist die kleine Insel zwischen San Servolo und San Clemente, auf der wir unsere Infektionskranken seit den Zeiten der Republik abschirmen und heilen.«

»Wir sind eben daran vorbeigefahren. Sie liegt gleich hinter San Giorgio, dem Lido zu«, erläuterte ihr Margherita.

»Deine Mutter bereitet einen Packen Bücher vor, den wir dir morgen nachbringen. Du liebst doch das Lesen?«, wandte Umberto sich wieder an Luigi.

»Oh ja! Ich liebe Seefahrerbücher.«
»Magnifico! Und was sonst noch?«
Luigi wusste spontan nichts zu antworten.

20

»Er liebt Pudù«, warf Eugenio ein.

Und jetzt tat Luigi etwas ganz Außergewöhnliches. Dieser Junge, der sonst darauf bedacht war, niemandem körperlich zu nahe zu kommen, sah Eugenio erst fassungslos direkt ins Gesicht, dann legte er sein kleines Köpfchen schief und lehnte es sachte, um Eugenio bloß nicht zu schwer zu fallen, an dessen Schulter.

Margherita klammerte sich an Eugenias Hand.

»Luigi chéri, was würdest du sagen, wenn ich mit Eugenio, Eve und Pudù den ganzen September zu dir an den Lido käme?«, fragte jetzt Eugenia mit einer sich selbst auferlegten Fröhlichkeit im Ton, die Margherita rührte. »Wäre das ein Angebot?«

Luigi nickte.

Eugenio nickte.

»Drei Monate Quarantäne also, Umberto«, fuhr sie, zu Umberto gewandt, wieder ernst fort, »das heißt von heute bis Ende August?«

Auch der nickte.

»Dann ist er geheilt, der Kleine?«

Umberto schloss kurz die Augen und nickte ein weiteres Mal.

»Also!« Eugenia klatschte einen kurzen Applaus, dessen Echo verheißungsvoll den hohen Raum füllte. »Wir wohnen dann alle in Ninos neuem Palais am Gran Viale, wenigstens dazu hat es ja einen Sinn, und machen uns den schönsten Spätsommer unseres Lebens! Und dir, Luigi«, sah sie ihn direkt an, »der du Hunde liebst?«

Luigi sagte ein bestimmtes: »Sì!«

»Bringen wir einen Welpen mit.«

»Wirklich?«, saß er mit offenem Mund da. »Ist das wahr, Madame?«

»Das ist wahr«, antwortete Eugenio souverän für seine Tante.

»Wie schön! Einen Welpen!«, mischte sich jetzt Umberto wieder in das Gespräch. »Wie wirst du ihn nennen, Luigi?«

Luigi konnte nichts antworten, er war sprachlos vor Glück.

»Nun, ›Bonzo‹ zum Beispiel«, half ihm Eugenia, »wie man den ›kleinen Buddha‹ auf Italienisch nennt?«

Umberto klopfte anerkennend, so wie Akademiker applaudieren, auf seinen Schreibtisch: »Ja, Eugenia, schenk diesem kleinen Buddha einen Bonzo!«

»Bonzoooo«, machte Eugenio eine Clownsgrimasse, wie sie sonst Luigi machte.

»Das wird der erste und einzigartigste venezianische Foxterrier«, fasste sich Umberto jetzt mit beiden Händen an den Hemdkragen, »ich werde mir eine passende neue Fliege anfertigen lassen müssen!«

Nach dieser Eugenia-Überraschung stellte sich eine längere Stille ein, die ein wenig beängstigend wurde, da das Fünf-Uhr-Läuten jetzt ausgeklungen war.

»Darf ich noch eine letzte fachliche Frage stellen, Luigi? Nur für die Akten hier«, fragte Umberto in die Stille hinein.

Luigi nickte benommen, während Umberto einen Füller aus der Brusttasche seines Kittels zog, ihn aufschraubte und begann, sich Notizen zu machen.

»Am vergangenen Wochenende, dem vom 14. Mai, wo warst du da?«

»In Mailand, Signor Professore.«

»Ach. In Mailand?«

»Ja, dahin nimmt mich Papà jedes zweite Wochenende mit.«

»Das Wochenende also, das ihr nicht photographieren geht?«, fragte Umberto nach.

»Ja.«

»Und was macht ihr dort?«

»Freitags geht Papà in sein Optisches Institut und zur Börse. Samstags gehen wir zum Pferderennen.«

»Und sonntags kommt ihr zurück nach Venedig?«

»Am Abend, ja. Vorher gehen wir noch zum Mittagessen.«

»In Mailand?«

»Ja, in die Via Donizetti.«

»Ach so? Was gibt es denn dort Besonderes? Unser Circolo dell'Unione, bei dem Dein Vater und ich Mitglied sind, liegt doch in der Via Manzoni?«

»Die Tante wohnt dort.«

»Ach so, eine Tante, ich verstehe.«

»Umberto, behältst du Luigi gleich hier?«, musste Margherita diese Unterhaltung unterbrechen.

»Ja, cara, wie schon gesagt.«

»Jetzt gleich also«, suchte sie wieder nach Eugenias Hand. »Wohin lasse ich seine Sachen bringen?«

Umberto erhob sich: »Morgen. All das reicht morgen. Ich schicke jemanden zu Euch nach Hause. Packe ein paar Pyjamas und ein paar leichte Pullunder ein bitte … und natürlich die Seefahrerbücher!«

»Ich kann ihn nicht besuchen?«

»Nein, tut mir leid. Zumindest nicht in den ersten Wochen. Doch du schickst bitte Nino zu mir hierher ins Krankenhaus, gleich morgen früh. Man weiß ja nie.«

»Ja, mit Nino weiß man nie«, schloss Eugenia.

Sie standen alle auf, da eine junge Schwester den Raum betrat und Luigi einlud, zu ihr auf den Gang zu kommen.

Umberto gab Luigi die Hand und sagte, plötzlich etwas tonlos: »Buon viaggio, Capitano!«

Luigi antwortete beherzt: »Buona sera, Professore.«

Margherita ging den beiden bis zur Tür hinterher und sah dem Jungen nach, wie er der Schwester den langen Gang entlang folgte und über die Treppe ins Erdgeschoss und in die Kinderstation verschwand.

Er drehte sich nicht nochmals zu ihr um, doch kurz vor dem Treppenabgang winkte er mit dem rechten Arm in die Luft, was heißen mochte: »Ich schaffe das, Maman.«

21

Als Tankred sie an der Porta d'Acqua ihres Palais am Canal Grande abgesetzt hatte und sie in die Beletage hinaufkamen, berichtete Pierre schon in der Eingangshalle, der Herr Graf lasse sich entschuldigen, er komme nicht zum Abendessen nach Hause. Es könne spät werden.

Also nahm Eugenia die Situation in die Hand. Sie griff Margherita, noch bevor sie ihren Staubmantel ablegen konnte, bei den Hüften und zog sie neben sich. So, gemeinsam vor der Eingangstür aufgestellt, erklärte sie Pierre und Marta, die aus der Küche herbeigeeilt war, in zwei Sätzen, wie es um Luigi stand.

Marta rang um Fassung. Pierre sah versteinert aus dem Fenster in den Innenhof hinunter. Einen Moment lang verharrten sie alle bewegungslos in der Eingangshalle, wie in einem Mausoleum.

»In diese Siechensümpfe mussten wir ziehen« zischte Marta Pierre zu.

»Contessa, unser Beileid. Oder, was sage ich? Verzeihen Sie! Wir wünschen dem Signorino Conte gute Besserung und schnellste Genesung!«

»Wann bekommen wir ihn zurück?« Marta war darauf und daran, den Spuren von Luigis vielleicht bald für immer entschwindender Seele durch das ganze Haus zu folgen, da wechselte Eugenio die Seiten, stellte sich neben sie und hielt sie an der Schürze fest.

»Der Chefarzt …«, Margherita musste erst ihre Stimme wiederfinden,«des Stadtkrankenhauses sagt, Ende August ist er geheilt.«

»Ahhh, unser Nachbar von gegenüber, der Conte Marcello! Wenigstens einer in dieser verdammten Stadt, auf den man sich verlassen kann«, zeigte sich Marta von dieser Prognose überzeugt.

»Der kleine Luigi ist tatsächlich in besten Händen«, fuhr Eugenia fort, »stellen Sie sich vor, Marta, jemand bei Ihnen in Treviso hätte die Pocken? Oder, Pierre, jemand bei Ihnen in Nancy? Jemand in Santiago de Chile? Erst recht außerhalb von dort, auf dem tiefsten Land, zum Beispiel bei mir in der Valle de Aconcagua, in den Hochebenen der Anden? Ein Todesurteil! Doch hier? Das venezianische Lagunenarchipel scheint seit einem Jahrtausend auf Epidemien dieser Art vorbereitet, die Pest, die Malaria, die Cholera, die Pocken, die Spanische Grippe. Die Serenissima unterhielt, wie mir Professor Marcello heute erklärte, spezialisierte Kliniken auf verschiedensten abgelegenen Inseln, um solch eingeschleppte Viren abzusondern und zu kurieren. Nirgendwo auf der Welt könnte man besser aufgehoben sein!«

Pierre nickte.

Marta nickte.

Eugenio nickte.

Man konnte meinen, dass selbst Pudù nickte.

»Dann sind wir drei Monate hier allein«, rechnete Marta nach.

»Genießen Sie die Ruhe mit der Contessa«, munterte sie Eugenia auf, »denn Anfang September kommen Eugenio, Pudù und ich wieder und bringen auch Eugenios Cousine Eve mit.«

»Und den Welpen natürlich!«, brachte Eugenio in Erinnerung.

»Den Welpen?«, hellte Martas Stimme sich auf.

»Wir bekommen einen Hund?« Pierre sah wieder aus dem

Fenster in den Innenhof hinunter, als ob der kleine Hund schon dortsäße.

»Luigi freut sich sehr darauf«, bestätigte Margherita.

Eugenia nutzte diese Stimmungswende: »Und wo wir heute im Palais Revedin ja offensichtlich nicht mehr gebraucht werden, geben Sie der Contessa und mir für den Abend frei?«

Marta und Pierre entgegneten nichts.

Eugenio hingegen nickte.

»Margherita, mon amour, können wir uns dann gleich aufmachen? Pierre, Marta, wie Sie ja wissen, reisen mein Neffe und ich morgen mit dem Vormittagszug nach Paris zurück. Der Junge muss also heute früh zu Bett.«

Marta versicherte, sie werde dem Signorino Eugenio mit Freuden ein Abendbrot zubereiten, und Pierre werde ihn dann gemeinsam mit Pudù in die Calcina zurückbegleiten.

»Doch darf ich noch etwas fragen, Contessa? Wo und wie steckt man sich heutzutage mit den Pocken an?«, hakte Marta jetzt aber noch einmal nach.

»Es muss vor zwei Wochen passiert sein, als mein Mann den Jungen zum Photographieren mitnahm«, verstand Margherita ihre Sorge vollkommen.

»Aber Contessa, wie ist denn das möglich?«, fragte Pierre nach einem Moment des Nachdenkens. »Sie gehen ja normalerweise nur bis Campo San Barnaba und weiter zum Angelo Raffaele, zum Markusplatz, ins Arsenale, nach Rialto. Ganz selten einmal bringt Jacques sie in der Isotta Fraschini über den neuen Ponte Littorio bis hinüber nach Marghera zu den gigantischen Schiffsbauten der Breda-Werft ...«

»Diesmal lag ein Frachter aus Indien an Le Zattere, vor der Adriatica.«

»Ein Frachter aus Indien«, ordnete Marta ihre Erinnerung. »Sie haben recht, die beiden brachten an jenen Abenden Säckchen mit Tee, Curry und Safranblüten mit.«

»Dort unter Deck muss er sich infiziert haben«, schloss Margherita, »am Wochenende danach kann es ja kaum passiert sein, da waren die beiden in Mailand.«

»In Mailand, sehr wohl«, fixierte Pierre immer noch den Innenhof.

»Sind wir so weit, ma belle?«, erinnerte Eugenia sie jetzt daran, dass sie noch etwas anderes vorhatten, als sich über Mailand und die ominöse Via Donizetti Gedanken zu machen.

Marta, Pierre, Eugenio und Pudù stellten sich wie auf Befehl und ohne weitere Fragen im Spalier an der Eingangstür auf.

»Einen schönen letzten Abend!«, wünschten sie im Chor, da hatte Eugenia Margherita schon aus dem Eingangsportal geschoben und die Tür fiel mit sanftem Zischen ins Schloss.

22

Die beiden schritten die Freitreppe hinunter durch den Innenhof und auf die Gasse hinaus. Es war beiden klar, dass sie kein Vaporetto nehmen, sondern einfach zu Fuß losgehen würden. Nach den langen Stunden bei Tisch, im Boot und im Stadtkrankenhaus tat ihnen Bewegung gut. Sie schlugen den Weg über die frisch gezimmerte Akademiebrücke ein, die seit diesem Januar die in der Habsburger Besatzungszeit errichtete hässliche Eisenbrücke über den Canal Grande ersetzte.

Die Holzkonstruktion dieser neuen Brücke war um einige Meter weiter zum Markusbecken hin und in hohem Bogen über den Kanal gezimmert worden, und es ergab sich ein ganz neuer Ausblick auf Santa Maria della Salute, die letzte, im Spätbarock erbaute Votivkirche der Stadt. Auf der Mitte des Brückenbogens angekommen, blieben Margherita und Eugenia stehen und blickten auf die hoch in den Himmel ragende Vierungskuppel.

»Ja, Margherita, beten wir!«

»Bitte, lass mein Kind gesund werden«, murmelte Margherita und zählte die Motorboote, die unter ihnen den Kanal hinauf in Richtung Markusbecken fuhren. In jedem von ihnen könnten Luigi und seine Krankenschwester sitzen.

»Beruhige dich, chérie, er ist längst auf der Insel«, las Eugenia ihre Gedanken, »Umberto verliert keine kostbare Minute.«

Sie standen einen zeitlosen Moment lang nebeneinander vor dem behäbigen Lärchengeländer der Brücke und legten ihre Hände darauf wie auf eine Gebetsbank in der Kirche.

»Schau nicht auf die Boote, die uns nichts angehen. Schau lieber in den Himmel«, sagte Eugenia und zeigte über die im Abendlicht gleißende Kuppel der Salute und das Markusbecken hinweg zum Lido, über dem in der Ferne der Mond aufging. »Von dort, von Osten, kommt alles Leben«.

Dann kam ihr Blick langsam den Canal Grande entlang zurück und blieb beim dritten Palais rechter Hand hängen.

»Von dieser Brücke kann man jetzt direkt in den schönen Garten der Contessa Revedin sehen.«

»Ja, endlich duften die Glyzinien und Kirschlorbeeren nicht mehr nur für mich allein.«

»Man kann auch erkennen, was in deinen Salons geschieht, wenn es dämmert und du Licht machst.«

»So bin ich nicht mehr einsam.«

»Das höre ich gern, ma belle. Du wirst von jetzt an lernen, ab und an allein auszugehen und dir dein Haus von außen anzusehen, genau wie heute Abend. Du wirst dich hierher auf die Mitte des Brückenbogens stellen und in den Himmel über dem Lido blicken, dazu wirst du sagen: ›Von Osten kommt das Leben!‹ Diese Wahrheit habe ich von den patagonischen Mapuche gelernt.«

»Von Osten kommt das Leben«, wiederholte Margherita.

›Très bien! Und um diese Erkenntnis zu feiern, gehen wir jetzt in Giuseppes neue Bar!«

Am anderen Ende der Brücke angelangt, kamen sie auf dem herrlich weitläufigen Campo Santo Stefano an, dessen Cafés voller Menschen waren. Sie gingen eingehakt und flanierten diagonal über den Platz, dann bogen sie rechter Hand in die Calle dello Spezier, die parallel zum Canal Grande über den Campo San Maurizio zum Campo San Moisé führte. Der ganze Campo San Moisé war mit Bretterwänden verbaut, denn das alteingesessene Hotel Bauer Grünwald, das die gesamte Breite des Platzes bis zum Canal Grande einnahm, befand sich gerade im Umbau. Sie versuchten, durch die Bauzäune hindurch einen Blick auf die in der Stadt viel diskutierten »leer gefegten« Travertinfassaden zu erhaschen, die der neue Eigentümer, der Genueser Reeder Bennati bei der Stadtverwaltung durchgesetzt hatte. Der Campo würde in der strengen Linienführung des Art déco wie in neuem Licht erstrahlen, wären diese Arbeiten einmal abgeschlossen. Es war mit Spannung zu erwarten, wie Bennati den behäbigen Belle-Epoque-Dekor des Stammhauses auch im Inneren entrümpeln würde.

»Das wäre ein Kunde für Jean«, sinnierte Eugenia bei dem Anblick.

»Jean hat doch gar keine Zeit. Er arbeitet ja bald an einem neuen Projekt für die fabelhafte Eugenia Errázuriz.«

»Tatsächlich.«

»Von dem du mir heute Abend erzählen wirst …«

Bevor sie zum Markusplatz weiterspazierten, machten sie noch ein paar Schritte die Fondamenta San Moisé entlang dem Canal Grande zu, von wo aus man einen Blick auf den Umbau des Stammhauses des Bauer Grünwald werfen konnte. Bennati hatte zusätzlich zur Neugestaltung der Nord- und Westfassade auf den Campo San Moisé nämlich auch die Aufstockung des neogotischen Haupthauses zum Canal Grande erreicht und würde in einem für Venedig gänzlich unüblichen siebten Stock eine Dachterrasse errichten, die einen einzigartigen Blick auf das Markusbecken bieten würde. Schon heute sprach die ganze Stadt von ihrem neuen »siebten Himmel.«

Durch die weite Calle Larga XXII Marzo hindurch, wo alle edlen Tuch- und Schuhläden Seite an Seite ihre Waren feilboten, gelangte man zum Markusplatz, sie aber bogen kurz zuvor nach rechts in die Calle Vallaresso ein. Am Ende dieser Gasse lag rechter Hand das renommierte Hotel Monaco, doch linker Hand hatte in einem ehemaligen Lagerhaus eine Bar eröffnet, die in ihrer kurzen Lebenszeit schon weit über die Stadt hinaus bekannt geworden war. Giuseppe, Pächter und Barmann in einer Person, war entzückt, endlich die beiden Freundinnen von Peggy Guggenheim, die schon seit der Eröffnung der Bar seine Stammkundin war, bei sich zu begrüßen.

»Welche Ehre, Doña Eugenia«, öffnete er ihnen seine schmale Flügeltür mit Schwung auf die Gasse, »noch dazu gemeinsam mit der Contessa Margherita? Die hier in der Stadtmitte ja so gut wie nie zu sehen ist?«

»Sie kümmert sich viel zu beflissen um ihre zwei, drei Gäste am Lido«, scherzte Eugenia.

»Und den Rest der Zeit versteckt sie der Conte Nino vor uns?«

»Er weiß, was er an ihr hat.«

Giuseppe ging ihnen durch das kleine Lokal voraus, das er mit schlichten Travertinböden und Wandverkleidungen in Mahagoni und hellem Seidenrips ausgestattet hatte. Jean war letztes Jahr, wie er erzählt hatte, auf Anhieb von seinem Geschmack angetan gewesen, und die beiden hatten sich am langen Bartresen eine knappe Stunde lang blendend über Hölzer, Möbelhöhen, Servierwege und das richtige Licht unterhalten.

Heute war Sonntagabend, und noch dazu war es sehr früh, draußen ein herrlicher Mondaufgang.

Die Bar war leer.

Giuseppe bot ihnen einen seiner besten Tische an, den runden Ecktisch hinten links, von dem aus man den Bartresen überschauen konnte, aber gleichzeitig auch aus den hohen Fenstern hinaus aufs Markusbecken sah.

»Il miglior tavolo per la bella Contessa, prego«, ließ er sie Platz nehmen und wandte sich mit: »Wenn sie sich doch von heute an etwas öfter bei mir sehen ließe!«, an Eugenia.

»Wir arbeiten daran«, konterte sie.

»Immer zu Diensten! Darf ich den Damen kundtun, dass ich

diese Woche mein zweijähriges Bestehen feiere? Alle Drinks gehen heute Abend aufs Haus!«

»Wie gut für Sie, Giuseppe, dass unsere Freundin Peggy schon vorgestern abgereist ist!« Eugenia war jetzt sichtlich besserer Laune als sie alle vorhin im Krankenhaus.

»Oh, Miss Guggenheim vermissen wir hier immer sehr«, bestätigte Giuseppe mit einem galanten Diener in Richtung der Tür, »wenn sie hereinkommt, ändert sich das Tempo in meiner Bar.«

»Für die New Yorker kann nichts schnell genug gehen, nicht wahr?«

»Da sind wir uns einig, Doña Eugenia.«

»Und Giuseppe? Haben wir seit letztem Jahr, als mein geliebter Jean-Michel Frank bei Ihnen war und mir von Ihrer Bar berichtete, ein oder zwei Gerichte gelernt?«, fragte Eugenia weiter. »Nur vom Trinken können wir auf Dauer ja nicht leben.«

»Die Köchin der Contessa war so freundlich, meiner alten Hilfsköchin, sie heißt Lucia, die Croques Monsieurs beizubringen, für die die Empfänge im Hause Revedin bekannt sind.«

»Dafür hat unser Pierre auch Giuseppes Bellini-Cocktail und seinen zugegeben einzigartigen Whiskey Sour erlernen dürfen«, streute ihm Margherita Rosen.

Giuseppe war ihr seit jeher sympathisch, er war gleich alt wie sie und hatte ohne jeglichen familiären Rückhalt oder irgendwelche Sicherheiten den Sprung vom Barmann im Hotel Europa & Britannia, in dem er einst Peggy kennengelernt hatte, zum Unternehmer gewagt. Sein einziges Startguthaben war die Gründungsbeihilfe eines amerikanischen Hotelgastes gewesen, Harry Pickering, nach dem er seine neue Bar dann auch benannt hatte.

Ab diesem Jahr, hatte Giuseppe Jean erzählt, müsse der Laden sich aber selbst tragen. Margherita sollte sich also wirklich ab und an einen Ruck geben, nach San Marco spazieren und bei ihm ein Gläschen Champagner trinken.

»Was darf ich den Damen zubereiten? Einen Croque Monsieur? Mein bescheidenes Clubsandwich mit Hühnerfilet?«

»Letzteres bitte, dazu Champagner, Giuseppe. Wir müssen heute für die Contessa die Hoffnung hochhalten!«

»Bei der Madonna«, machte sich Giuseppe automatisch kerzengerade und wuchs über seine bescheidene Statur hinaus, »gibt es etwa schlechte Neuigkeiten?«

»Nun …« Eugenia wartete ab, sie wusste nicht, wie weit Margherita diesen jungen Barmann in ihre Angelegenheiten einweihen wollte. Was man in Giuseppes Lokal aussprach, das wusste man in ganz Venedig, kam einem Aushang an allen Zeitungskiosken der Stadt gleich.

»Mein kleiner Luigi ist krank«, öffnete Margherita ihm aber rückhaltlos ihr Herz. Sie konnte nicht anders. Und die Neuigkeit würde ohnehin spätestens morgen durch alle Kanäle Venedigs schwirren.

Nino, ihr stets abwesender Ehemann, der in diesem Moment wahrscheinlich seine Nazi-Gäste zum Dîner führte, würde sich morgen früh zu einer Komplettuntersuchung ins Krankenhaus aufmachen müssen und dabei die ganze Stadt durchkreuzen. Die Menschen auf den Gassen würden sich bei seinem Anblick an einem Montagmorgen, an dem er sonst in seinem Büro in Marghera oder in einem Schnellzug nach Rom saß, sicherlich schnell ihren Reim machen.

Sie wies also mit der linken Hand aus den hohen Südfenstern der Bar aufs Markusbecken und in Richtung San Giorgio.

»Nicht doch, die Isola della Grazia?«, fragte Giuseppe stockend.

Margherita nickte.

»Eine Infektion, Contessa? Ist er schon auf der Insel?«

»Die Pocken, Giuseppe.«

Giuseppe wankte vom Tisch zurück.

»Die Quarantäne wird drei Monate dauern«, erklärte Eugenia, »… und ich hatte gedacht, in Europa hätte man diese uralte Krankheit schon im letzten Jahrhundert besiegt? Unsere Freundin hier hat in den kommenden Monaten also einige Ihrer Clubsandwiches verdient.«

»Ich gehe gleich heute Abend«, Giuseppe bekreuzigte sich flüchtig, wahrscheinlich, ohne es bedacht zu haben, »auf dem Heimweg zur Madonna della Salute, eine Kerze anstecken. Das bewirkt Wunder, Contessa! Und was meine Kochkenntnisse betrifft, Doña Eugenia, da erlerne ich für Sie beide gleich hier und heute etwas Neues! Neues ist immer gut, nicht? Es macht uns zu Anfängern. Und ist nicht jeder Anfang eine Gnade? Ich werde leichte Gerichte, wie Sie sie lieben, erfinden. Was würde Ihnen Freude bereiten? Sautiertes Gemüse? Zartes Rindfleisch mit einer Senfsauce? Thunfischpaste mit Kapern?«

»Ein, zwei Scampi?«, warf Margherita leise ein.

»Danke, Contessa! Ich habe verstanden!«, machte er zu Margherita gerichtet einen mozartschen Diener, »lassen Sie mich in Lucias Eisfach nachsehen.«

Er umrundete umgehend den Tresen und machte sich in die kleine Küche der Bar auf. Ein paar Augenblicke später war er wieder da und öffnete eine frische Flasche Pol Roger an ihrem Tisch.

»Mein Lieblingswinzer«, konnte Eugenia nicht widerstehen zu bemerken.

»Das hat sich herumgesprochen.«

»So, mein Kind«, begann Eugenia, als Giuseppe zwei seiner niedrigen Champagnerkelche randvoll gefüllt hatte. Alles hier in der Bar war niedrig, denn die gesamte Einrichtung und Ausstattung stammte aus dem Repertoire der Gondolieri und der Bootsbauer. Man saß wie in einem Schiffsbug und kam sich irgendwie geschrumpft vor, dafür aber war es sehr gemütlich. Denn alle diese Bänke, Sessel und Tische waren um gute zehn Zentimeter niedriger als normalerweise üblich, weil sie so auf See besser im Gleichgewicht blieben.

»Bevor ich dir erzähle, was ich heute im Laufe dieses ganz besonderen Tages für mich und für Jean entschieden habe, habe ich noch ein paar Fragen an dich. Nur zum besseren Verständnis. Denn wir sehen uns erst im September wieder, bei dir am Lido, wenn es dabei bleibt?«

»Natürlich! Du machst mich glücklich. Du machst Luigi glücklich. Du hast ja seine Reaktion vorhin im Krankenhaus gesehen.«

»Oh ja. Und auch meinem kleinen Eugenio tut es gut, Verantwortung zu übernehmen, weißt du? Auch er ist ein Einzelkind. Gemeinsam mit der kleinen Eve und den zwei Foxterriern werden Luigi und er ein köstliches Gespann abgeben.«

»Ich liebe dich, Eugenia«, entfuhr es Margherita.

Sie hatte das sehr leise gesagt, kaum hörbar, und es war ihr sofort peinlich. Eugenia würde jetzt laut lachen. Oder Giuseppe zu ihrem Tischchen rufen und irgendetwas Sinnloses bestellen, zum Beispiel Zigaretten.

Es geschah aber nichts dergleichen. Vor den Barfenstern schrien die Möwen. Eigenartig, in Margheritas Garten am Canal Grande sah und hörte man die Möwen nie. Sie schienen vom offenen Meer nur bis zum Markusbecken und zur Punta della Dogana einzuschwärmen. Sie müsste das einmal erforschen. Sie könnte sich Spaziergänge um die Punta della Dogana herum und zurück entlang den Hafendocks von Le Zattere angewöhnen, und sie könnte gleich morgen damit beginnen. Wenn der kleine Bonzo im Spätsommer bei ihnen einzöge, müsste er ohnehin mehrmals am Tag ausgeführt werden.

»Ich liebe dich noch viel mehr, Margherita, mon amour. Und seit je. Da stand ein schönes Kind in meinem Salon und sagte, es sei an einem Quellfluss geboren. Sile heiße der Fluss, wie *silet*, der, der schweigt. Du bist ein Glücksfall für mich, dass ich es nur einmal ausgesprochen habe. Und viel mehr noch, du bist ein Glücksfall tout court! Wenn die, die dich hier in Venedig für sich einsetzen, das nur einmal begreifen würden.«

Du bist ein Glücksfall für mich … an unexpected piece of luck. Im Zeitraffer hatte Margherita ihre kleine Schwester Umbertina vor Augen, wie sie nach dem Neujahrskonzert, bei dem Nino um ihre Hand angehalten hatte, Joseph Conrads *Youth* zitierte. Dann die Contessa Bianca und ihren erdenrunden Brillantring, der Ninos von der Hand fallenden Verlobungsring seither fixierte.

Sie konnte noch flüstern: »It's like a windfall, like a godsend …«, dann wurde ihr schwarz vor Augen.

Um nicht das Gleichgewicht zu verlieren, hielt sie sich mit beiden Händen am Tisch fest, denn auch von Giuseppes sehr niedriger Schiffsbau-Eckbank konnte man tief sinken, nämlich bis auf den Travertinboden.

Es vergingen wohl einige Minuten, an die sie sich im Nachhinein nicht mehr erinnern konnte. Als sie wieder zu sich kam, spürte sie ihren Kopf an der ripsbespannten Wand lehnen, sie saß also immer noch aufrecht. Der Druck im Nacken, der sich schon mittags am Golfplatz eingestellt hatte, als Nino mit seinen lächerlichen Militärs aufmarschiert war, war verschwunden. Sie hatte also geweint.

23

Sie öffnete die Augen. Eugenia saß noch genauso da wie zuvor und sah den Möwen zu, wie sie vor den Fenstern gewagte Kurven in die Luft flogen. Der Champagner prickelte an die Ränder der Kelche, und Giuseppe kam mit einer Schachtel Muratti und einem Aschenbecher, dazu einem Schälchen frischer Oliven.

»Eccoci, damit den Damen das Warten nicht lang wird. Meine Erfindung braucht noch ein paar Minuten.«

»Die werden sich lohnen, Giuseppe«, antwortete Eugenia für sie beide und bot Margherita die Oliven an. »Salzig ist immer gut, chérie. Und dann stoßen wir vielleicht endlich einmal an?«

Margherita konnte wieder lächeln.

Der Champagner tat ihr gut. Die Oliven taten ihr gut. Eugenia tat ihr gut.

Und während sie das dachte, eigenartig, ihre Gedanken entwickelten sich etwas langsamer als sonst, fischte Eugenia zwei Zigaretten aus der frisch geöffneten Packung und steckte sie beide an, dann reichte sie eine Margherita hinüber.

»Du machst mich noch zur Raucherin«, sagte sie mit einem für sie ganz ungewöhnlich verführerischen Unterton.

»Das steht dir ausgezeichnet.«

»Darf ich jetzt meine Fragen loswerden, so zwischen Ein- und Ausatmen?«

»Ich bitte darum.«

»Wie laufen Ninos Geschäfte wirklich?«

»Er sagt: Blendend.«

»Welche Investitionen tätigt sein Gruppo veneziano neuerdings in Marghera?«

»Sie haben im Zusammenhang mit der Forschung zum Leichtmetallbau, die in den Breda-Flugzeugwerken in Brescia betrieben wird, Aluminium als Strukturmaterial für sich entdeckt und wollen es vom Flugzeugbau auf den Schiffbau der Breda-Werft ausweiten.«

»Noch eine neue Firma also.«

»Du hast es erraten, zunächst haben sie die SAVA, Società Alluminio Veneto Anonima dafür gegründet, jetzt folgt auch die SIA, Società Italiana di Alluminio, die die deutschen Vereinigten Aluminium Werke und die IG Farben sowie die Mailänder Montecatini als Partner hat. Im Corriere della Sera stand gerade letzte Woche zu lesen, dass sich in Marghera trotz der Wirtschaftskrise der wichtigste italienische Knotenpunkt metall- und elektromechanischer Forschung und Entwicklung formiert.«

»Siehst du, wie wichtig es gewissen Herren gewesen sein muss, dass Mussolini heute auf deinem idyllischen Golfplatz zum ersten Mal und ganz inkognito auf diesen Hitler treffen konnte? Mit der Schiff- und Flugzeugproduktion und der Entwicklung von elektrochemischen Prozessen geht, das weißt du hoffentlich, immer auch die Produktion von Waffen einher.«

»Da wirst du recht haben. Hugo Junkers hat uns das schon bei unserem Besuch in Dessau angedeutet.«

»Eben. Die Mitglieder des Gruppo veneziano, ich meine die, die nicht jetzt schon wie Volpi und Cini Mussolinis Minister oder direkte Berater sind, werden sich also hüten müssen.«

»Berater ist als Titel inzwischen schon untertrieben, Cini lässt sich ›Fiduciario del governo‹ rufen, Treuhänder der Regierung.«

»Achtung also!«

»Vor?«

»Politischer Vereinnahmung natürlich!«

»Von der unabhängigen Linie bleiben uns nur noch Elisabetta Foscari und Gaggia.«

»Wer ist Gaggia?«

»Volpis Vertrauensmann vor Ort, er ist der Direktor fast aller Firmenkonglomerate, die wir eben aufgezählt haben.«

»Ah, der Strohmann!«

»In der Stadt nennt man ihn den ›uomo tutto fare‹. Er kommt eigentlich aus Feltre im Hügelland über Treviso, was ihn mir anfänglich sympathisch machte.«

»Solch einen Überallverwickelten kann man wohl nicht mehr ›unabhängig‹ nennen? Ich bitte dich, Margherita, informiere dich!«

»Wie denn?«

»Spricht Nino denn nicht mehr mit dir?«

»Kaum.«

»Nur über seine Geschäfte kaum oder generell kaum?«

Margherita sagte nichts. Ihr Blick schweifte zu den Fenstern hinaus auf das Möwen-Luftballett vor dem Abendhimmel.

»Ich verstehe. Du recherchierst also bitte. Und zwar gleich morgen! Du fragst Elisabetta. Was sagt sie denn zu dieser Aluminiumforschung?«

»Sie meint, sie brauche hundert Jahre, bis ein echtes Produkt daraus würde.«

»Nun gut, sie kann in hunderjährigen Zeitspannen denken, Waldgroßgrundbesitzerin, die sie ist.«

»Aber Nino? Und wir?«

»Auf welche weiteren Aktivitäten setzt der Gruppo veneziano denn noch außer Aluminium, der Breda-Werft und der Adriatica-Reederei, den altbekannten SADE-Wasserkraftwerken und euren Grandhotels?«, wollte Eugenia es jetzt doch genauer wissen.

»Geflügel.«

»Geflügel?«

»Ja, eine Geflügelfarm in der Nähe von Rom. Da hat Nino neuerdings Unsummen investiert.«

»Einer der renommiertesten Weinbauern des Veneto macht jetzt auf Hühner? In der Schlangengrube Rom?«

Es stellte sich ein längeres Schweigen ein. Die Möwen schrien laut vor den Fenstern wie in einem endlich aufgebrochenen Streit. Margherita musste kurz den Kopf an die Wandbespannung lehnen, es wurde ihr wieder schwindlig.

»Wie geht es eurem bezaubernden Weingut bei Treviso überhaupt? Und dem schönen Palais im dortigen Städtchen?«

»Ach. Eugenia. Das Weingut wirft seit Jahren nichts ab.«

»Warum denn das?«

»Die Zerstörungen durch die Kriegsfront.«

»Der Krieg ist beinahe zwei Jahrzehnte her!«

»Du hast ja recht. Jedenfalls erhält es bis heute nicht einmal die Ausgaben des Palais im Borgo Cavour. Ich habe Marta, Pierre und Jacques ja schon zu uns nach Venedig geholt, ebenso wie deine wunderbare Irma. Und da werden sie auch bleiben. Ich fürchte, dass Nino das Weingut verkaufen wird.«

»Wenn er das nicht schon hat.«

Margherita fuhr es eiskalt über den Rücken.

Genau das hatte sie ja heute Morgen am Campo San Giovanni e Paolo schon befürchtet!

Nino sprach seit Monaten, ja beinahe Jahren nicht mehr von Treviso, und Margheritas Mutter und ihre Schwestern hatten sich ohnehin abgewöhnt, sie nach geschäftlichen Dingen zu fragen.

»Eugenia, ich kann mir seine Sprunghaftigkeit ja auch nicht erklären. Je größer die Begeisterung ist, mit der er etwas beginnt, desto rapider lässt sein Interesse daran nach. Schau sein Optisches Institut in Mailand! Die ›Stereoscopia‹ hielt ihn nicht länger als vier Jahre bei der Stange, dann fand er andere Investitionen interessanter.«

»Ernst Leitz, nehme ich an, erhandelte sich alle Rechte an seiner Kleinbildkameratechnik zurück.«

»Erhandelte? Nino gab sie ihm gratis zurück!«

»Ein genialer Geschäftsmann, dein Mann! Heutzutage gibt es keine erfolgreichere Kamera als die leitzsche Leica.«

»Der Markterfolg kam genau im fünften Geschäftsjahr. Ich hatte Nino angefleht, die Anteile zu behalten …«

In diesem Moment erschien Giuseppe aus dem schmalen Gang zu Lucias Küche, in den Händen zwei kleine Teller, die schon von Weitem herrlich dufteten.

»Das neue Gericht der Harry's Bar: Scampi al Forno, exklusiv kreiert für die Contessa Revedin!«

»Die essen wir so, pur, ohne alles?«, fragte Eugenia in Anbetracht der winzigen Teller, auf denen je ein Dutzend gegarter Scampi zu erkennen waren.

»Sie können einen weißen Reis dazu haben, Doña Eugenia. Oder ein wenig Remouladensauce.«

»Für mich ohne alles«, entschied Margherita in Anbetracht des betörenden Duftes, der sich von den kleinen Tellern im Raum verbreitete.

»Danke, Giuseppe!«, entschied es Eugenia ihr umgehend nach.

Sie begannen also, diese neue Kreation zu kosten. Die Scampi, die er mit Honig und einem Hauch Butter mariniert und dann in den Ofen geschoben haben musste, waren ein Gedicht. Nichts hätte dazu gepasst, man musste sich ihren puren Geschmack auf der Zunge zergehen lassen.

Giuseppe kam nach ein paar Minuten und schenkte Champagner nach, dann ließ er sie wieder mit seinem neuen Gericht allein. Nach dem letzten Happen legte Eugenia ihre Gabel auf den Teller und sagte: »Margherita chérie, diese Raffinesse werde ich in Patagonien vermissen!«

24

»Wirst du mir jetzt deinen Plan erzählen?«, fragte Margherita, als sie beide nahezu gleichzeitig bei den letzten Scampi angekommen waren.

»Noch nicht, erst nochmals zurück nach Treviso. Du warst also seit Langem nicht mehr da?«

»Nicht, seit Bianca erkrankte.«

»Erkrankte?«

»Davon weißt du nichts?«

»Ich schreibe ihr seit Jahren Weihnachts- und Geburtstagsbillets, doch die bleiben unbeantwortet.«

»Hat Nino dir nicht zurückgeschrieben?«

»Der hat, wie wir heute sahen, anderes zu tun.«

»Das tut mir leid, Eugenia. Ich werde ihn zur Rede stellen.«

»Ach was! Sag mir lieber, was ihr fehlt?«

»Eine schöne Frage. Du hast ihren Zustand, von dem keiner von uns wusste, genau getroffen. Ihr fehlte tatsächlich etwas, oder besser gesagt … jemand.«

Eugenia machte Giuseppe ein Zeichen, dass er abräumen könne, sie wollte sich anscheinend ganz dieser Neuigkeit widmen. Der kam im Laufschritt zu ihrem Tischchen, trug die Teller und die Kelche ab, säuberte das Tischtuch mit einem flachen Silberlöffel, deckte ein frisches darüber auf und fragte: »Ein Dessert, die Damen?«

»Kaffee für uns beide«, sagte Eugenia, »und um Himmels Willen mehr von unserem Pol Roger!«

»Was sagen Sie zu meinem neuen Gericht?«

»Unvergesslich! Es kommt auf Ihre Karte, Giuseppe?«
»Selbstverständlich, Doña Eugenia! Wir nennen es ›Scampi al Forno à la Contessa Margherita‹?«
»Scampia al Forno reicht vollkommen, Giuseppe«, lächelte Margherita.
Er machte seinen mozartschen Diener, und während er sich wieder aufrichtete, traf sie sein ehrlich bewundernder Blick. Dann entschwand er zum Tresen und kam in Sekundenschnelle mit zwei frischen Kelchen und der Champagnerflasche zurück.
»Also«, konnte es Eugenia kaum erwarten.
»Du erinnerst dich, wie begeistert Bianca von Violinkonzerten war?«
»Natürlich! Sie reiste Beethoven und Brahms durch ganz Europa nach.«
»Es durften auch Tschaikowski, Dvořák und Sibelius sein.«
»Das stimmt. Und?«
»Hast du dich je gefragt, warum sie diese zugegeben aufwendigen Reisen machte?«
»Nun, sie liebte die Geige!«
»Sie liebte mehr als das, sie liebte eine Geigerin.«
Eugenia schwieg dazu. Man konnte ihr ansehen, wie sie nachdachte:
»Jetzt wo Du es sagst, Margherita, mon amour ... Sie brachte mir ja mehrmals dieses junge Talent mit nach Paris. Sie kam aus Berlin, nicht?«
»Lilli.«
Eugenia schwieg, als ob die Erinnerung an diese junge Lilli in ihr weitere Erinnerungen auslöste.
»Sie liebte diese junge Frau«, fuhr Margherita fort, »und sie förderte sie, wo sie nur konnte. Lilli kam aus der berühmten Berliner Bankiersfamilie der von Mendelssohn und war die Grunewalder Nachbarin von Ise, der zweiten Frau von Walter

Gropius. Lustigerwiese habe ich sie auf einer meiner Deutschlandreisen mit Nino dort sogar kennengelernt.«

»Wie war sie denn, diese Lilli?«

»Sie war still, ja introvertiert, könnte man sagen. Dabei aber sehr begabt, das unangefochtene deutsche Geigerinnen-Nachwuchstalent. Sie verunfallte, erst dreißigjährig, gemeinsam mit ihrem Mann, einem Bratschisten, im Automobil.«

»Wann war das?«

»Vor fünf Jahren, im Mai 1928. Bianca fuhr daraufhin zur Beerdigung nach Grunewald. Erst Monate später erzählte sie mir ihre so schöne und doch so tragische Geschichte.«

»Mon Dieu ...«, wandte sich Eugenia den Fenstern der Bar zu.

»Seither war Bianca verändert. Sie blieb in Turin, sie ging nicht mehr aus.«

»Du fuhrst sie besuchen?«

»Selbstverständlich, doch sie hatte dort niemanden, den sie um sich haben mochte.«

»Also brachtest du sie hierher.«

»Sie lebt seither in der Villa Salus, gleich hier am Festland, im Sommerhaus, das sie uns einst zur Hochzeit schenkte. Umbertina, meine jüngere Schwester, kümmert sich gemeinsam mit Jacques, du erinnerst dich, unserem Chaffeur, um sie.«

»Erkennt sie euch noch?«

»Woher weißt du ...?«

»Ach, Kind, ich habe Jeans Mutter bis zu ihrem Ende betreut.«

Giuseppe brachte zwei kleine Kaffeetässchen, dazu ein winziges Tellerchen mit Mürbeteigkeksen, die Lucia, seine Köchin, anscheinend mit viel Liebe in die exakte Form von Quadraten à la Bauhaus geschnitten hatte. Eine überraschende Parallele zu ihrer Unterhaltung.

»Jeans Mutter, tatsächlich? Die Arme!«

»Ja, sie starb schließlich in einer Klinik hoch über dem Bodensee, im Spätsommer des gleichen Jahres 1928 übrigens. Jean hatte sie dort eingemietet, denn er hatte niemanden anders in Paris, der sich um sie kümmern konnte.«

»Ich habe seine Mutter sehr geschätzt.«

»Sie dich auch, Kind.«

Die Möwen kreischten wieder laut durch die Fenster herein.

»Und wie geht es Bianca heute?«, fragte Eugenia nach.

»So weit gut, nur hat sie ihr Gedächtnis verloren.«

»Natürlich. Sie lässt sich sterben nach diesem Verlust.«

»Sagst du?«

»Sage ich.«

»Wenn du im September kommst, bringe ich dich zu ihr.«

»So Gott will und sie dann noch lebt.«

Margherita nickte, dann schwiegen sie beide.

»Bevor ich dich aber in die Calcina zurückbegleite, erzählst du mir noch deinen Plan mit Jean«, begann Margherita nach einer Weile.

»Der ist schnell erzählt. Ich investiere mein gesamtes Vermögen, alle Anteile, die ich an den Silberminen meiner Vorfahren halte, meine sämtlichen Hektar Weingärten im Valle de Aconcagua, sogar die Inselhälfte der Isla Victoria im Nahuel-Huapi-See, die ich von meiner Mutter geerbt habe, in ein einziges Bauvorhaben, das Jean dann einrichten wird.«

»Und das ist?«

»Llao Llao, das erste Grandhotel der Anden.«

»Ein einziges Hotel ist all deinen Besitz wert?«

»Ich folge eurer fabelhaften Vision des Naturtourismus und habe in Südamerika Himmel und Menschen in Bewegung gesetzt, um sie dort Wirklichkeit werden zu lassen. Da bin ich ein Pionier an vorderster Front, keiner hat bisher von einem ›aktiven Erleben der Natur‹ gehört, außer natürlich meine Indiofreunde. Doch die zählen politisch nichts, ich musste mich also mit ähnlich rücksichtslosen Autokraten abgeben wie du hier in Venedig.«

»Wann baust du?«

»Wir beginnen nächstes Jahr, 180 Zimmer, 30 Panoramasuiten, Ballroom, Grillterrasse, Freiluftschwimmbad, Fischerhaus, Ruderclub, 18-Loch-Golfplatz, Hauskapelle …«

»Ich liebe dich!«, sagte Margherita jetzt so laut, dass Giuseppe es bis an seinen Tresen hören musste, doch im gleichen Moment öffneten sich die Flügeltüren der Bar, und eine Gruppe Amerikaner kam herein. Sofort war der kleine Raum von lauten Begrüßungen und dem Geräusch von Stühlerücken erfüllt, Eugenia konnte die Unterhaltung also in vollkommener Ruhe beschließen.

»Ich dich ja auch, Margherita, mon amour, und das kann ich endlos wiederholen. Wünsch mir bitte Glück in der Zwischenzeit. Wenn Llao Llao eines Tages steht, hat Jean eine neue Heimat in Amerika. Schon jetzt, allein aufgrund der ersten Gerüchte um dieses ja tatsächlich gewagte Bauvorhaben, laufen ihm sowohl der alte Geizkragen von Rockefeller also, auch meine Freundin Eleanor Roosevelt für die Gestaltung ihrer Empfangsräume in New York und Washington hinterher. Wir werden ja sehen, wer schneller ist.«

»Du ziehst dich also ganz aus Europa zurück?«

Eugenia antwortete nicht gleich, diese Entscheidung schien sie viel Überwindung zu kosten.

»Nach Patagonien, für immer?«, hakte Margherita nach.

»Sehr wahrscheinlich, ma belle. Und dort erwarte ich euch. Europa werden wir für einige Jahre von der Landkarte streichen müssen, denn dieser Hitler, und wir haben ihn heute persönlich erlebt, ist eine kranke Seele. Sein Wahn wird vor nichts haltmachen, nicht vor Deutschland und vor Österreich, seinem

Heimatland, nicht vor Italien, nicht vor Frankreich, nicht vor dem gesamten europäischen Osten, Russland inklusive. Und wie ich aus sicherer Quelle weiß, erträumt er sogar bei uns in Patagonien den total arisierten ›Lebensraum im Süden‹«.

»Das schafft er nie«, konstatierte Margherita mit belegter Stimme.

Das durfte einfach nicht sein!

»Was sagte Peggy gestern auf dem Campo vor dem Krankenhaus?«

»Sie zitierte ihren Onkel Solomon. Europa verkäme an der Dummheit seiner Eliten.«

Eugenia erhob sich mit einem hingehauchten »Voilà!«

Kaum hatten die Amerikaner vom Tisch am Fenster sie erkannt, begann ein großes Hallo.

25

Dreieinhalb Jahre waren seit Luigis Krankheit vergangen. Margherita stand am Fenster ihres Schlafzimmers und blickte hinaus auf den Canal Grande. Es war Sonntagvormittag, der 9. Dezember 1936, und vor ihr lag eine Stadtlandschaft, die sie so noch nie gesehen hatte. Es hatte die ganze Nacht geschneit.

Alle Dächer waren weiß, auf den Geländern und den Stufen der Akademiebrücke und den Balustraden der Nachbarhäuser standen Mäuerchen aus Schnee, ihr Garten und der gegenüberliegende Garten des Palais Franchetti waren unter einem halben Meter Schnee verschwunden. Eine Stille lag über der Stadt, die zauberhaft war.

Ganz selten wagte sich der eine oder andere vermummte Spaziergänger über die Akademiebrücke, mit einem Regenschirm gegen das anhaltende Schneetreiben bewaffnet, sonst war die Stadt wie ausgestorben.

Es war ein Sonntagmorgen wie im Märchen.

Nino hatte Luigi früh geweckt. Schon als er sich im Morgengrauen ans Fenster gestellt hatte, hatte er gesagt: »Dies wird mein Tag.« Dann war er mit dem Jungen nach einem schnellen Kaffee dick eingemummt losgezogen. Er wollte die Fondamente entlang den Kanälen und die Plätze des Dorsoduro-Viertels noch jungfräulich ablichten, in ihrer dichten Schneedecke und ohne jegliche Spuren.

»Die Stadt muss doch weiterleben«, hatte Margherita eingeworfen.

»Erst nach meinen Bildern.«

»Unfug! Bring mir Photos mit Menschen, bitte.«

Er hatte die Eingangstür mit solchem Schwung zugeworfen, dass die Wände der Eingangshalle zitterten, eine Geste, die er sich in den letzten Monaten leider angewöhnt hatte. Margherita hasste seine neue aggressive Art, vor allem vor dem Kind. Es war ihr klar, dass er sich so aufführte, weil er angespannt war und wahrscheinlich mehr Sorgen hatte, als er ihr gestand.

Doch er tat sich selber weh mit dieser Rüpelhaftigkeit!

Luigi bemerkte sein verändertes Verhalten mit dem ihm eigenen Feinsinn und ging ihm mehr und mehr aus dem Weg.

Gegen elf Uhr war der verhangene Schneehimmel aufgerissen, und gerade zog sich das morgengoldene Lichtband über den Canal Grande. Es traf alle sieben Eisengitterfelder der Gartenfront. Die sonst schwarzgrauen, senkrecht gereihten Eisenstäbe waren vom Schneetreiben weiß eingestaubt und tanzten vor dem durchwindeten Kanal, der heute gefährlich bleiern dalag, schwarz und tief wie ein Todesfluss. Eigenartig, das Wasser blieb ohne jegliche Helligkeit oder Farbe, wahrscheinlich wegen der glimmernden Schneeflächen überall. Es wirkte wie ein tragisch schwarzer Rahmen um ein in allen Schattierungen von Schneeweiß hingehauchtes Aquarell.

Margherita schaute diesem außergewöhnlichen Lichttheater zu.

Es war wie jeden Morgen, an dem sie hier erwachte, ein Geschenk und heute ein ganz besonderes, denn sie war innerlich unruhig.

Die angespannte Stimmung zwischen Nino und ihr musste endlich einmal bereinigt werden!

Nach dem Mittagessen, wenn Luigi mit Pierre seine Lesestunde hatte, auf die der Junge sich immer unbändig freute, würde sie versuchen, ihn zur Rede zu stellen.

Warum diese Hetze, die in jeder seiner Bewegungen lag? Warum dieses ständige böse Das-Haus-Verlassen? Warum dieses lieblose Einschlafen und Aufwachen, ohne eine Berührung, ohne ein warmes Wort?

Warum diese Flucht vor dem Jungen, der ihn doch liebte und der in einem Alter war, in dem er die Tätigkeiten seines Vaters verstehen lernen wollte?

Da hatte sie eine Idee. Wenn sie Nino mit unbequemen Fragen konfrontierte, legte er sein Besteck auf den Teller, fand eine Ausrede zu irgendeiner dringenden Korrespondenz, stand auf und verschwand in sein Schreibzimmer.

Stattdessen würde sie ihn heute überraschen und ihr gemeinsames Weihnachten in den Bergen planen!

Es war Anfang Dezember, der richtige Moment, Nino von Elisabettas Einladung auf ihr Schloss nach Paternion zu erzählen. Sie könnten ausnahmsweise zu Weihnachten verreisen, die Bergluft täte Luigi gut und Nino erst recht, so unerträglich, wie er in letzter Zeit war.

Vielleicht würde er sich wieder ein wenig Zeit zum Essen nehmen?

Vielleicht ruhiger schlafen? Vielleicht sogar einmal am Tag spazieren gehen, einfach in den Himmel schauen statt in Budgetplanungen und Vorstandsprotokolle?

Er hatte seit dem Sommer stark abgenommen, und Margherita fiel es schwer, Luigi zum Essen zu überreden, wenn er seinen Vater sah, der einer beinahe durchsichtigen Silhouette glich und der nach einer Gemüsesuppe oder einem halben Teller Reis aufstand und sagte: »Ich habe zu tun.«

Nino war seinem Sohn in den letzten drei Jahren nach der überwundenen Krankheit im Alltag mehr und mehr entflohen. Als ob er seinen Fragen ausweichen wollte, mied er Momente der Untätigkeit, des müßigen Gegenübers. Ständig musste etwas geschehen oder erledigt werden. Das Photographieren und Entwickeln allein reichten an den Wochenenden nicht mehr aus, er musste neue Objektive, neue Lichtmesser, neues Filmmaterial testen und dafür weite Strecken durch die Stadt und ans Festland zurücklegen. Er musste selbst an einem Samstag oder Sonntag in der Werft erscheinen, die ja rund um die Uhr und jeden Tag im Jahr arbeitete, musste sich bei allen denkbaren Feierstunden und Versammlungen der Hafen- und Metallarbeiter zeigen.

Zu Luigis Stütze im Haus und in der Schule war Pierre geworden. Seit dem allerersten Tag, den Luigi in Quarantäne auf der Isola Santa Maria della Grazia verbracht hatte, hatte er ihm die Büchertaschen gepackt und ihn so über den langen Aufenthalt Woche um Woche in fünfhundert aufregende Jahre Seefahrerliteratur eingeweiht.

Seit seiner Heimkehr hatte er offen nach seinem Befinden gefragt, mehrmals am Tag, statt die Folgen seiner Krankheit wie der Vater totzuschweigen. Und schließlich hatte er ihm geholfen, den kleinen Bonzo zu erziehen. Denn im Spätsommer seiner Genesung war Eugenia tatsächlich wie versprochen mit Eugenio und Eve an den Lido gekommen, und sie hatten nicht nur Pudù, sondern auch dieses kleine Bündel weißer Friséwolle mitgebracht. Es war ein dreimonatiger Welpe, der vom selben Zwinger wie Pudù stammte. Genau wie dieser hatte der winzige Bonzo auf seinem reinweißen Fell nur feuerrote Flecken, keine schwarzen, eine Besonderheit, die Margherita vom ersten Moment an gefallen hatte.

Mit Bonzos Ankunft im Palais Revedin hatte sich ihr Leben neu ordnen müssen, und Pierre hatte für die notwendige Präsenz und Strenge gesorgt, die man von Nino nicht erwarten konnte. Bei Nino durfte Bonzo vom ersten Tag an alles, sogar aufs Bett springen, doch Luigi hatte schnell erkannt, dass das Margherita, ihn selbst, Marta und Pierre und den ganzen Haushalt ins Ungleichgewicht brachte. Eines Tages vor Weihnachten, es musste ungefähr um diese Zeit vor drei Jahren gewesen sein, als Bonzo kein Welpe mehr war, sondern ein beinahe ausgewachsener junger Hund, hatte Luigi beim Mittagessen zu seinem Vater gesagt: »Ab heute lässt du meinen Terrier in Ruhe.«

»Wie sprichst du denn mit deinem Vater?«

»Ich meine es ernst«, hatte Luigi geantwortet und dann kein Wort mehr gesagt.

Nachdem er sich an jenem Tag wie an allen Tagen mit Pierre zu seiner Lesestunde in den Kinderflügel zurückgezogen hatte, hatte Margherita Nino gefragt: »Als er eingeschult wurde, erinnere dich, sagtest du, er müsse sich beweisen.«

»Tatsächlich«, hatte Nino gemurmelt und es so stehenlassen.

Seither betrat der Hund nicht mehr das Elternschlafzimmer, fraß zu festen Zeiten bei Marta in der Küche und schlief brav auf seinem Platz in Luigis Ankleide, bei angelehnter Tür zu seinem Zimmer.

Jetzt klopfte es.

Margherita sah sich um und fragte automatisch: »Sì, Marta?« Es war der Moment an einem Sonntag, an dem Marta vorschlug, was sie zum Mittagessen zubereiten könnte. In ihrem Haushalt am Canal Grande hatte sich ein herrliches Gleichgewicht eingespielt. Unter der Woche kochte Marta mittags etwas möglichst Nahrhaftes, wenn Luigi aus der Schule kam, da war Margherita ja oft beim Golfen oder in den Hotels am Lido unterwegs. Am Wochenende aber, oder präziser gesagt an den Wochenenden, an denen Nino und Luigi nicht in Mailand waren, sah Marta schöne Menüs für den Samstag wie für den Sonntag vor.

»Nevica! Es schneit! Sehen Sie, Contessa? Es schneit immer noch in kleinen Flocken. Wie sich die Stadt verändert ...«

»Ja, über Nacht! Kommen Sie herein, Marta. Ich stehe schon den ganzen Vormittag hier und bewundere das neue Licht.«

»Nur der Kanal ist tot.«

»Ja, eigenartig, nicht?«

»Der Conte ist schon sehr früh mit Luigi losgegangen.«

»Er wollte das erste Licht einfangen. Und auch die Fondamente und die Campi, solange sie noch ohne menschliche Spuren sind.«

»Nun, die Stadt lebt ja weiter.«

»Allerdings, das habe ich ihm auch gesagt.«

»Meinen Sie, die beiden sind zum Mittagessen zurück?«

»Wer weiß? Vielleicht finden sie an Le Zattere einen indischen Frachter?«

Diese Frage war zwischen Margherita, Marta, Pierre und Jacques zum geflügelten Wort geworden. Und bis zum heutigen Tag nahm es keiner von ihnen als Bonmot.

»Ich frage nur, weil …«

»Was kochen wir denn zu Mittag?«

»Eben, Contessa, das ist der Grund. Heute ist der 9. Dezember, Pierres Geburtstag.«

»Ja, natürlich. Ich habe ihm ohnehin den Nachmittag freigegeben.«

»Darf ich so unverfroren sein? Angesichts dieses außergewöhnlichen Wetters wird uns der Nachmittag nicht ausreichen.«

»Ausreichen wofür?«

»Ach, Contessa, Sie wissen, wie sehr Ihre Schwester Umbertina sich um Ihre kleine Familie sorgt.«

»Ja?«

Um ihre kleine Familie … Damit konnte sie nicht mehr die Contessa Bianca meinen, die ihr Leben in diesem Frühling in der Villa Salus beschlossen hatte. Selig, konnte man sagen. Margherita hatte sich den ganzen April und Mai Tag um Tag für sie Zeit genommen, und sie war schließlich in ihren Armen gestorben.

»Ihre Schwester Umbertina, Contessa, hat ein Essen im Haus Ihrer Mutter in der Via Orsoline geplant.«

»Das freut mich!«

»Nur, den Plan, den Jacques gemacht hatte, hat der Schnee ausgelöscht. Er wollte uns, gleich nachdem ich das Mittagessen für Sie zubereitet hätte, auf dem Piazzale Roma im Automobil abholen.«

»Natürlich, bei diesen Straßenbedingungen soll er die Isotta Fraschini um Himmels willen in unserem Parkhaus geparkt lassen.«

»Und so dachten Pierre und ich …«

»Sie gehen zu Fuß über den neuen Ponte Littorio und nehmen dann von Mestre aus den Autobus den Terraglio hinauf?«

»Wie sie es sagen, Contessa.«

»Das ist schon eine neue Dimension, nicht, dass wir jetzt eine Brücke haben, auf der wir notfalls zu Fuß von dieser Insel aufs Festland kommen?«

»Bei aller Kritik am Duce Mussolini, diese neue Automobilbrücke ist eine sinnvolle Investition.«

»Zumindest *eine* also. Nun, was stehen Sie noch hier, Marta? Gehen Sie beide los! Eine solche zauberhaft schneestille Stadt werden wir vielleicht nie mehr erleben.«

»Und das Mittagessen?«

»Das mache ich! Haben wir etwas für einen Risotto im Haus?«

Risotto war das einzige Gericht, das Margherita im Herbst nach Luigis Krankheit gelernt hatte, um sicherzugehen, dass sie im Notfall zur Zubereitung einer warmen Mahlzeit fähig wäre.

»Wir haben herrliche Zucchini von den Inseln. Oder einen frischen Kürbis.«

»Schneiden Sie mir den Kürbis, Marta, und ein paar Zwiebeln bitte, die Brühe setze ich selber auf. Und dann sind Sie mit Pierre verschwunden!«

»Contessa …«, blieb Marta aber weiter im Türrahmen stehen.

»Gibt es noch etwas?«

»Sehr wohl. Dürften wir den kleinen Luigi mitnehmen? Ihre Mutter und Ihre Schwestern würden sich so sehr freuen.«

»Ach!« Was war denn das für eine berührende Idee?

Marta und Pierre führten ihre kleine Familie in der Via Orsoline in Treviso zusammen, genauso wie Umbertina und Jacques das über die letzten Jahre in der Villa Salus in Carpenedo getan hatten.

Nino hatte nicht viel davon mitbekommen, doch Margherita hatte das im Interesse der Contessa Bianca gern geschehen lassen. Sie wusste, Jacques liebte Umbertina und tat alles dafür, dass es Umbertinas Schwestern und ihrer Mutter gut ging. Und sie wusste ebenso, dass die Villa Salus nach dem Tod der Contessa Bianca nicht mehr lange in Ninos Besitz bleiben würde.

»Natürlich«, sagte sie im gleichen Moment, in dem sie beide im Eingang Stimmen hörten. Luigi war heraufgekommen und stürmte in Margheritas Flügel.

26

»Du weißt nicht, Maman …«, reichte Luigi ihr ungewöhnlich aufgeregt einen Photoabzug, von dem die Entwicklerflüssigkeit noch in beinahe unsichtbaren Linien auf den Parkettboden tropfte. Er musste ihn seinem Vater in der Dunkelkammer, die Nino unten im Innenhof neben der Cavana eingerichtet hatte, geradezu entrissen haben, so sehr schien den Jungen das, was sie heute gesehen und photographiert hatten, anzurühren. Margherita nahm das Photo aus seinen Händen entgegen und drehte es in ihre Blickrichtung, Marta neben sich ziehend, damit sie das Motiv gleichzeitig entdecken könnten.

Man sah den Rio dell'Avogaria, vom Ponte dei Pugni beim Campo San Barnaba aus photographiert. Die »Sandoli«, die an den Quais festgemachten Ruderboote, und die »Topi«, die Lastkähne, waren von dichtem Schnee bedeckt. Im Hintergrund bildeten die Doppeltürme des Angelo Raffaele, der dem Erzengel Raffael geweihten Kirche, die mitten im alten Hafengebiet der Marittima lag, den Abschluss der Perspektive. Ein paar Schritte von dort entfernt, dachte Margherita unvermittelt, lag am Quai von Le Zattere die Adriatica-Reederei, ein paar Schritte von dort hatte also der indische Frachter angelegt, in dem Luigi sich die Pocken geholt hatte …

Im gleichen Moment sah der Junge zu Marta und seiner Mutter auf, neugierig, was sie von diesem Bild halten würden. Im gleißenden Schneelicht des Canal Grande waren die Pockennarben auf seiner Stirn und seinen Schläfen genau zu sehen. Sie würden ihm ein Leben lang bleiben.

»Es ist ein wunderbares Photo, Kind«, sagte Margherita.
»So still. So friedlich«, sagte Marta.

Sie sah Margherita verstohlen von der Seite an, das Licht von draußen spielte mit den Tränen, die ihr in den Augen standen. Sie hatte beim Anblick des Angelo Raffaele also genau das Gleiche gedacht.

»Luigi chéri, Marta und Pierre haben sich für dich heute noch einen weiteren Schnee-Ausflug überlegt.«

»Ja?«, wandte sich Luigi an Marta.

»Was sagst du zu einem Spaziergang über die große Brücke? Die, über die jetzt neben den Zügen auch die Automobile aufs Festland fahren?«, fragte ihn Marta.

»Die wir mit Jacques vom Piazzale Roma aus nehmen, wenn es nach Mailand geht?«

»Genau. Nur dass wir bei dem Schnee in kein Automobil steigen können. Wir würden mit dir bis zum Bahnhof nach Mestre spazieren und dann den Autobus nach Treviso nehmen.«

»Zur Nonna?«, fragte Luigi mit ungewohnt warmem Unterton.

»Es ist Pierres Geburtstag, und deine Nonna hat uns alle zu einem kleinen Essen eingeladen.«

»Darf Bonzo mitkommen?«

»Selbstverständlich.«

Luigi erbat sich die Photographie von Marta zurück.

»Dann bringe ich diesen ersten Abzug hinunter zu Papà, und wir können gehen.«

»Heute gegen Abend, wenn du wiederkommst, will ich Eure ganze Serie sehen!«, strich ihm Margherita über den Kopf.

»Natürlich. Und bis dahin, Maman, hältst du Papà ein wenig hier fest und lässt ihn ausruhen? Er ist so ...«

»So ... was?«

»Abwesend. Wir gingen über die Campi und den Fondamente entlang, und ich musste ihm sagen, wo wir sind.«

»Er schläft kaum, er isst kaum … Doch mach dir keine Sorgen, heute bekommt er ja einen meiner seltenen Kürbisrisottos. Danach haben wir den ganzen Nachmittag, bis ihr wiederkommt, Ruhe. Ich wickle ihn in eine Decke und lasse ihn vor dem Kamin einen Mittagschlaf halten.«

»Wir sind sicher nicht allzu spät zurück, Contessa, spätestens um fünf. Morgen hat Luigi ja früh Schule«, beschloss Marta die Tagesplanung.

»Küsse an meine Mutter«, konnte Margherita noch sagen, dann waren die beiden aus ihrem Schlafzimmerflügel verschwunden. Wenige Minuten später, Marta musste den Kürbis und die Zwiebeln in Windeseile in der Küche geschnitten haben, und sicher hatten Pierre und Luigi ihr dabei geholfen, fiel die Eingangstür ins Schloss.

Margherita zog sich Cocos dreiviertellangen schwarzen Jerseyrock an, den sie im Winter oft zu Hause trug, dazu ein Ton in Ton schwarzes Kaschmir-Twinset und die satindurchwebten Seidenstrümpfe, die Eugenia ihr aus Paris schicken ließ und die an einem solch kalten Tag verlässlich warmhielten. Auf dem Weg zur Küche ging sie ins Musikzimmer und schaltete das Grammophon ein, nahm die neueste Schellackplatte, die erst gestern per Postsendung bei ihr im Palais angelangt war, vom Flügel und legte sie auf den Plattenteller. Es war Puccinis *Tosca*.

Sie hatte die umstrittene Aufführung diesen Sommer im römischen Teatro dell'Opera zwar nicht erleben können, doch heute würde sie sie erstmals hören!

Marcello Govoni hatte eine *Tosca* inszeniert, die die Figuren des Scarpia und des Cavaradossi erstmals im Sinne Puccinis kritisch beleuchteten, nicht als männliche Weltenherrscher, die sich die Bühne teilen und eine wehrlose Tosca von Vornherein als Verliererin an den Rand spielen. Scarpia wurde in Govonis Inszenierung nicht als heimlicher Held, sondern als durchtriebener Autokrat dargestellt, Cavaradossi als selbstverliebter und demnach schrecklich naiver, ja hoffnungslos weltferner Künstler.

Erstmals war die Floria Tosca, die Margherita seit ihrer Kindheit nur als die Verkörperung einer zickigen Diva kannte, als die an der Liebe zerbrechende Frau gezeichnet, die Puccini vorstellen wollte. Die junge neapolitanische Sopranistin Maria Caniglia hatte diese Tosca, wie die Kritiker schrieben, nicht nur gesungen, sondern ganz und gar verkörpert. Sie kam nicht mehr vorauseilend, ja berechenbar tragisch daher, sondern entsprach von der allerersten Szene an einer neuen Zeit.

Diese Floria Tosca war sich ihres Wertes genau bewusst und doch unendlich fragil.

Kein Wunder, dass Mussolini die Inszenierung nach nur sechs Aufführungen verbieten ließ.

Margherita war gespannt, wie sich das Zusammenspiel der Caniglia mit Beniamino Gigli als Künstler Cavaradossi und Mariano Stabile als Roms Polizeipräsidenten Scarpia im Verlauf der drei Akte entwickeln würde. Sie stellte auf dem Grammophon die höchste Lautstärke ein und machte sich in die Küche auf, um die Kürbisbrühe aufzusetzen. Die ganze Etage schwang in Puccinis herrlichen Dialogen.

Sie waren so modern wie eben zwischen Tür und Angel gesprochen! Und erst die Orchestrierung!

Bei Giglis erster großer Arie, *Recondita armonia*, war klar, dass der Kürbisrisotto, dessen Brühe inzwischen langsam, auf kleiner Flamme zu köcheln begann, ein Gedicht würde, genau wie diese *Tosca*!

Glücklicherweise hatte sie gleich drei Schellackplatten bestellt, die zweite war ihr Weihnachtsgeschenk für Elisabetta, die dritte war für Jean.

Diese Musik war seine Musik!

Er würde genau wie sie ein kleines Sonntagsmittagessen zubereiten und diese Platte dabei auf seinem Grammophon abspielen. Seine Musikerfreunde Cole Porter und Francis Poulenc, wunderbare Pianisten, die Puccinis neue Harmonien und progressive Rhythmen ohne Angst in ihre eigenen Kompositionen übernahmen, würden den Arien und den vermeintlich wirren Zwischenpassagen, die doch immer einer einfachen Hauptmelodie folgten, lauschen wie Margherita heute.

Gebannt!

Denn wenn die Musikkritiker der Feuilletons Puccinis Erstaufführungen stets mit »Wildwest in der Oper« betitelten, traf das in genau gleicher Form für die Werke von Porter und Poulenc zu!

Alle drei, fiel Margherita auf, während sie sich ihre Gestalten und Gesten ins Gedächtnis rief, ähnelten sich frappierend in ihrem detailverliebten Dandy-Look. Porter und Poulenc waren von einer geradezu rührenden Selbstinszenierung, wenn sie jeden Frühling zur Biennale-Eröffnung mit ihren Müttern und ihren sechzehn Schrankkoffern im Excelsior abstiegen ...

Und da kam ihr ein Gedanke.

Waren Porter und Poulenc, die Jean seit Jahren umgarnten, weiterhin nur seine Freunde?

Oder war nicht zumindest einer von ihnen zum Geliebten avanciert?

Sie musste Jean diese *Tosca*-Platte umgehend nach Paris senden und einen Brief voller lustiger Fragen dazu schreiben. Am besten gleich heute Nachmittag.

27

Wo blieb nur Nino?

Es war niemand mehr im Haus, doch sicher waren Marta und Pierre beim Weggehen kurz in der Dunkelkammer vorbeigegangen, um ihm von ihrem Ausflug zu berichten und ihm mitzuteilen, dass die Contessa ihn zum Essen erwarte.

Sollte sie kurz nach ihm sehen?

Zum Glück hatte sie die Reiskörner noch nicht sautiert, sie löschte die Flamme unter der Brühe, deckte den Topf mit einem Deckel ab, nahm sich ihren Wollschal von der Garderobe und ging durch die Eingangshalle und das weite Treppenhaus nach unten in den Innenhof.

»Kein Licht!«, herrschte er sie an, als sie die Tür öffnete und gleich wieder hinter sich schloss.

»Ich weiß ja, Nino. Nun? Wie sind die weiteren Schneeporträts geworden?«

»Eine Katastrophe!«

»Ach, woher. Lass sehen ...«

An den Wäscheleinen, die entlang den langen, in Backstein gefügten Grundmauern des Palais gespannt waren, hingen von Holzklammern gehaltene Schwarz-Weiß-Abzüge zum Trocknen. Margherita ging einen nach dem anderen ab, wie sie es schon unzählige Male an den Sonntagen getan hatte, wenn Nino hier vor dem Mittagessen seine »Beute«, wie er sie nannte, aufgehängt hatte. Sie musste sich den Bildern auf Atemnähe nähern, denn das Rotlicht in der Dunkelkammer war finster.

Sie sah den ganzen Vormittag, an dem Nino und Luigi die verschneite Stadt durchstreift hatten, Revue passieren. Zunächst hing da der Blick aus dem Musikzimmer hinunter auf den Garten, der genau wie der gegenüberliegende Franchetti-Garten im Schnee versank. Seine Buchsbaumhecken schienen dick in Watte gepackt, und der Putto auf dem zentralen Brunnen trug einen lustigen hohen Schneezylinder. Auf den nächsten Abzügen sah man die Akademiebrücke mit den weißen Schneemäuerchen, die sich Minute um Minute auf ihren breiten Holzgeländern aufgebaut hatten.

Vom Campiello della Carità vor der Akademie waren die beiden dann in Richtung des Campo San Barnaba losgegangen, von dort über den Ponte dei Pugni und die Fondamente entlang zum Angelo Raffaele. Margherita war vor dem Photo angekommen, das Luigi ihr vorhin ins Schlafzimmer gebracht hatte.

»Du siehst, eine Katastrophe«, zischte ihr Nino säuerlich ins Ohr.

Wie hatte er sich so lautlos anschleichen können?

»Welche Katastrophe? Dieses Bild hat Marta vorhin zu Tränen gerührt.«

»Du und deine Hausangestellten.«

»Was wären wir ohne sie, Signor Conte?«

Margherita drehte sich blitzartig zu ihm um und überraschte ihn bei einer Grimasse, die seine Stirn und seine ausgehöhlten Wangen fatal in Falten warf.

»Wir selbst?«

»Sehr freundlich, wo ich mit Luigi hier ja beinahe allein lebe.«

Ein Fehler!

Margherita erschauerte, sie ließ sich hier in der Selbstverteidigung zu einem Zynismus hinreißen, den Nino zwischen ihnen eingeführt hatte und der sie täglich bis tief in die Seele verletzte. Dabei hatte sie sich gerade vorhin vorgenommen, diesen fürchterlich verrohten Umgangston mit einem schönen Weihnachtsprogramm auf eine neue Basis zu stellen.

»Zurück zu den Photos«, kam Nino jedem möglichen versöhnlichen Satz eiskalt zuvor. »Siehst du die Katastrophe nicht? Die fleißigen Handwerker, Fischer und Schiffer haben den Schnee entlang den Kanälen weggeräumt, bevor ich abdrücken konnte. Ein sinnloser Morgen! Man sieht auf den Photos nur ... Menschenspuren.«

»Ja und, mein Nino? Erinnere dich, früher gingst du auf der Suche nach genau diesen Menschenspuren durch deine Stadt. Und jeder, der deine Photos bisher gesehen hat, ist berührt von ihnen.«

»Früher ...«

»Was ist?«, strich sie über den schütter gewordenen Haaransatz an den Schläfen, und er zuckte zurück wie ein kopfscheues Pferd. »Was ist nur mit dir? Ich koche uns gerade einen herrlichen Risotto, kommst du hinauf?«

»Ich esse heute im Klub.«

»Im Klub?«

»Warum sollte ich zu Hause bleiben?«

Darauf fand Margherita keine Antwort.

»Wo du mir das Kind weggeschickt hast?«

»Weggeschickt? Ich bitte dich, Nino ... Luigi hat sich so sehr gefreut, zu meiner Mutter nach Treviso zu fahren, an einem so zauberhaften Schneemorgen! Sie spazieren mit Bonzo die ganze neue Brücke entlang bis zum Festland.«

»Wie schön für ihn. Und den Hund. Und das Gesinde.«

»Bitte, Liebling, kommst du hinauf? Es ist kalt hier unten«, zog sich Margherita ihren Schal enger um die Schultern.

In Ninos Stimme war eine Bitterkeit, die sie so noch nie erlebt hatte.

»Geh!«

»Geh? Komm du viel eher! Die Kürbisbrühe ist schon aufgesetzt, es duftet im ganzen Haus.«

Margherita bekam keine Antwort. Er beugte sich genauso lautlos, wie er hinter ihr erschienen war, wieder über seine Photoabzüge, die in der Mitte des langen Raums in großformatigen Metallwannen mit Entwicklerflüssigkeit schwammen.

Als sie in der Eingangshalle der Beletage ankam, war die Oper im zweiten Akt angelangt, und die Floria Tosca musste sich gerade gegen die rüden Avancen des selbstherrlichen Scarpia wehren. Gleichzeitig fühlte sie sich von ihrem einst so sehr in sie verliebten Künstlerfreund Cavaradossi verlassen.

Margherita zündete die kleine Gasflamme unter der Kürbisbrühe wieder an und bereitete das Olivenöl, die Zwiebeln und den Reis für die Gusseisenpfanne vor, die sie jetzt auf der großen Gasflamme erhitzte.

> Vissi d'arte, vissi d'amore
> Non feci mai male ad anima viva.
> Con man furtiva
> Quante miserie conobbi aiutai.
> Sempre con fè sincera
> La mia preghiera
> Ai santi tabernacoli salì.
> Sempre con fè sincera
> Diedi fiori agli altar.

Die Arie der Caniglia drang bis zu ihr in die Küche. Genau wie die Floria Tosca hatte auch Margherita Gott gedankt, unzählige Male, für das Geschenk, das Nino hieß. Für das Geschenk, das die Contessa Bianca für sie gewesen war, und für das Geschenk, das der kleine Luigi für ihr Leben bedeutete.

Sie hatte diesen Jungen verteidigt und geformt und in seinen Talenten bestärkt. Er war zwar ein zarter, doch ein ehrlicher und anspruchsvoller kleiner Mensch. Nur Gott wusste, was einmal aus ihm werden würde. Doch immerhin, und dafür hatte sich Margherita verantwortlich gemacht, war er geheilt.

Doch warum war Nino aus ihrem gemeinsamen Leben ausgeschert?

Wo war er all die Tage, die er Venedig fernblieb?

Die Geflügelzucht hatte sich als der kolossale Misserfolg entpuppt, den Eugenia schon vor drei Jahren in Giuseppes Harry's Bar vorausgesehen hatte. Margherita hatte alle Brillant- und Smaragdcolliers, die sie aus dem Nachlass von Ninos Mutter und dem der Tante Bianca für Luigis Zukunft gehütet hatte, hingegeben, um bares Geld für die enormen Schulden zu lukrieren, die Nino ihr eines Sonntags in diesem September eingestanden hatte.

Es war ihr Hochzeitstag gewesen, doch er hatte sich nicht daran erinnert. Er hatte nur gesagt: »Das ist das Mindeste, was du für mich tun kannst.«

Er sah ihr nicht mehr in die Augen. Er sprach kaum mehr mit ihr. Er schlief wie ein Toter neben ihr, ohne sie zu berühren.

Nell'ora del dolore
Perchè, perchè, Signore
Perchè me ne rimuneri così?

Was hatte sie falsch gemacht?

Er hatte sich einen Kultur- und Naturtourismus für seine dekadente Heimatstadt erträumt, er hatte sie zur Leitfigur dieser Idee und einer neuen, weltweiten Besuchergemeinschaft gemacht, und sie hatte diesen Auftrag Monat für Monat, Jahr für Jahr umgesetzt. Die Stadt war aufgeblüht, der Lido war eine Neuerfindung, die trug. Die großen Namen von Künstlern, Modezaren, Schauspielern und Regisseuren, die man jetzt mit Venedig in Verbindung brachte, hatte sie mit Eugenias und Jeans Hilfe in diese vormals morbide Lagune geholt.

> Diedi gioielli della Madonna al manto
> E diedi il canto agli astri, al ciel
> Che ne ridean più belli.

Sie hatte Paris und New York hier in Venedig heimisch gemacht, Hollywood eine Bühne geboten, Dîners mit einfachen Gerichten und kostbaren Juwelen erfunden, die schon heute Geschichte schrieben.

Gerade beendete die Caniglia ihre Arie, als Nino in die Küche trat:

> Nell'ora del dolore
> Perchè, perchè, Signore
> Perchè me ne rimuneri così?

»Ich muss mit dir sprechen.«

»Cinque minuti, prego«, antwortete Margherita in betont fröhlichem Singsang, gewillt, die Szene, die sich gerade eben unten in der Dunkelkammer zugetragen hatte, zu vergessen. »Essen wir vor dem Kamin?«

»Egal«, antwortete Nino schroff und verließ die Küche.

Im Hintergrund erstach Tosca gerade den Despoten Scarpia, der sie mit unerträglicher Gewalt bedrängt hatte. Seine letzten Worte: »Aiuto, muoio! Soccorso, muoio!« hallten aus dem Musikzimmer gespenstisch durch die ganze Etage.

Während der Risotto fertig garte und die Tosca betroffen, doch auch befreit feststellte: »È morto«, deckte Margherita den niedrigen Tisch vor dem offenen Kamin der Bibliothek, legte drei Scheite Buchenholz nach, entkorkte die letzte Flasche Cabernet Franc aus dem Küchenregal und dekantierte sie in die

Muranokaraffe. Zu den Gedecken stellte sie zwei der schönsten mundgeblasenen Revedin-Kelche, die Pfeffermühle und frisch geriebenen Parmesan.

Bevor sie den Risotto anrichtete, rief sie in den Schlafzimmerflügel hinüber: »Du kommst?«

Man durfte keinen Risotto vom Feuer nehmen, den man nicht unvermittelt genießen würde. Ein Risotto war primadonnenhafter als jede Operndiva!

Doch Nino kam nicht.

Margherita nahm die gusseiserne Pfanne also vom Feuer und entschuldigte sich bei diesem herrlich duftenden Gericht. Heute war nicht der Tag für À-la-Minute-Küche, sie hätte das ahnen sollen.

Sie ging Nino ins Schlafzimmer nach.

28

Er saß ungewöhnlicherweise auf der vorderen Kante ihrer Liseuse und starrte hinunter in den Garten.

»Das also ist dein Blick, jeden Morgen.«

»Ich liebe unseren Garten.«

»Du liebst viele Dinge, nur nicht mich.«

»Bitte?«

»Wenn du mich verstehen würdest wie zu Beginn, ließest du mich los.«

»Ließe dich los? Nino, komm zu Tisch. Ich habe vor dem Kamin gedeckt.«

»Ich gehe in den Klub.«

»Es ist weit nach ein Uhr.«

»Egal. Dort kann ich kommen, wann ich will.«

»Du wolltest mit mir sprechen?«

»Nicht vor einem lodernden Kamin.«

»Dann hier und jetzt.«

»Hier und jetzt?«

Margherita sagte nichts darauf.

War das die Wirklichkeit?

Oder war sie in Puccinis Oper?

»Wenigstens trinken wir ein Glas Cabernet Franc zu diesem ›Hier und Jetzt‹«, fand sie einen Augenblick später ihre Stimme wieder, »es ist ohnehin die letzte Flasche deines letzten Jahrgangs, 1933. Danach gab es«, musste sie über ihre eigene Pointe schmunzeln, »nur noch Hühner.«

Sie ging in die Bibliothek hinüber, um die Karaffe und die

Kelche zu holen. Als sie zurückkam, hatte Nino sich nicht vom Fleck gerührt. Er wandte sich auch nicht zu ihr um, als sie die Gläser füllte.

»Sprich«, sagte sie zu jemandem, der sie nicht ansah.
»Es gibt eine andere Frau.«
»Ach?«
»Ja.«
»Bist du sicher? Seit Jahren höre ich nur von Schulden und weiteren Schulden.«
»Vielleicht ging das eine mit dem anderen einher.«

Margherita reichte ihm sein Glas über die Schulter und trank selbst einen Schluck, ohne mit ihm anzustoßen.

Vissi d'arte, vissi d'amore
Non feci mai male ad anima viva.
Con man furtiva
Quante miserie conobbi aiutai.

Wie wahr, wie schön, wie tief war diese Zeit ihres Lebens gewesen! Jetzt hatte er eine andere Frau.

Wer das wohl war?

Margherita stellte sich hinter Jeans Liseuse, auf der ihr Mann saß und schwieg. Sie sammelte ihre Gedanken.

Wen interessierte, wer diese Frau war?

Niemanden.

Er schien sie gehabt und genossen zu haben, gut.

»Und du bist an dem Punkt, an dem du mir das gestehst, weil du sie verlassen hast? Das macht das Gewissen leichter, nicht?«

»Nein, ich kündige dir an, dass sie aus Mailand hierherziehen wird.«

»Aus Mailand? Der Via Donizetti? Hierher, in die Stadt deines Sohnes?«

»Es gibt inzwischen noch einen weiteren Sohn.«

Eisige Stille zog aus dem verschneiten Garten in ihr Schlafzimmer. Der Canal Grande lag tiefschwarz unter ihnen wie der Styx, der die Lebenden von den Toten trennt.

»Das …«, sagte Margherita und setzte ihr Glas auf dem Silbertablett ab, dass es klirrte, »habe ich nicht gehört.«

Sie ging rückwärts aus dem Zimmer und schloss die Tür nicht. In der Garderobe neben der Eingangshalle standen ihre halbhohen Stiefelchen, die sie im Winter zu ihren Spaziergängen über den Lido trug. Die zog sie an, dazu den langen Kutschermantel aus schwarzem Loden, den ihr Elisabetta zu ihrem ersten Weihnachten in diesem Haus geschenkt hatte, und ihren breitkrempigen schwarzen Borsalino. Den Wollschal, den sie vorhin für den Weg in die Dunkelkammer übergeworfen hatte, griff sie gemeinsam mit den Handschuhen und warf die Eingangstür von außen zu.

Sie nahm die ersten Stufen der weiten Treppe zunächst sehr schnell. Doch dann hielt sie inne.

Sempre con fè sincera
La mia preghiera
Ai santi tabernacoli salì.
Sempre con fè sincera
Diedi fiori agli altar.

Sie hatte sich nichts vorzuwerfen. Sie würde zur Madonna della Salute gehen, langsam, gelassen. Es war der prächtigste, der einmaligste Wintertag, den diese Stadt je gesehen hatte. Der Wind hatte nachgelassen, und die Sonne strahlte auf die Gassen und Kanäle, jeder Blick war die reine Freude.

Margherita liebte diese Stadt. Und diese Stadt würde sie auch jetzt, in einem weiteren Augenblick der Angst, retten.

Vielleicht ist mein Sohn todkrank, hatte sie vor drei Jahren gefürchtet. Vielleicht habe ich meinen Mann verloren, könnte sie jetzt fürchten. Dieser Ort würde ihr helfen und Gott, wenn er das wollte.

Sie erreichte die Salute schneller als an anderen Tagen, trotz der kaum freigeräumten Fondamenta Venier und der noch von niemandem beschrittenen Calle del Bastion, die über eine kleine Eisenbrücke zum Vorplatz der Kirche führte. Als sie die hohen Flügeltüren öffnete, war da die ganze Wucht des Dufts ihrer Kindheit, und sie hörte ihre Mutter wie so viele Male sagen: »Ist Beten nicht herrlich? Besser als Schlafen!«

Ja, so war sie aufgewachsen.

Sie hatten nichts gehabt, doch sie hatten sich gegenseitig gehabt, die Schwestern untereinander und ihre Mutter, bedingungslos, bis heute.

In diesem Moment, in dem Margherita unter der hohen Vierungskuppel einer der schönsten Barockkirchen der Welt zum Hauptaltar schritt, saß ihr kleiner Sohn bei dieser ihrer alten Mutter.

Und sie lachten zusammen!

Nino hingegen, der viel für sie gewagt, doch ebenso viel von ihr verlangt hatte, saß einsam auf einer Liseuse, die Margheritas Freund Jean ganz allein für sie entworfen hatte, und war in Gedanken auf Irrwegen unterwegs, die er unbedacht beschritten hatte und von denen er vielleicht nie mehr nach Hause finden würde.

Nell'ora del dolore
Perchè, perchè, Signore
Perchè me ne rimuneri così?

Das fragte Margherita die Schwarze Madonna und ihr Gotteskind, die souverän und weit oben über dem Hauptaltar thronten. Diese Ikone, die aus dem Byzanz des 13. Jahrhunderts stammte, nannte man die »Mesopanditissa«, die Friedensvermittlerin. Und während Margherita das Ende der *Vissi d'arte*-Arie laut in den Kirchenraum wiederholte, wurde ihr an ihrem eigenen Tonfall bewusst, dass sie hier keinem miesen Scarpia eine Anklage entgegenschleuderte wie eben noch die Floria Tosca, sondern dass sie vor einer großen, weisen Frau stand, ruhig ein-, und ausatmete und schlicht und einfach Resümee zog.

Nichts wäre mehr gleich zwischen Nino und ihr, wenn sie nachher nach Hause käme. Und das war sicher gut.

Ja, das war endlich gut!

»Ein prachtvoller Tag, nicht? Man muss der Madonna danken!«, vernahm sie jetzt aus dem weiten Kirchenraum. Sie musste sich gar nicht umwenden, sie hätte Umbertos Stimme auch vom gegenüberliegenden Ufer des Markusbeckenes aus erkannt.

»Prachtvoll. Deswegen kam ich her.«

»Ist das nicht schön?«

»Wie geht es dir, Umberto?«

»Ach«, er erhob sich aus seiner Kirchenbank, überquerte den Zwischengang und stellte sich neben sie.

»Was, sag?«

»Ein wenig Liebeskummer …«

Margherita nahm spontan seine Hand. Wie konnte eine betagte Koryphäe wie Umberto Liebeskummer haben?

Eugenia war nach Patagonien abgereist und blieb wahrscheinlich für immer dort.

War das der Grund?

»Für viele Krankheiten gibt es eine Medizin. Für diese nicht.«

»Besser so«, bestätigte Margherita.

»Wie geht es bei euch? Ist es nicht Mittagszeit im Palais Revedin?«

»Luigi ist bei diesem herrlichen Wetter mit Marta und Pierre nach Treviso aufgebrochen.«

»Zu deiner Familie?«

Margherita nickte stumm, dieser Mann las ihre Gedanken.

»Wie schön! Es gibt nichts Wichtigeres, weißt du?«

Sie nickte weiter und musste achtgeben, dass sie jetzt, in Anwesenheit dieses wunderbaren Menschen, der die größte Angst ihres Lebens, die um Luigi, so souverän gemeistert hatte, nicht sentimental wurde.

»Gehen wir ein paar Schritte um die Punta della Dogana?«

29

Sie kamen eine Viertelstunde später nach Hause, und Umberto brachte sie bis hinauf in ihren zweiten Stock. Seine vollkommen ungeplante Anwesenheit verstand Margherita als ein gutes Omen, das die beiden rüden Szenen zwischen Nino und ihr von vorhin vielleicht ungeschehen machen konnte.

Wenn Gott das so gewollt hätte.

Sie fanden Nino in der Eingangshalle der Beletage, schon zum Ausgehen angekleidet, in Hut und Mantel. Er lag gerade ausgestreckt auf dem Eichenparkett wie einer, der im gehetzten Gehen über ein Hindernis stürzt und aus irgendeinem Grund liegen bleibt, unfähig, sich aufzurichten. Er hielt einen Brief in der Hand, den Umberto umgehend an sich nahm und in seine Manteltasche steckte.

»Das arme Herz«, murmelte er und schloss ihm mit einer routinierten Geste beide Augen.

Todesursache: Herzinfarkt. Venedig, Dorsoduro 866, 9. Dezember 1936, 15.15 Uhr, schrieb er auf den Totenschein, als die Carabinieri wenig später eintrafen.

30

Ninos sechsundzwanzigster Todestag bot keinen spektakulären Schneefall. Das Wintermärchen vom Dezember 1936, das genau eine Nacht und einen Tag gedauert hatte, dann war der Schnee von den Gassen, Plätzen und Dächern Venedigs geschmolzen, war ein einmaliges Ereignis geblieben, von dem sich die Einheimischen noch heute erzählten. Vielmehr begann dieser Morgen des 9. Dezember 1962 mit dem in der Stadt zu dieser Jahreszeit üblichen Hochwasser.

Margherita kam mit ihrer durchnässten Foxterrierin zurück ins Haus und legte Mantel, Hut und Handschuhe in der Garderobe ab. Sie hatte schon beim ersten Rundgang mit der Nachfolgerin von Bonzo die Gummistiefel angezogen, denn das Hochwasser war seit sechs Uhr früh, als die Sirenen angeschlagen hatten, gestiegen, und bis mittags würde man nicht mehr ohne Stiefel bis zur Haustür kommen. Erst recht nicht rund um die Punta della Dogana, den Weg, den sie drei- bis viermal am Tag gemeinsam gingen.

Eugenia hatte ihr diese Hündin zum Geschenk gemacht, bevor sie für immer nach Patagonien abgereist war, und hatte sie »Tosca« genannt.

Margherita stand in der Mitte ihres Salons, jetzt ohne Mantel und Stiefel, dafür mit den hohen schwarzen Wildlederpumps, die sie immer zu Hause trug. Heute zu einem kniekurzen flanellgrauen Rock aus Wollbouclé, einer langen Ton-in-Ton-Kaschmirstrickjacke und ebensolchen Strümpfen. Eine aufrechte, subtile Silhouette in einem durch und durch weißen Raum.

Ja, sie war schlank geworden.

Sie konnte sich keine Bediensteten mehr leisten, und selbst zu kochen war nie ihre Stärke gewesen. Nach Ninos Tod und über die dann folgenden düsteren Kriegsjahre hatte sie sich von Marta ein paar Grundlagen beibringen lassen, um sich neben einem Risotto eine kleine Handvoll Mahlzeiten kochen zu können. Alle Arten von gedünstetem Gemüse und frisch zubereiteten Consommés, ein leichtes Hühner- oder Kalbsgeschnetzeltes, das waren Gerichte, die einen in den feuchten Wintern dieser Stadt am Leben erhielten. Und seit sie Marta, Pierre und Jacques hatte entlassen müssen, begnügte sie sich mit einem Gericht am Tag, das sie sich nach der Dämmerung zu ein paar Gläsern florentinischem Chianti gönnte.

Denn Chianti war ihr einfacher Hauswein seit Ninos Tod geworden, sie ließ ihn in großen Korbflaschen mit der Bahn nach Santa Lucia liefern und dann vom Frachtenkahn ihres Tischlers abholen, das war eine so rationale wie kostengünstige Lösung.

Sie setzte sich in ihren Salon, einen Salon mit raumhohen Fenstern und Blick auf Palladios Redentore, im modernsten Appartmenthaus der Stadt.

Beim Betrachten der wandbreiten Muranospiegel, die schon in der Eingangshalle des Palais Revedin am Canal Grande gehangen hatten, wanderten ihre Erinnerungen zurück zu Ninos Todestag. Diese Spiegel hatten ihr ganzes Leben mit Nino miterlebt. Sie hatten auch ihr ganzes Leben mit Luigi miterlebt, bis zu dem Tag, als er mit der Lloyd-Südamerikalinie in See gestochen und seither littéralement aus ihrem Leben verschwunden war.

Margherita hatte sie dann bis hierher auf die Fondamenta

allo Spirito Santo mitgenommen, nachdem Peggy diesen Neubau für sie gefunden hatte.

Sie hatte sich diese Wohnung in der Beletage geleistet, auch wenn sie für sie allein eigentlich ein wenig groß war. Doch die kleinere auf derselben Etage, die an die ehemalige Klosterkirche der Augustinerinnen anschloss und die für sie hinreichend geräumig gewesen wäre, ging nach Osten und hatte kein Abendlicht.

Den Morgen, den Mittag und den Nachmittag überstand Margherita aber immer gut. Es war der Abend, wenn das Licht schwand, der sie traurig machte. Dann kamen Momente, nein nicht nur Momente, vielmehr lange Stunden, in denen sie das Alleinsein in dieser Stadt geradezu körperlich spürte. Denn keiner außer Peggy lud sie mehr ein.

Alle Menschen, die ihr je in dieser Stadt nahe gewesen waren, waren inzwischen verstorben. Und die Damen der venezianischen Gesellschaft, denen sie über Jahrzehnte sowohl Gastgeberin als auch Dorn im Auge gewesen war, hatten sie schlichtweg vergessen.

Margherita prüfte ihr Spiegelbild in den Kassettenspiegeln, die die gesamte Ostwand des Salons einnahmen. Genau diese lange Wand, fünf Meter lang vielleicht, wenn nicht gar sechs, die ihre Wohnung von der Nachbarwohnung zur Spirito-Santo-Kirche abschloss, hatte sie mit den Spiegeln verkleiden lassen, die sich seit dem 16. Jahrhundert im Familienbesitz der Revedins befanden. Eine knifflige Maßarbeit, die ihr Haustischler, der betagte Longato, nun zum zweiten Mal hatte ausführen müssen. Die großformatigen Kristallglasspiegel mit ihren schweren Zinnrücken und die dazugehörigen, ebenso in Murano gefertigten Rezzonico-Wandleuchten hatten in den letzten vierzig Jahren vom Palais Revedin in Treviso in ihr Palais am Canal

Grande und schließlich hierher, in das neueste Haus Venedigs, ziehen müssen.

»Semo arrivai, Contessa?« – Sind wir nun angekommen? –, hatte Longato am Ende der komplizierten Montage im Dialekt gefragt. Denn keine Wand in Venedig war gerade, kein Boden war eben. Jede Wandverkleidung, jedes Möbelstück musste sich dem feuchten Klima sowie der steten Erosion des sandigen Lagunenuntergrunds und somit der Verschiebung der Decken und Böden aller Bauwerke von Jahrhundert zu Jahrhundert aufs Neue anpassen.

Margherita liebte diese Spiegelwand, denn sie gab dem Raum ein Licht, das nie gleich war.

Sie hatte sich gleich bei ihrem ersten Besuch in diesem neuen Appartementhaus für die größere Wohnung nach Westen entschieden, und bis heute freute sie sich mehrmals am Tag an ihr. Sie durchschritt sie dem Lichteinfall nach, immer aufs Neue überrascht, als wäre sie gerade eben eingezogen. Dabei wohnte sie nun schon das vierte Jahr hier.

Zum ersten Mal in ihrem Leben hatte sie selbst ihren Wohnsitz wählen können. Aus dem Familienpalais am Canal Grande hatte sie endlich ausziehen müssen, es gab keinen Grund, ihn zu halten. Ihre oder besser gesagt Ninos Schulden überstiegen jeden denkbaren Kreditrahmen, und sie hatte sich vom einstigen Leben mit ihm ohnehin längst verabschiedet.

Als Luigi zu Beginn des Kriegs ins Gymnasium gekommen war, hatte sie diese Vergangenheit losgelassen, und es war ihr leichtgefallen. Den Jungen hatte sie in eine andere Stadt geschickt, nach Florenz, ins elitäre Filippin-Internat in Fiesole, damit er nicht gezwungen war, den schrittweisen Verfall seines großen Namens in der eigenen Stadt zu erleben. Kinder konnten untereinander grausam sein, und die blasierten hiesigen Patriziersprösslinge waren mit dem Jungen schon in der Grundschule nicht zimperlich umgegangen. Doch für sich selbst und die ihr noch verbleibenden Lebensjahre hatte Margherita eine neue Bleibe suchen müssen, weg vom Canal Grande.

Nur, wohin von dort aus, wenn sie in Venedig bleiben wollte? Die Contessa Bianca hatte ihre Mutter und ihre Schwestern mit dem Kauf einer halben Etage in der Via Orsoline in Treviso ja schon vor Jahren abgesichert, und die Schwestern hatten diesen Besitz gut verwaltet, konnten sie ja ohne rauschende Feste und hohle Investitionen leben, die den Untergang des gesamten revedinschen Vermögens bewirkt hatten. Lisetta und Umbertina waren ihrem ursprünglichen Lebensstil treu geblieben und hatten den Kiosk an der Piazza del Convento delle Cappuccine Jahr um Jahr, trotz Inflation und Kriegswirren, zu einem florierenden Zeitungs- und Getränkeladen ausgebaut, der sich inzwischen dank Martas Mitarbeit sogar um eine Feinkostecke erweitert hatte. Sie waren heute alle drei, wie man so sagte, gut situiert.

Doch nach Treviso zu ihren Schwestern konnte Margherita nicht zurück. In ein solch »normales« Leben konnte sie nicht heimkehren. Sie hätte keinen Platz darin, sie würde stören.

Wohin also, vom Palais Revedin aus?

Eineinhalb Jahre nach Ninos Tod hatte sich Mussolinis Regierung in Rom nicht nur in wirtschaftlichen und außenpolitischen Fragen, sondern, viel schlimmer, auch in ihren ethischen Positionierungen auf die Seite Hitlers geschlagen und dessen irre Rassengesetze mitgetragen. »Le razze umane esistono«, hatte in großen Lettern auf der Titelseite des Corriere vom 6. August 1938 gestanden, einen Tag nachdem die Parteizeitung *La difesa della razza* die Thesen veröffentlicht hatte. Es gebe menschliche Rassen.

Der perfide Gedankengang war ähnlich einem mathematischen Beweis geführt worden: »Esistono grandi razze e piccole razze«, es gebe starke und schwache Rassen, »esiste una pura razza ariana italiana«, es gebe eine reine arisch-italienische Rasse und demnach seien die afrikanisch-mediterranen Völker nicht arisch: »E necessario fare distinzione fra i mediterranei d'Europa e gli orientali africani.« Ebensowenig die Juden: »Gli ebrei non appartengono alla razza italiana.«

Ende des Beweises.

Diese erste Ausgabe der Parteizeitung hatten drei Dutzend angesehener italienischer Wissenschaftler gezeichnet.

Zwei Sommer später hatte Mussolini nicht widerstehen können, sich dem bislang siegreich Krieg führenden Hitler anzuschließen: »Vinceremo! Per un lungo periodo di pace all'Italia, all'Europa, al mondo«, stand am 10. Juni 1940 zur Kriegserklärung gegen England und Frankreich auf der Titelseite des Corriere.

Keine drei Jahre später, im Sommer 1943, begannen Besatzungstruppen das Land von Sizilien aus von den Faschisten zu befreien. Mussolini wurde abgesetzt, sein gesamtes Kabinett und seine Berater gingen in Gefangenschaft und wurden in der Folge zu den Kriegsverbrecherprozessen der Alliierten vorgeladen. Die Diktatur der Faschisten war zwar beendet, würde das Land aber noch jahre-, ja wahrscheinlich jahrzehntelang zeichnen.

Peggy, die einzige Freundin, die Margherita aus ihrer Zeit mit Nino geblieben war, hatte im Sommer 1941 mit ihrem damaligen Schwarm, dem Dadaisten Max Ernst, aus dem von den Nationalsozialisten annektierten Paris fliehen müssen und hatte sich von Estoril nach New York eingeschifft.

Das ganze Jahr seit dem Beginn von Hitlers Besatzung im Mai 1940 hatte sie aber genutzt, um sich von den radikalsten ihrer Künstlerfreunde, die scharenweise das Land verlassen mussten, Bild um Bild und Statue um Statue zu erhandeln. Eine Art von zusammengeraffter Notankaufsammlung war entstanden, die sie glücklicherweise noch rechtzeitig nach New York verschiffen konnte und die seither den Grundstock ihres persönlichen Museums bildete.

Gleich nach dem Krieg war sie dann zu Margheritas Überraschung nach Venedig zurückgekehrt, »this time for good«, wie sie damals sagte, denn auch ihre zweite Ehe mit Max Ernst war gescheitert, und sie wollte »weder ihn noch New York jemals wiedersehen«. Also suchte sie sich einen »bröckelnden Palazzo« für sich und ihren nächsten Liebhaber, den jungen Jackson Pollock, Vorreiter des von Max Ernst in Amerika bekannt gemachten »Drip-Painting«.

Das exzentrische Heim, das sie sich erträumte, hatte sie bald im nie fertiggestellten Palazzo Venier am Canal Grande gefunden, Margheritas Nachbarpalais östlich des Campo San Vio, den die Venezianer seit jeher »die Ruine« nannten.

Da auch Pollock sie bald verließ, begann Peggy – mit Mitte vierzig! –, ihre Memoiren zu schreiben. Darüber hinaus machte sie es Margherita gleich und kam auf den Hund, legte sich aber nicht einen, sondern gleich drei tibetische Lhasa-Apsos zu. Diesen Langhaarknäueln gab sie Babynamen und behandelte sie auch wie Kleinkinder.

Es war kaum mitanzusehen!

Die Empfangsräume des Erdgeschosses ihres Palais baute sie in Eigenregie dergestalt um, dass sie sie als Privatmuseum nutzen konnte. In guter New Yorker Loft-Manier lebte sie also nicht nur mit ihrer Kunst, sondern öffnete sie Sammlern und Kritikern, an zwei Nachmittagen der Woche sogar dem breiten Publikum.

In jenen ersten Jahren in Venedig war, wie sie später zugab, allein Margherita ihre Stütze. Aber auch umgekehrt. Denn Jean hatte sich zum Entsetzen aller nach seiner Flucht aus Paris im Frühjahr 1941 in New York das Leben genommen. Und Eugenia hatte Europa endgültig den Rücken gekehrt und war nach Patagonien aufgebrochen.

»Zu neuen, sonnigeren Ufern dieses Lagunendorfes, darling«, hatte Peggy seither also beinahe täglich in Giuseppes Bar von ihr verlangt. »Du warst die letzte First Lady hier, und die wirst du für immer bleiben.«

Zu neuen, sonnigeren Ufern.

Aber welchen?

Die eleganten Stadtteile Venedigs, San Marco um den Markusplatz herum und bis nach Rialto hinauf sowie San Polo, die westliche Gegenhälfte entlang dem Canal Grande, besiedelten seit Urzeiten die eingesessenen Patrizierfamilien. Hier würde Margherita auf keinen Fall wohnen wollen, denn die alten Dogaressen könnten ihren heute höchst bescheidenen Lebensstil täglich auf der Straße verfolgen und hämisch kommentieren.

In die Stadtteile, in denen die einfachen Leute lebten, nach Castello, das Schiffsbauerviertel, das vom Markusplatz bis nach San Pietro di Castello, der Stadtgründungskirche im Osten der Biennalegärten, reichte oder nach Cannareggio, das Handwerkerviertel, das auf die nördliche Lagune und das Festland ging, konnte sie nicht ziehen. Alle ihre ehemaligen Lieferanten und Ninos Werftarbeiter kamen von dort, hatten den kometenhaften gesellschaftlichen Aufstieg der Contessa-Campionessa miterlebt und würden ihren jetzigen Abstieg vielleicht, man wusste ja nie, schadenfroh belächeln.

Es blieb nur das fünfte und letzte Stadtviertel Venedigs: der Dorsoduro.

Dessen Südhälfte war seit je als die »arme Sonnenseite« verschrien. Denn hier, wo der Meerwind, die Möwen und die unerbittliche Südsonne zu Hause waren, war es undenkbar, wertvolles Mobiliar oder Kunstwerke zu besitzen, die über die Jahre ausgeblichen wären. Hierher zog man nicht.

Entlang den Zattere gab es auch kein einziges Palais, nur

Kontore, Werk- und Lagerhallen, Ruderklubs und Schiffswerften, durchwachsen von den ausgedehnten Klostergärten der Bettelorden. Dieses Viertel war dank seiner Gemüsefelder und Obstspaliere das stillste und grünste der Stadt, in das sich keiner verirrte, der hier nicht einer Arbeit nachging. Genau das richtige also für Margherita, die ohnehin kein wertvolles Mobiliar mehr besaß.

Und die in einem Klostergarten groß geworden war!

An der Fondamenta allo Spirito Santo, genau gegenüber der Redentorekirche, zwischen dem Ospedale degli Incurabili, in das die Republik einst unheilbar Kranke verbannt hatte, und der Ordenskirche Spirito Santo der Augustinerschwestern, die diese Unheilbaren geduldig gepflegt hatten, entstand gerade ein größerer Appartementneubau, den Peggy ausfindig gemacht und ihr dringend empfohlen hatte. Er lag sozusagen auf Rufweite zu ihrem Palais Venier.

»Du wohnst dann endlich auf der gesünderen, auf der Sonnenseite dieses Dorfes, nicht wie ich in einer alten Palazzokiste mit schattigem Nordlicht«, konnte sie das köstlich formulieren.

Die ewig mit ihrem Schicksal hadernde Peggy konnte sogar einmal neidlos ergänzen: »Und du hast ihn verdient, den Lichtblick!«

31

Ein Neubau dieser Dimension war im dicht besiedelten historischen Zentrum Venedigs eine Sensation, Margherita hatte Peggys Entdeckung vor vier Jahren kaum wahrhaben können. Und, waschechte Guggenheim, die sie war, hatte diese keine Zeit verloren und gleich einen Begehungstermin ausgemacht.

Sie hatten den planenden Architekten, einen gewissen Ignazio Gardella, an einem Frühlingsmorgen auf der Baustelle kennengelernt. Das Datum war leicht zu merken, es war Margheritas dreiundsechzigster Geburtstag gewesen, der 25. Februar 1958.

Peggy hatte sich schon im Vorfeld informiert und Margherita berichtet, Gardella stamme aus einer alten Mailänder Baumeisterdynastie, sei ein landesweit bekannter Experte für Ingenieurwesen und habe den Stahlbeton-Skelettbau aus Amerika in Italien eingeführt.

Das alles war dieser schüchterne Architekt?

In seiner aufrechten Haltung und schlichten Eleganz stand er Jean in nichts nach, nur dass er sicher zehn Jahre jünger war. Aus dem Stegreif zählte er ihnen die statischen und funktionellen Neuerungen seines Baus auf, erster Personenaufzug Italiens, erste Zentralheizung Italiens, biologische Regenwasserrückgewinnung und Wärmeisolierung, Hochwassersicherung durch ein umlaufendes Stahlbetonbecken et cetera et cetera.

Sein Neubau lag vor dem ehemaligen Klostergarten der Augustinerschwestern, die hier seit dem 15. Jahrhundert mediterrane Duftpflanzen, Jasmin, Tuberose, Minze, Rosmarin, Lorbeerkirsche, Lilien, Kamelien und Oleander gezogen hatten, sogar eine jahrhundertealte Hanfpalme stand an der Mauer zum Kreuzgang.

»Die Augustinerschwestern«, hatte er ihnen bei der Baustellenbesichtigung erklärt, »kamen aus den besten Familien der Stadt und waren nicht nur in Krankenpflege, Pharmazeutik und Botanik gebildet, sondern förderten auch die Künste. In ihre Scuola, die sie sich um 1500 neben der Kirche erbauen ließen, Sie haben ja sicher die außergewöhnliche Zwillingsfassade, vor der wir eben noch auf der Fondamenta standen, bemerkt, luden sie illustre Ärzte, Rechtsgelehrte und Botaniker, aber auch Literaten, Maler und Bildhauer ein. Unter ihnen beispielsweise den begnadeten Maler Tiepolo oder den Rechtsgelehrten Manin. Und die Herren kamen nicht nur zum Arbeiten, nein, sie lebten mit den Damen, wie man in den mittelalterlichen Aufzeichnungen nachlesen kann.«

Margherita hatte in der Eingangshalle verharrt, während Peggy sich schon von Gardella in die oberen Geschosse führen ließ. Die durch die Jahrhunderte schwingende Aufgeklärtheit der Augustinerdamen, der schon jetzt im frühen Frühjahr duftende Klostergarten, das Morgenlicht, das in die angrenzende Calle dello Zuccaro fiel, all das hatte sie berührt.

Es erinnerte sie an früher, als sie noch ein Kind war und mit Umbertina den Ursulinenschwestern im Garten half. Ihre Belohnung am Abend war immer ein kleiner Gemüsekorb gewesen, in dem sie der Mutter, je nach Jahreszeit, Artischocken, Zucchini, Tomaten, Karotten oder Auberginen in ihre kleine Wohnung im Gesindehaus hinauftragen konnten.

Langsam, wie in Zeitlupe, war sie die ersten Schritte der Rohbautreppe, die sich in einem quadratischen Mauerschacht ins erste Geschoss wendelte, hinaufgegangen. Es war ihr dreiundsechzigster Geburtstag, und ihr ganzes Leben schien sich in diesem Moment, in diesen langsamen Schritten eine schlichte, noch unverkleidete Treppe hinauf, wie in einem Brennglas zu verdichten.

Während sie die Stufen hinaufstieg, hatte sie ein diffuses, ein ganz besonderes Licht, das von irgendwoher auf den hellgrauen Beton unter ihren Füßen fiel, bemerkt. Sie war auf der halben Höhe der Treppe stehen geblieben und hatte nach oben geblickt. Und tatsächlich, in der Außenwand des Gebäudes erkannte sie eine Gruppe rautenförmiger Fensteröffnungen, die den Karos auf Spielkarten gleich auf ihr spitzes Eck gekippt waren. Gardella hatte die Rautenflächen der jeweiligen Unterseiten mit Gesimsen aus heller Pietra d'Istria verkleidet. Diese zwei zarten Marmorplatten kragten aus der noch unverputzten Backsteinwand ein ziemliches Stück heraus, wie zum Abflug ausgebreite Flügel.

Margherita hatte die Flügelpaare betrachtet. In ihrer Gesamtheit ergaben die vielen Karos, es mussten beinahe ein Dutzend sein, einen auffliegenden, perfekt formatierten Vogelschwarm!

»Meine Möwen … Sie haben sie erkannt?«, hatte Gardella sie auf dem oberen Treppenabsatz erwartet.

»Mit diesen Möwen werden Sie hier leben, Contessa, denn der Wind vom Meer trägt sie bis an die Punta della Dogana und bis zu Ihnen in den Klostergarten. Ich nenne dieses Haus deshalb seit jeher das ›Möwenhaus‹.«

Sie war also in diese ganz moderne Wohnung eingezogen, in der Hoffnung, sie möge auch Luigi gefallen, der im Herbst 1948 von der Südamerikaroute der Lloyd Triestino, in der sie ihm kraft ihrer Beziehungen einen Posten als Deckoffizier vermittelt hatte, nach Venedig heimgekehrt war. Doch was jetzt?

Studieren wollte er nicht. Eine Lehre machen, zum Beispiel in der Hausbank der Revedins, ebenso wenig. Vielmehr entschied er sozusagen aus dem Stand heraus und ohne jegliche Garantien, sich wie einst sein Vater in den Aluminiumwerken des Marghera-Hafens zu betätigen und Unternehmer zu werden.

Außer einem Kriegsabitur hatte er dafür aber keinerlei Ausbildung vorzuweisen!

Noch dazu fehlte diesem Geschichtenerzähler, diesem Künstler, Berufe, zu denen er von Kind an talentiert gewesen wäre, jegliches Interesse für das Technische, das im Stahlbau notwendig war.

Erst recht, und da war er seinem Vater leider allzu ähnlich, jede Art von Geschäftssinn!

Geschäfte, hatte ihm Margherita in den ersten Monaten nach seiner Rückkehr immer wieder vorsichtig zu erklären versucht, mache man heute nicht mehr über Freundschaften oder familiäre Beziehungen, sondern über einen harten Wettbewerb der Schnellsten und Hungrigsten.

Er hatte nicht zuhören wollen.

Aus Kuba hatte er einen Schriftsteller und Hochseefischer mit nach Venedig gebracht, der zwar nicht älter war als Margherita selbst, Luigi in seiner dominanten Art aber zu imponieren schien. Dieser Ernest Hemingway hatte ihm gebetsmühlenartig wiederholt: »Du bist, was du sein willst.«

War das nicht eine etwas fragwürdige Philosophie?

Was wollte Luigi, der gerade einmal ein Gymnasium abgeschlossen und sich dann in die weite Welt der Handelsmarine aufgemacht hatte, wohl sein?

Frei von seiner Familie, von seinem Namen?

Von den Erinnerungen an seinen schöngeistigen, doch lebensuntüchtigen Vater?

Frei von seiner Mutter?

Wahrscheinlich hatte dieser Hemingway in Luigi Erinnerungen an seine revedinschen Vorfahren wach gerufen, insbesondere an seinen glorreichen Onkel und Namensgeber Luigi und den allseits verehrten Großvater Ruggero. Die waren

Draufgänger und Frauenhelden gewesen, genau wie Hemingway, der in Venedig Tag um Tag in Giuseppes Harry's Bar saß und literweise Whiskey trank. Seine bezaubernde vierte Frau, die Journalistin Mary Welsh, die er aus Kuba mit nach Venedig gebracht hatte und die Margherita vom ersten Augenblick an sympathisch gewesen war, betrog er seit seiner Ankunft unverfroren mit einer noch lange nicht volljährigen venezianischen Aristokratin, Adriana Ivancich. Sein in Giuseppes Bar verfasster Roman *Über den Fluss und in die Wälder* erzählte diese Geschichte nach: Ein lebensmüder amerikanischer Berufssoldat, der beide Weltkriege überlebt hat, verliebt sich in eine achtzehnjährige venezianische Nobildonna, im Buch »Contessa Renata« genannt. Für sie nimmt er den nahen Tod in Kauf, durch sie genießt er seine letzten Lebenswochen wie im Rausch. Seine Frau Mary, die in Wirklichkeit ja trotz dieser Affäre mit ihm in Venedig ausharrte, wird im Buch schon zu einer seiner zahlreichen Exfrauen degradiert.

Margherita hatte Mary über diese Jahre in Venedig, so gut sie konnte, gestützt, denn es war klar, dass eine berufstätige und entsprechend unabhängige Frau wie sie diesen auf Betrug und Missachtung begründeten Lebenswandel nicht ewig mit ansehen würde. Auch wenn Hemingway in der Zwischenzeit mit dem Pulitzerpreis und dem Nobelpreis für Literatur geehrt wurde, stellte sie ihn im Frühjahr 1956 vor die Wahl, er könne weiterhin ein Leben mit ihr, Mary, führen oder ein anderes, ein neues Leben mit der jungen Adriana beginnen. Hemingway entschied sich für Mary, und sie kehrten im gleichen Jahr nach Kuba, in der Folge nach Amerika zurück. In Idaho angekommen, erschoss er sich, inzwischen unrettbar alkoholkrank und depressiv, im Sommer 1961 mit seinem Jagdgewehr.

Ein trauriges Ende einer Freundschaft, das zu verwinden Luigi schwerfiel. Das hatte Margherita nachfühlen können, hatte Hemingway ihn doch überall als seinen Ziehsohn und sein Alter Ego eingeführt.

Eine weitere Bankrotterklärung waren die revedinschen finanziellen Reserven. Margherita hatte sich vom Verkauf eines ihrer Ettore-Tito-Gemälde, die sie gemeinsam mit Nino für das Palais am Canal Grande gesammelt hatten, an ein Museum bei Boston, ihre Wohnung im Möwenhaus kaufen können. Ihre weiteren fünf Gemälde bildeten die Sicherheit für die laufenden Haushaltsausgaben. Sie hatte von ihrem Jugendfreund zunächst ihr Porträt *Frau mit Krug* angekauft, dann in der Folge: *Kinder, Chioggia, Dünen* und das Porträt von Eve mit ihrem Trakehner am Lidostrand. Ihr letzter Ankauf, eine Straßenszene auf der Fondamenta zum Angelo Raffaele, war als *Breezy day in Venice* in Amerika berühmt geworden. Mehr war von dem einst immensen Familienvermögen nicht geblieben, keine Immobilien, keine Aktien, kein Schmuck. Sie konnte nur äußert bescheiden leben und hoffen, nicht hundertzehn Jahre alt zu werden und eines Tages im Armenhaus zu enden.

Wie restlos Ninos Investitionen in die regionalen Energie- und Werftunternehmen von seinen angesammelten Schulden getilgt worden waren, musste Luigi ernüchtert haben. Doch dies war der Stand der Dinge.

Und wenn Margherita an ihre eigene Jugend zurückdachte und daran, wie ihre Mutter ihrer aller Leben gemeistert hatte, hatte sie keinerlei Mitleid mit ihm. Er hätte alle ihre Kontakte nutzen können, sich in einem ernsthaften Brotberuf beweisen und langsam wieder, Jahr um Jahr, ein kleines Grundvermögen aufbauen.

Arbeit gab es seit Kriegsende für gut Ausgebildete überall!

Doch, nein, er erfand sich im Alleingang als … Firmenchef.

Der Corriere della Sera von heute Morgen lag neben Margherita auf dem Kanapee. Vor drei Tagen genau, am 6. Dezember, war die von Ninos Vater, dem Conte Ruggero, gegründete Wasserkraftgesellschaft, mit der die Renaissance eines zu Tode verarmten Venedigs zu Beginn dieses Jahrhunderts begonnen hatte, verstaatlicht worden. Margherita hatte die Verhandlungen des Parlaments in Rom dazu seit Wochen in den Zeitungen verfolgt. Es war der endgültige Abschied von der selbstverantwortlichen Region Venezien, die Ninos Vater mit seinen Gründungspartnern ermöglicht hatte.

Doch, wer könnte das Erbe dieser Gründergeneration denn heute tragen, wenn nicht der Staat?

Nino war, allen voran, am Herzinfarkt gestorben. Sein Sohn war ihm in seiner Weltfernheit, in seiner blinden Gründerbegeisterung nachgefolgt. Giorgio Cini, Vittorio Cinis Sohn, der seinen Vater mit aller Gewalt von dessen faschistischen Verantwortungen hatte reinwaschen wollen, hatte sich vor gut zehn Jahren in seinem Privatflugzeug zu Tode gestürzt. Volpis Sohn Giovanni hatte in Anbetracht der unleugbaren Verwicklungen seines Vaters in faschistische Machenschaften nicht nur Venedig, sondern gleich Italien verlassen und war in die Schweiz gezogen.

32

Vier Stunden später kam Margherita mit Tosca von ihrem langen Morgenspaziergang auf dem Lido zurück und stieg vom 1er-Vaporetto eine Haltestelle früher aus als sonst, nämlich nicht bei der Salute Kirche, sondern schon bei San Marco. Peggy hatte sie zum Anlass von Ninos Todestag zu einem kleinen Mittagessen »mit interessanten jungen Leuten«, wie sie geschrieben hatte, in Giuseppes Harry's Bar eingeladen, und war rührend.

Luigi dachte an keine Todestage. Nicht einmal an Geburtstage.

Es war kurz nach zwei, Margherita war viel zu pünktlich, denn wenn Peggy um 14 Uhr einlud, hieß das für sie frühestens um Viertel vor drei. Sie hatte sich, seit sie im Palais Venier eingezogen war, statt ihres zauberhaften Rivaboots eine Gondel angeschafft und ließ sich von Bepi, ihrem jungen Gondoliere, mit großem Tamtam durch den Canal Grande rudern. Es war so lächerlich wie unpraktisch, doch sie genoss es sichtlich und hatte sich für ihre langwierigen Ausfahrten eine Kollektion der unmöglichsten Sonnenbrillen zugelegt. Selbst heute, mitten im Winter, würde sie auf ihren Gondelauftritt nicht verzichten, und beim Wellengang, den der Borawind angefacht hatte, könnte Margherita hier eine Stunde und mehr auf sie warten.

Egal, sie würde sich von Giuseppe ein Glas Landwein servieren lassen und bis zum Eintreffen der kleinen Tischgesellschaft an ihrem herrlich gemütlichen Ecktischchen die Zeitung lesen.

Als sie die schmalen Flügeltüren der Bar zur Straße hin öffnete, machte sich Ruggero, der junge Ober, der Giuseppe hinter der Bar assistierte, von seinem Tresen zu ihr auf und bat sie herein. Das Lokal war halb leer, es war ein Hochwassersonntag Anfang Dezember, eine flaue Reisezeit für Lagunenstädte.

»Contessa bella, wir haben Sie schon erwartet!«, begann Ruggero mit seinem üblichen Begrüßungstheater. »Sie kommen sicher vom morgendlichen Spaziergang über Ihren Lido zurück, so frisch wie Sie aussehen? Inzwischen vertröstete ich einen Gentleman hier an meiner Bar, der ohne Sie von keinem Drink hören will.«

Margherita wandte sich nach links zum Tresen. Tatsächlich lehnte dort ein eleganter Herr in einem nachtgrauen Flanellanzug. Es war Gardella.

»Contessa«, machte er einen halben Schritt auf sie zu und beugte sich zum Handkuss über ihre ausgestreckte Rechte.

»Architetto, che piacere!«

»Ganz meinerseits, ich freue mich schon die ganze Woche auf diesen Sonntag.«

Er nahm seine Packung Zigaretten vom Bartresen, um Margherita zum Tisch zu begleiten. Giuseppe erschien gleichzeitig aus dem Küchengang und platzierte sich in einem guten Meter Entfernung vor Margherita, wie er das immer tat, um sie dem Publikum seiner Bar gebührend vorzustellen. Er machte dazu seine immer gleiche mozartsche Pagenverbeugung, legte die rechte Hand auf die Brust und rüttelte sein weißes Einstecktuch derartig dabei auf, dass man meinen konnte, sein Herz springe ihr entgegen.

»Willkommen in meiner bescheidenen Bar, Contessa!«

»L'eleganza del rigore, Giuseppe«, die Eleganz der Strenge.

Bei dieser ihrer ebenso immer gleichen Replique richtete er sich jedes Mal genüsslich aus seinem Diener auf, drehte sich um die eigene Achse und ging ihr zu ihrem Ecktischchen voraus.

Während Margherita ihm durch die Bar folgte, die heute, wie so oft an Wochenenden, ausnahmslos von ausländischen Gästen besucht zu sein schien, hörte sie Gardella hinter sich flüstern: »Was für ein Motto, Contessa!«

Sie wandte sich kurz über die Schulter zu ihm um, um ihm ein Augenzwinkern zuzuwerfen, doch er trug den Blick wie immer gesenkt. Statt in seine Augen sah sie also in die Augen der gesamten Gästeschar der Bar, durchweg Amerikaner, wie man auf den zweiten Blick an den großkarierten Jacketts der Herren und den zu Türmen toupierten Haaren der Damen erkennen konnte.

Giuseppe musste sie und Peggy als die große Attraktion des Tages angekündigt haben, und sicher fragte man sich jetzt an jedem Tisch, wer dieser gut aussehende Herr im flanellenen Zweireiher war, der dieser anscheinend sehr bekannten venezianischen Contessa und ihrem Foxterrier auf dem Fuß folgte.

Wer Ernest Hemingways *Über den Fluss und in die Wälder* gelesen hatte, musste sich denken, dass man heute im Salontheater, das diese Bar ja war, einer Lovestory unter umgekehrten Vorzeichen beiwohnen konnte. Der Verehrer einer heimischen Contessa war diesmal kein polternder, früh gealterter Kriegsveteran wie bei Hemingway, sondern ein bestens erzogener Gentleman. Die Contessa war kein Lolita spielendes, von zu Hause weggelaufenes Schulkind, sondern eine zwar schlicht gekleidete, doch anscheinend hoch angesehene Dame.

Ein paar Schritte vor dem Ecktisch nahm Giuseppe Margherita Hut und Mantel ab, und sie konnte dabei die geflüsterten Kommentare der Nebentische aufschnappen:

»Look dear, die legendäre Hausherrin der allerersten Filmfestspiele.«

Als Margherita auf der Eckbank ihres runden Tischchens Platz genommen hatte und sich Gardella ihr gegenüber auf einen der drei bereitstehenden Mahagonisessel setzte, zog in die

Bar ein erwartungsvolles Schweigen ein. Margherita amüsierte dieses Szenario derart, dass sie über den Tisch hinweg nach Gardellas linkem Unterarm griff. Er ließ diesen Übergriff zu, ohne sich zu regen.

»Warten Sie schon lange, Architetto?«

»Zehn Minuten, nicht länger. Sie wissen, wir Mailänder sind pünktlich, so hat man uns erzogen. Das ist in Italien manchmal ein Handicap.«

»Welchen Sport machen Sie?«

»Keinen. Doch ich bin ein Fan von Ihrem!«

»Meinem?«

»Ihrem Golfspiel natürlich. Ihr Schwung ist weithin bekannt!«

»Das ist Jahre, Jahrzehnte her. Leider spiele ich jetzt am Lido nur noch ›am Strand spazieren gehen‹.«

»So wie heute?«

Margherita nickte, während Giuseppe mit zwei wie üblich randvollen Kelchen Champagner kam: »Es kann dauern, lässt Miss Guggenheim ausrichten, sie ließ eben anrufen. Ich bin untröstlich, Contessa. Sie führt die beiden Assistenten des Architetto noch durch ihre Sammlung, doch dann bringt Bepi sie mit der Gondel herüber.«

Margherita zog ihre Hand betont langsam von Gardellas Unterarm auf die Tischkante vor sich zurück. Giuseppe sah dieser Bewegung amüsiert zu, wohl wissend, dass alle Nebentische das Paar am Ecktisch gespannt verfolgten.

»Sie spielen nicht mehr im Klub?« fuhr Gardella fort, als Giuseppe sich an die Bar zurückgezogen hatte. »Wie hat man ein Talent wie Sie gehen lassen können?«

»Golfklubs kosten Gebühren.«

»Ach ja, natürlich, verzeihen Sie, Contessa, ich vergaß. Doch, könnte ...«

Er öffnete jetzt seine Zigarettenschachtel, eine frische Murattipackung, zog das Silberpapierchen der Abdeckung heraus und suchte Giuseppe mit dem Blick, damit er ihm von der Bar einen Aschenbecher bringen möge. Er klopfte ein paar Zigaretten aus der Schachtel und bot sie Margherita an. Sie hatte kaum eine herausgefischt, da stand Giuseppe schon neben ihr und gab ihr Feuer.

»Könnte?«, fragte sie nach einem ersten genüsslichen Zug.

»Nun, könnte nicht Ihr Sohn …?«

»Sie sind charmant, Gardella. Sie meinen, mein Sohn würde mich unterstützen?«

»Nun, meiner würde das tun, wäre ich in Bedrängnis.«

»Das heißt, er kommt nach Ihnen. Kompliment!«

»Und Ihrer, wenn ich fragen darf? Er wurde doch Unternehmer wie Ihr Gatte, der Conte?«

»Ja, er kommt sehr nach meinem Mann«, sagte sie mit einem Schmunzeln. Gardella verstand die Pointe in der Sekunde.

Ja, so war es zwischen ihnen, und zwar seit ihrem allerersten Treffen auf der Baustelle des Möwenhauses vor gut vier Jahren.

Jedes Mal, wenn sie sich seither zufällig auf Le Zattere oder in der Calcina begegnet waren, wo Gardella an den Tagen, an denen er an der hiesigen Universität unterrichtete, gern zu Mittag aß, hatten sie sich wie verflossene Geliebte begrüßt, auch wenn sie untereinander nie mehr als einen Handkuss ausgetauscht hatten.

Jedes Mal hatte Margherita sich gedacht: »Wie schade, dass dieser Mann so gut verheiratet ist.«

Sein Leben schien in vernünftig geordneten Bahnen zu verlaufen, das war an der Gelassenheit jeder einzelner seiner Bewegungen ablesbar.

Sie stieß mit ihm an.

»Ich freue mich sehr, Contessa, dass Miss Guggenheim diesen kleinen Lunch heute arrangiert hat. Und umso mehr über ihre übliche Verspätung, denn so darf ich endlich …«

»Kurz in meine Augen schauen?«

»Das würde ich nie wagen«, wurde er einen winzigen Augenblick lang rot. »Die Smaragdaugen der Contessa Margherita haben sich bis nach Mailand herumgesprochen.«

Die Finesse dieser Antwort brachte Margherita spontan zum Lachen, sie musste an die Via Donizetti denken und an die dort wohnende, sicherlich sehr distinguierte Nino-Geliebte …

Welche Augen hatte die?

Und wer wusste, wie ihr Sohn, der Luigis Halbbruder war, sich inzwischen gemacht hatte?

»Nein, Contessa«, räusperte Gardella sich, »ich wollte sagen: So darf ich Ihnen endlich von meiner Überraschung berichten.«

Giuseppe kam mit dem Aschenbecher.

»Der Architetto hat eine Überraschung für uns«, raunte Margherita ihm zu.

»Für la Contessa più bella bitte nur die angenehmsten Überraschungen!«

»Selbstverständlich, Giuseppe, der Champagner geht heute übrigens auf mich. Ich bin nämlich in der Plenarsitzung von letzter Woche zum ordentlichen Professor der Universität Venedig ernannt worden.«

»Grandioso! Kompliment, Professore! Ich werde dem Herrn Rektor unserer Architekturfakultät, der hier ja Stammgast ist, bei der nächsten Gelegenheit persönlich gratulieren. Endlich beruft er einen fähigen Mann!«, stellte Giuseppe sich schön gerade hin.

»Eine neue Herausforderung, ja, die mir erlauben wird, meine zwei besten Assistenten von Mailand mit in die Stadt zu bringen. Sie werden sie heute kennenlernen.«

»Evviva meinem Möwenhaus-Architekten!« Margherita lehnte sich auf ihrer Eckbank zurück. Dieser Moment war ein Genuss. Die Muratti, die Stimmung in der Bar, Gardellas rehbraune Augen. Es lag heute ein Glanz in ihnen, der ihr neu war.

»Und das war noch nicht alles, Contessa. Gleichzeitig ging eine seit Langem ausstehende Baugenehmigung der Stadt Venedig bei mir im Atelier in Mailand ein. Sie müssen wissen, Ihr Möwenhaus hätte noch ein Geschoss mehr haben sollen, das mir aber seitens der Denkmalbehörde versagt wurde. Zu Recht, gebe ich zu, es hätte sich in der Fassadenlinie der Fondamenta allo Spirito Santo doch allzu dominant ausgenommen. Mir blieben also einige Kubikmeter verbaubarer Raum.«

»Verbaubarer Raum?«, hauchte sie mit tiefer Garbo-Stimme.

»Verzeihen Sie, ich behandle Sie schon wie einen Kollegen!«, musste er schmunzeln. »Will heißen, genehmigte Wohnfläche, die ich jetzt anderswo auf dem großen Gartengrundstück der Augustinerinnen unterbringen kann.«

»Ah, wir bekommen ein Nachbarhaus am Ende der Calle dello Zuccaro auf dem Campiello del Figher wo jetzt die Feigenbäume stehen?«

»Präzise, Contessa. Was sagen Sie dazu?«

»Eine wunderbare Lage, inmitten der Gärten! Es muss dort herrlich still sein, die Calle dello Zuccaro ist ja eine Sackgasse. Nur die Möwen wird man hören.«

»Oh ja, die Möwen sind überall.«

»Steht dann eine Etage zum Verkauf? Ich würde sofort umziehen.«

»Erst muss ich das Haus einmal errichten! Ich dachte an reine Backsteinfassaden, die ergänzen die bestehenden Hofbauten um das Campiello besser als der Pfirsichputz des Möwenhauses.«

»Mit feinen weißen Marmorbalkons und Terrassen?«

»Und ebenso weißen, raumhohen Fenstern.«

»Ich sehe schon, Gardella, ich habe keine Chance. Sie werden in diesem Gartenhaus selbst wohnen wollen.«

»Wie können Sie …?«

»Das erahnen? Sie müssen sich nur ansehen, die Vorfreude darauf steht Ihnen auf die Stirn geschrieben.«

»Nun denn«, er stieß erneut mit ihr an, »auf das Gartenhaus! Wissen Sie, ich werde doppelt so viel Zeit wie bisher an der Universität verbringen müssen. Also kann ich die zweieinhalb bescheidenen Etagen, die das Haus zählen wird, nicht alle vermieten, wie ich es ursprünglich geplant hatte.«

»Natürlich, Sie brauchen jetzt hier in Venedig ein Dach über dem Kopf.«

»Nehmen Sie mich zum Nachbarn?«

Es stellte sich ein Moment gespannten Schweigens ein.

Margherita blickte durch die Bar. Auf den Gesichtern der Gäste stand der Zauber, der wohl von ihrem kleinen Ecktisch ausging.

»Sie sind unschlüssig, wie ich sehe«, kräuselte Gardella gespielt enttäuscht den Mund und sah plötzlich um zwanzig Jahre jünger aus. »Wie kann ich Sie überzeugen? Lassen Sie mich einen Vorschlag machen: Ich ziehe ins Hochparterre, das keine Terrassen hat, dafür aber einen kleinen … Garten? Dann hätten Sie, gleich im Anschluss an Ihren Möwenhaus-Innenhof, mehr Raum für Ihre Küchenkräuter und Ihre geliebten Kamelien?«

»Ich habe eine verlässliche Zugehfrau, Irma, sie war einst das Kindermädchen meines Sohnes. Wenn Sie möchten, kann sie das Gießen übernehmen, wenn Sie über die Semesterferien in Mailand bleiben.«

»Abgemacht, Contessa! Der Garten gehört Ihnen!«

Die Flügeltüren des Eingangs neben dem Tresen wurden jetzt von außen geöffnet, und wie immer wehte der Meerwind aus der Calle Vallaresso durch den ganzen Raum, bis in den letzten Winkel der Bar. Peggy stürmte herein, gefolgt von zwei jungen Begleitern.

Sie trug einen bodenlangen weißen Nerz über einem apfelgrünen, für ihre Figur viel zu engen Jerseykleid und knallroten Wollstrümpfen. Die Haare hatte sie sich in diesem Herbst schlohweiß färben lassen, weil sie dachte, das mache sie jünger. Leider geriet die Nuance bei ihrer von Haus aus ebenholzschwarzen Mähne immer leicht lila, ein Ton, der sich mit dem Nerzweiß, doch erst recht mit dem Apfelgrün ihrer Robe und dem Tomatenrot ihrer Strümpfe stach.

Sie blieb ihrer Sonnenbrillenmanie auch im Winter treu. Heute trug sie eines ihrer Fledermausmodelle, die sie bei Edward Melcarth in New York maßanfertigen ließ. Der Ton war bei dem strahlenden Tag draußen und den Farben ihrer sonstigen Mise kaum zu erklären: Der Rahmen der Brille war trauerschwarz, die Gläser fliederfarben.

Man konnte nicht sagen, dass Gardella aufsprang, als er sie eintreten sah. Eher ließ er den Guggenheim-Tross gemächlich näher kommen und stützte sich derweil leger auf die Armlehnen seines Sesselchens, jederzeit zum Aufstehen bereit. Er wusste genau wie Margherita, dass die Begrüßung zunächst Giuseppe zustand, der seit der Eröffnung seiner Bar für jede seiner Stammkundinnen eine eigene Ouvertüre komponiert hatte, die sich, einmal als stimmig erwiesen, genau wie bei den besten Intendanten in hundert Jahren nicht änderte.

»La dolce Miss Guggenheim!«

Bei Peggy machte er keinen mozartschen Diener, sondern bäumte sich, klein gewachsen, wie er war, vor dem Feind auf wie der tölpelhafte wagnersche Siegfried.

»Cipriani dearest«, entgegnete sie säuselnd.

»Sie haben uns verlassen?«

»Gestern Abend nach Mitternacht.«

»Doch Sie lieben uns noch?«

Darauf antwortete sie nie, stattdessen warf sie ihren Nerz so unelegant, wie sonst nur Marilyn Monroe das vermochte, in hohem Bogen von sich. Er landete jedes Mal gezielt in Giuseppes Armen. Glücklicherweise hatte Peggy heute ihre Hunde zu

Hause gelassen. Die drei Lhasa Apsos stoben sonst, ungezogen, wie sie waren, durch die ganze Bar und schleiften mit ihren losen Leinen alle Arten von Handtaschen und Wollschals bis an Margheritas Ecktisch.

Giuseppe kam also mit der weltbekannten Peggy Guggenheim auf sie und Gardella zu, und in der Bar lag kein erwartungsvolles Schweigen mehr, wie seit sie beide angekommen waren, nein, jetzt war der Raum totenstill.

Gardella erhob sich und verbeugte sich vor Peggy, zum Handkuss bereit. Die aber nuschelte nur ein: »My pleasure, love«, drängelte sich an ihm vorbei und ließ sich mit einem allseits hörbaren Seufzer neben Margherita auf die Eckbank fallen.

Gardella blieb stehen und stellte seine beiden Assistenten vor, die sich, ohne Mäntel und nur mit Hut und Wollschal ausgerüstet vor Margherita aufgestellt hatten.

»Contessa, darf ich Ihnen die zwei größten Hoffnungen der kommenden Generation vorstellen? Gregotti, kommen Sie her!«

Gregotti musste Mitte dreißig sein, wirkte aber älter, da er einen Vollbart à la Hemingway trug. Als er ihr ohne Verbeugung oder Handkuss schlicht die Hand gab, fiel ihr auch auf, dass er keine Jacke, geschweige denn einen Anzug trug, sondern einen nachtblauen Seemannspullover.

Nun gut, wenn Peggy das akzeptierte, die ihn hier eingeladen hatte?

»You shall know, Mamy love, dieser Jungstier hier hat, wie er mir eben im Museum erzählte, schon bei Auguste Perret in Paris gearbeitet! Und kürzlich hat man ihn zum CIAM nach London eingeladen, wo er vor den Vorkriegshelden der Architekturmoderne, van der Velde, Arup und den Gropius, seine theoretischen Schriften vortragen durfte.«

»Ah, Walter und Ise Gropius sind entzückende Menschen! Ich hatte die Freude, sie vor Jahren in Deutschland kennenzulernen, kurz bevor sie auswandern mussten«, bestätigte Margherita. »Sie schreiben also, Gregotti? Oder bauen Sie?«

»Möglichst beides, Signora. Allerdings geht Schreiben, wenn man jung ist und erst erste Bauherren finden muss, wesentlich leichter.«

»Sie sprechen mit der Contessa Revedin, Gregotti, ich darf schon bitten, dass Sie das ›Signora‹ unterlassen«, zischte Gardella ihn an.

»Contessa natürlich, mi scusi, Professore.«

In diesem Moment zog Peggy Gregotti an seinem Seemannspullover auf den Stuhl neben sich, es stand also nur noch ein junger Mann vor Margherita im Raum. Er trug einen mittelgrauen Schurwollanzug, dem man ansah, dass er noch vor ein paar Tagen auf der Stange eines Mailänder Warenhauses gehangen haben musste. Doch zu diesem unaufregenden Anzug hatte er ein schönes, weißes Piquet-Hemd und eine tadellose schwarze Strickkrawatte kombiniert. Er war zwar schmächtig und gegen seinen smarten Professor eine eher unauffällige Erscheinung, doch seine Augen waren von großer Tiefe.

Margherita sah ihn direkt an, und er wandte den Blick nicht ab.

»Contessa, Miss Guggenheim, es ist mir eine Ehre, Sie kennenzulernen, und ich danke unserem Professore für diese Gelegenheit. Ich heiße Aldo Rossi, Meisterklasse 1959.«

Er verstummte und blieb so stehen, wahrscheinlich wusste er nicht, ob es ihm zustand, die Hände der Damen zu küssen. Also hielt er die eigenen Hände verschränkt hinter seinem Rücken und deutete mit dem Kopf eine Verbeugung an.

»Sehr schön, Rossi«, half ihm Gardella. »Ladies, Sie sehen, diese neue Generation kommt nicht mehr aus den großen Städten und den Akademikerfamilien, wie es mir noch vergönnt war. Herkunft spielt heute, nach den zwei großen Kriegen, kaum mehr eine Rolle.«

»Haltung aber schon, und die zeigt dieser Junge hier«, warf Margherita lächelnd ein und wies Rossi, der ihr spontan sympathisch war, den Sessel zu ihrer Rechten zu, so dass Gardella, von seinen Assistenten eingerahmt, den Damen gegenüber Platz nehmen konnte.

Da Peggy nichts zu Rossis Werdegang sagte, offensichtlich gedachte sie, hier nur den Seebären Gregotti zu verkaufen, ergänzte Gardella: »Dieser Junge hier ist schon seit beinahe zehn Jahren Redakteur unserer fortschrittlichsten Architekturzeitung, der Mailänder Casabella. Zudem schreibt er an einer Gesamtstudie zur Entwicklung unserer Städte in Bezug auf den Charakter jedes Ortes.«

»*L'architettura della città*«, warf Rossi leise ein und beugte sich dazu zu Margherita über den Tisch.

»Oh, gleich zu Beginn ein Standardwerk? Sie wagen etwas! Was lernen wir denn aus Ihrem Buch?«, fragte Margherita.

»Meine Architektur der Stadt will unser Metier wieder auf die Ressourcen eines Ortes besinnen. Die falsch verstandene ›internationale‹ Moderne hat ja allen Boden unter den Füßen verloren, dabei müssen wir, wie schon Vitruv sagte, zunächst einen Ort studieren, seine Geographie, seine Geologie, sein Klima, seine Geschichte, seine Archetypen ...«

»Klug«, stimmte ihm Margherita nach kurzem Nachdenken bei, »über die Archetypen berühren Sie die Seele der Menschen, nicht? Wir leben mit Symbolen, wir träumen in Symbolen ...«

»Abgesehen von seiner schönen jungschen Theorie gewann er aber gerade auch zwei Gestaltungswettbewerbe«, ergänzte jetzt Gardella. »Er wird das Widerstandskampf-Denkmal in Cuneo und den Brunnenplatz von Segrate bauen.«

In diesem Moment erschienen Giuseppe und Ruggero mit drei weiteren randvollen Kelchen Champagner für Peggy und die jungen Architekten.

»Und deshalb sind wir hier«, klinkte sich Peggy wieder in

die Unterhaltung ein. »Lasst uns die Jugend feiern! Cheers, my friends!«

Sie stießen alle miteinander an. Margherita vollendete ihren Trinkspruch, sie konnte nicht anders, im Stillen zu: »Lasst uns die Jugend feiern, die ihr Handwerk lernt.«

Natürlich dachte sie dabei an Luigi und seine Herumwanderei in der heutigen beinharten Geschäftswelt. Doch eigenartig, angesichts dieser profund ausgebildeten jungen Leute wurde dieser Gedanke ihr plötzlich leicht.

Sollte Luigi doch sein, wie er war!

Sollte er doch der Träumer bleiben, den er schon als Kind abgegeben hatte, unfassbar, ungreifbar, doch immer wieder … überraschend.

»Was trugen Sie denn vor dem Ehepaar Gropius vor, Gregotti?«, wandte sich Margherita jetzt nach links, an Peggy vorbei. Sie war auf Gardellas Talente ehrlich neugierig.

»Dass wir heute zur ethischen Mission der Zwischenkriegszeit zurückkehren müssen! Die Gropius kämpften mit ihrem Bauhaus ja für eine Architektur im Dienst einer sich rasend verändernden Gesellschaft.«

»›Architektur soll nicht aufregen, sondern dauern‹, haben wir bei unserem Professor gelernt«, ergänzte Rossi. »Allein Le Corbusier diktierte ja, dass die Form bestimmten Gebrauchsfunktionen folgen müsse. Dabei ist die Form doch seit jeher die dauerhafte Konstante der Gestaltung. Wie viele Funktionen finden Raum in der gleichen Form?«

»Und was in seinem innersten Wesen schön ist, ist ohnehin funktional«, stellte Gardella leise in den Raum.

»Wie wahr, Maestro!«, entfuhr es Margherita, sie reichte dabei kurz und ohne nachzudenken über den Tisch und berührte Gardellas Unterarm.

Der sah zu ihr auf. Sein Blick ruhte einen Atemzug lang in ihren Augen.

Eigenartig, Margherita wurde warm, doch es war ihr, als hätte sie diese Wärme schon oft gespürt, sie überraschte sie nicht.

»Magnifico!«, wandte sie sich jetzt an Peggy, »ich bin hingerissen von deiner Tischrunde! Was wird denn anstehen, Professore, wenn Sie jetzt mit diesen beiden Talenten in Lehre und Forschung am uralten Stadtkontext von Venedig arbeiten?«

Gardella wandte sich zunächst an Rossi.

»Wir müssen die heutigen Bedürfnisse erkunden«, war der gut vorbereitet, »die Stadt muss wieder für alle bewohnbar werden, für alle Schichten, für alle Alters- und Beschäftigungsgruppen, wie es schon Max Weber zu Beginn des Jahrhunderts von uns Architekten verlangte.«

Gardella nickte zufrieden, dann wandte er sich Gregotti zu.

»Venedig ist glücklicherweise nicht total planbar«, begann Gregotti, »wie sich das Monsieur Le Corbusier in seiner kolonialistischen Großmannssucht so erträumte. Tabula rasa war gestern, heute müssen wir das, was wir vorfinden, weiterentwickeln.«

»Zum Beispiel?«, fragte Margherita.

»Die Anbindung der Inseln«, hatte Rossi eine erste Antwort parat.

»Ah, die Lagunen-Metro von Nicolò Spada? Das geniale Projekt von 1911?«

»Sie erinnern sich an dieses Projekt, Contessa?«, war Rossi überrascht.

»Ich bin alt genug, aimé. Der Corriere della Sera titelte damals: ›Un tunnel subacqueo – da S. Marco alla Giudecca e a Quattro Fontane di Lido – da Venezia al Lido in quattro minuti e mezzo.‹«

»In dieser Lagunenbahn, Miss Guggenheim«, erklärte Rossi zu Peggy gewandt, »hätte man in einer Fahrzeit von viereinhalb Minuten die Giudecca und den Lido vom Markusplatz aus erreicht. Ein magisches Dreieck, nicht? Und sind die Giudecca und der Lido mit all ihrem wertvollen Freiraum nicht die idealen Ansiedlungsorte für den sozialen Wohnbau? Für alle Einrichtungen, die die einfache Bevölkerung dieser Stadt dringend benötigt, Schulen, Sportanlagen, Kliniken, Märkte, Werkstätten, Leichtindustrie ...«

»Erinnern Sie sich an unser Gespräch gerade vorhin in Ihrem Museum, Peggy?«, ergänzte Gregotti, »Sie sagten, Sie sähen Kunst als kollektives Engagement. Ich antwortete, wir sehen Architektur als kollektive Kunst.«

Margherita warf Peggy einen Seitenblick zu.

Sie ließ sich von diesem jungen Nachwuchsarchitekten »Peggy« rufen?

Doch sie hatte keine Chance, Peggy himmelte diesen Gregotti an: »Architektur als kollektive Kunst ... That's amazing, das muss ich mir merken«, säuselte sie vor sich hin, »und überhaupt, Vittorio, haben Sie meine Zigaretten eingesteckt?«

In Ermangelung einer Jacke musste Gregotti die Zigarettenschachtel unter seinem Pullover aus der Hemdtasche hervorkramen, also war Gardella schneller. Er reichte seine Murattipackung einmal um den Tisch und gab Peggy und Margherita mit einem hinreißend schlicht geformten Silberfeuerzeug Feuer.

»Solche Feuerzeuge entwerfen Sie selbst?«, fragte Margherita zu ihm hinüber.

»Sehr wohl. Ich mache neben der Architektur ein wenig Möbel- und Industriedesign mit meinem Mailänder Freund Gigi Caccia Dominioni.«

»Und Sie produzieren das? Ich meine industriell?«, klinkte sich Peggy ein.

»Noch nicht.«

»Sollten Sie aber!«

»Danke, Miss Guggenheim.«

Ruggero kam mit einer neuen Runde Champagner und fragte, ob die Herrschaften schon zu bestellen gedachten.

»Wir lassen uns von Giuseppe überraschen«, bekam er von Peggy zur Antwort, »denn wir sind heute sehr beschäftigt. Diese beiden jungen Herren planen gerade die Zukunft Ihrer Stadt.«

Ruggero zog sich kopfnickend zu seinem Tresen zurück.

»Die Anbindung der Inseln als Arbeits- und Lebensraum, also. Sehr gut. Und weiter?«, wollte Margherita jetzt von Rossi wissen.

»Ist Ihnen bewusst, Contessa, wie viel an einst belebter Innenstadt heute ungenutzt leer steht? Siebzig Prozent.«

Es stellte sich ein Augenblick des Schweigens ein, in dem alle rauchten.

»Und der Denkmalschutz lässt in Zukunft keine Veränderung des Stadtbildes mehr zu. Wir müssen also neu nutzen, umnutzen, nachverdichten.«

»Zum Beispiel wo?«

»Sie wohnen auf der Fondamenta allo Spirito Santo, nicht? Ab der ersten Brücke in Richtung der Punta della Dogana steht alles leer. Das ehemalige Salzdepot, die ehemaligen Zollhallen, in denen einst die gesamten Reichtümer dieser Stadt lagerten: leer! Dann die riesigen Gebäudekomplexe der ersten Industrieansiedlungen des 19. Jahrhunderts, ihnen gegenüber die Stucky-Mühle und die Fortuny-Weberei am Ende der Giudecca, die Baumwollwebereien des Cottonificio, gleich vor den Docks der Marittima, dem Stadthafen: leer! Um gar nicht erst vom Ostende der Stadt zu sprechen, dem Arsenalegebiet, dessen Schiffsbau und Waffenproduktion die venezianische Republik zur herrschenden Seemacht des Mittelmeers gemacht hat: leer! Beim Arsenale sprechen wir von einem Fünftel der Stadtfläche.«

»Kurzum, Contessa, diese beiden Talente hier träumen von einer Architektur-Biennale, und deshalb bat ich Miss Guggenheim, sie Ihnen vorzustellen«, resümierte Gardella jetzt.

»Ja, in Biennalen und Filmfestivals kennt diese First Lady sich bestens aus«, pflichtete Peggy Gardella bei.

Margherita dachte währenddessen über die Idee einer solchen Architektur-Biennale nach.

»In einem solchen Format würden Sie nicht wie die Kunst in Abbildern arbeiten oder wie der Film in Projektionen, sondern eins zu eins, in einer Schritt für Schritt, Jahr um Jahr durchgeführten Wiederbelebung verschiedener toter Gebäude, ja ganzer Viertel der Stadt?«

»Sie versteht uns aufs Wort«, bestätigte Gregotti.

»Danke Contessa!«, schloss Gardella, »ich sehe, die jungen Herren hier schreiben Ihre Kommentare im Geiste schon mit.«

33

Giuseppe kam mit einem klappbaren Beistelltisch aus der Küche und baute ihn neben ihrem Ecktischchen auf.

Margherita beobachtete ihn gern bei der Arbeit, man sah an jedem seiner präzisen Handgriffe, wie sehr er seinen Beruf liebte. Jedes Lob brachte ihn auf neue Ideen, und natürlich auch illustre Gäste wie die dieser Tischrunde heute. Bevor er zurück in die Küche ging, um sein Gericht wie üblich in einer kupfernen Servierpfanne hereinzutragen und dann mit großer Zeremonie auf den einzelnen kleinen Barteller zu servieren, machte er eine Runde um die drei Architekten herum und trat neben Peggy an die Eckbank.

»Miss Guggenheim, darf ich schon servieren?«

»Sie wissen, ich lasse Sie machen, Cipriani.«

»Mein neuer Koch wäre so weit. Lucia, Sie wissen ja, meine alte Köchin, bettelt seit Jahren um einen Gehilfen. Jetzt hat sie den jungen Enrico zum Lehrling, gerade einmal zwanzig, und er gibt sich solch eine Mühe! Heute hat er zu Ehren der Contessa eine Variation ihrer Lieblingsscampi ausprobiert, ideal für kalte Wintertage.«

»Und zwar?«

»Überraschung!«

»Caro Cipriani«, warf Gardella jetzt ein, »darf ich Ihnen zuvor kurz meine künftigen Assistenten hier an der Universität vorstellen? Ich hoffe ja, dass die beiden sich nie bei Ihnen blicken lassen werden, denn sie sollen arbeiten, nicht trinken. Doch man weiß ja nie. Gregotti hier zu meiner Rechten reist gern durch die Welt und liebt hübsche Mädchen, Rossi zu meiner Linken liebt Literatur, Musik, den Film. Beide lieben sie, wie ich, Ihre Stadt.«

»Es gibt keine bessere Art, die Architektur einer Stadt begreifbar zu machen, als den Film«, sagte Giuseppe trocken, als hätte er sich nie mit etwas anderem beschäftigt.

»Das Licht einer Stadt, ihre Farben, ihre Verse, ihre Melodien ...«, ergänzte Rossi.

»Unbedingt!«, sah Cipriani ihn direkt an. »Ihr Professore kennt Luchino Viscontis Filmprojekt zu Thomas Manns *Tod in Venedig* ja bestens, wie ich weiß. Und durch welche zwei Künste plant Visconti die Architektur Venedigs auszudrücken? Durch die Literatur, durch die Musik ...«

»Ja, wie auch schon in *Sehnsucht*«, ergänzte Gardella erfreut.

»Sie kennen sich aus, Cipriani! Nur plant er diesmal, noch realer zu werden. Er will konkrete, wiedererkennbare Orte nutzen, wahrscheinlich das Hotel Des Bains, wo Mann ja tatsächlich logierte. Des Weiteren will er uns die zu jener Zeit, in den 1910er-Jahren, populären Komponisten nahebringen, Mahler, Mussorgski, Beethoven. Neorealismus in seiner sublimsten Form!«

»Und erst Fellini und sein Casanova-Projekt!«, warf Gregotti ein.

»Es wird schwierig sein, Casanovas ellenlange, selbstherrliche *Histoire de ma vie* in einen einzigen Film zu packen«, zeigte Cipriani sich vom Mythos Casanova wenig begeistert.

»Selbstbeweihräucherung gefällt dem breiten Publikum leider mehr, als man immer hofft«, sinnierte Margherita leise über den Tisch, während Peggy gleichzeitig »I love Casanova!« durch den Raum posaunte. Man musste es bis auf die Calle hinaus hören.

Sie schüttelte ihr leeres Glas, das Giuseppe ihr umgehend abnahm und in die Luft hob. Dabei sandte er Ruggero einen tadelnden Blick an die Bar.

»Fellinis Film wird in Venedig beginnen, nehme ich an?«, wollte Margherita jetzt von Gregotti wissen.

»Ja natürlich, im Venedig des Settecento, beim Karneval«, erklärte er, sichtlich vom Plot jenes Drehbuchs angetan. »In den wilden Wochen des Carnevale, in denen sich die Grenzen zwischen den Klassen aufheben, treibt Casanova es mit den Aristokratinnen, genauso wie mit den armen Stickerinnen, den Fischer- und den Marktfrauen und, mit besonderem Genuss, den Nonnen.«

»Sobald das Filmprojekt Formen annimmt, kann ich gern mit den damals üblichen Karnevalsgerichten beitragen«, sagte Giuseppe jetzt plötzlich ganz ernst.

»Sie haben recht, Giuseppe«, erwiderte Margherita ebenso ernst. »In der Folge eines solchen Films, der die schöne Tradition des Karnevals wieder aufleben läßt, soll jeder der wenigen noch in der Stadt lebenden Venezianer sich einbringen. Endlich hätten wir eine fünfte Jahreszeit, in der wir uns wieder ›unter uns‹ treffen könnten, auf den Gassen, auf den Plätzen, in den Palais, auf den Altanen! Wir haben uns ja in den letzten Jahren zu unbezahlten Komparsen eines Massen-Stadttheaters degradieren lassen.«

»Für den globalen Geldadel«, ergänzte Gregotti. »Mit mangelhafter Kenntnis in Geschichte und Geographie.« Er hatte einen ätzenden, aber treffenden Humor.

»Einer, der unseren ausgestorbenen Karneval genau wie Sie zu lieben scheint, Contessa, ist übrigens Ihr Sohn«, warf Giuseppe jetzt ein. »Wenn er sich hier, zwar selten, aber doch, mit meinem Sohn Arrigo auf ein Glas trifft, vergleichen die beiden meine Gäste mit den alten Karnevalsfiguren der Commedia dell'Arte. Das haben sie schon als Jugendliche trainiert, und dieser Sport ist ihnen geblieben. Sie messen sich darin, wer die Charaktere besser nachmacht. Die Mimik, den Tonfall, die Körpersprache ...«

»So?«

»Luigi erzählt dazu oft und gern, wie Sie einst vor dem Stadtkrankenhaus standen, das muss gewesen sein, als er noch ein kleiner Junge war und sich die Pocken eingefangen hatte, nicht? Wohl warteten sie beide noch auf die Diagnose, und Sie, Contessa, haben ihm beim Warten die Schutzheiligen der Dominikanerkirche San Giovanni e Paolo erklärt, die wir Venezianer ja im Dialekt ›Zanni‹ und ›Polo‹ nennen. In Verbindung mit dem ›Zanni‹ müssen Sie ihm damals erstmals von den Karnevalsfiguren aus der Commedia dell'Arte erzählt haben, dem Zanni eben, dann der Colombina, dem Arlecchino, dem Dottore, dem Pantalone … bis hin zu Brighella, dem Capitano, und dem belesenen Pulcinella, unserer ›lebendigen Zeitung‹, wie Goethe ihn nannte.«

»Ach«, war Margherita entwaffnet und schaute zu ihm auf. Sie wusste intuitiv, auf wen Giuseppe mit der Figur des Pulcinella anspielte. Er machte in der gleichen Sekunde eine Andeutung seines mozartschen Dieners und raunte: »La nostra Contessa più bella.«

Am kleinen Ecktisch herrschte kurz Stille.

In diese Stille hinein sandte Peggy Margherita einen nie gesehen sanften Seitenblick.

Giuseppe fand als Erster wieder Worte, in dem er sich vor Peggy geraderichtete: »Auf den Karneval also, Miss Guggenheim? Einer unserer begabten Filmkünstler wird ihn schon neu erfinden, und wir tragen dann alle, versprochen, dazu bei! Die Köche, die Schneider, die Maskenmacher, die Musiker, die Dichter, die Architekten. Und ebenso bitte … unsere größte Mäzenin?«

Er sah sich geübt in seiner kleinen Bar um. Jeder einzelne der Gäste folgte der Szene gebannt.

»Sehen Sie nämlich, ich dürfte Ihnen diese kleine Tischrunde heute genau genommen gar nicht verrechnen. Denn fällt Ihnen auf, dass alle anderen Tische weit über das Notwendige hinaus sitzen geblieben sind und weiter … trinken? Selten schenken wir an einem Sonntagmittag so viele Digestifs aus und servieren unseren ganzen Tortenvorrat. Und warum das? Alle hier lauschen Ihren interessanten Gästen!«

»Wir können gern bis heute Abend hier sitzen bleiben, Cipriani, wenn wir nur endlich etwas zu trinken und zu essen bekämen.«

»Ich eile, Miss Guggenheim!«

Auf dem Weg in die Küche streifte er ganz nahe an Margherita vorbei und flüsterte ihr zu: »Ihr Sohn kommt übrigens ausgerechnet heute Nachmittag hier vorbei. Er hat sich mit Arrigo zum Fußballspiel verabredet, Sie wissen, die beiden sind große Anhänger unseres venezianischen Serie-B-Teams. Sie gehen dann um vier los nach Sant'Elena.«

Margherita wusste darauf nichts zu sagen. Sie konnte nur nicken, es war ihr plötzlich eiskalt. Sie bat Gardella um eine weitere Zigarette und sah beim Anstecken, wie ihre Rechte zitterte.

Doch da war dieser Duft!

Die Bar wurde von einem Moment zum anderen zu einem orientalischen Bazar, denn Giuseppe kam mit seiner Kupferpfanne aus der Küche zurück und begann, die neue Scampi-Kreation seines Nachwuchskochs auf den Teller anzurichten.

Luigi, rekapitulierte Margherita, während sie das ungewohnte Parfum durch die Nase einzog, erinnerte sich also noch heute an jenen Morgen auf dem Campo San Giovanni e Paolo, an dem sie über seinen möglichen Beruf gesprochen hatten?

Und über eine mögliche Renaissance des Karnevals?

Vielleicht stände er um kurz vor vier Uhr, in kaum einer halben Stunde, hier vor ihr.

Sie hatten sich seit seiner Hochzeit in diesem Frühjahr nur drei- oder viermal gesehen, und das sehr flüchtig. Weder hatte

Margherita je die Wohnung des jungen Paares in San Marco besucht, ihre letzte Immobilienreserve, die sie Luigi zur Hochzeit überschrieben hatte, noch waren sie je in ihr Möwenhaus zu Besuch gekommen.

Luigi versteckte seine junge Frau vor seiner Mutter, wer weiß, aus welchem Grund. Nur von Giuseppe hatte sie im Sommer erfahren, dass Arrigo erzählt habe, dass das »Kind«, wie sie diese noch nicht volljährige Goldschmiedstochter aus Canareggio anscheinend bei sich in der Familie nannten, inzwischen wohl schwanger sei.

Margherita hatte Luigi natürlich gleich dazu befragt, doch der war ihr wie immer ausgewichen.

Vielleicht und wenn das stimmte, sie durfte ja wohl noch hoffen, würden sie also gemeinsam Weihnachten verbringen?

Es fehlten nur noch zwei Wochen bis dahin. Sie würde Luigi gleich heute Abend ein Billet schreiben und die beiden einladen, käme es hier und heute nicht zu einer zufälligen Begegnung.

Auf keinen Fall würde sie auf einen gemeinsamen Abend bestehen. Sie würde nur einladen, mehr nicht, vage, wie Luigi es liebte. Sie dürfte sich in keiner Weise aufdrängen.

Giuseppe servierte zunächst Peggy und ihr, dann den Architekten. Der junge Enrico hatte eine scharfe Currybasis für Margheritas geliebte Scampi erfunden, denen Giuseppe einen großzügigen Klecks Mangochutney auf den Tellerrand beigab.

Margherita genoss den herben Geruch zunächst für eine ganze Weile, bevor sie zur Gabel griff. Ihr kleines Dîner beim allerersten Filmfestival im Sommer 1932 kam ihr in den Sinn, bei dem ihre Gäste genauso verzaubert die Gerüche der Duftkräuter eingeatmet hatten, dann die der Gemüse, der Käse und der fruchtigen Desserts. Schließlich Jean Patous *Joy* aus Rosen, Jasmin und Tuberosen.

Gerüche bleiben uns in Erinnerung, viel präziser als Geräusche, Blicke oder Berührungen. Das hatte sie in Venedig gut gelernt.

34

Als Giuseppes Sohn Arrigo in die Bar kam, um Peggy und Margherita zu begrüßen, waren sie schon beim Kaffee angelangt. Die Architekten würden bald aufbrechen, sie mussten noch am Abend nach Mailand zurück, und der Schnellzug von Santa Lucia ging um 18 Uhr.

Der junge Arrigo machte die Runde, zunächst Peggy und Margherita begrüßend, die er von Kind auf kannte, dann den Professore und seine Assistenten. Er stellte sich mit einem gewissen Abstand an ihren Tisch, wahrscheinlich um unmissverständlich klarzumachen, dass er nicht zum Personal der Bar gehörte. Der Junge hatte sich schon in der Mittelschule gewünscht, nicht im Familienbetrieb mitzuarbeiten, sondern vielmehr Jurisprudenz zu studieren und eine Karriere als Rechtsanwalt einzuschlagen. Giuseppe hatte diesen ehrgeizigen Plan von Anfang an unterstützt. Dennoch trug Arrigo allein durch seinen höchst seltenen Vornamen, der italienischen Form von »Harry«, die Familiengeschichte der inzwischen berühmtesten Bar Europas tagtäglich mit sich. Er kam nur selten von seiner Universität in Padua nach Hause, eigentlich, wie Giuseppe ab und an sichtbar enttäuscht erwähnte, ausschließlich an den raren Sonntagen, an denen, wie heute, das hiesige Fußballteam ein Heimspiel im Stadion von Sant'Elena bestritt.

»Contessa, come sta? La vedo benissimo!«, Sie sehen blendend aus, fand jetzt der junge Cipriani zu Margherita einen Satz mehr zu sagen als zu Peggy und den Herren.

Das war für einen jungen Mann von dreißig Jahren sehr

charmant, fand Margherita, und sie fragte zurück: »E te, Arrigo, wie laufen die Studien?«

»Viel zu gut, ich beginne im nächsten Frühling mit dem Gerichtsjahr.«

»Bravo, mein Junge!«

»Dieses Jahr hatte ich jeden Monat Endexamen«, er fasste sich dazu an den Kopf, als ob er rauche, »ich war also kaum je zu Hause.«

»Doch heute bist du hier, zu einem deiner geliebten Fußballspiele!«

»Saisonendspiel, dann kommt die Weihnachtspause. Das durfte ich nicht verpassen.«

»Habt Spaß ihr beiden!«

»Wer beiden, Contessa? Ich gehe allein, leider, mein Vater macht ja bis abends hier durch.«

»Ich dachte, Luigi käme?«

»Leider doch nicht. Er hinterließ bei meiner Mutter zu Hause eine Nachricht, er müsse überraschend in die Klinik.«

»Klinik?«, fragte Peggy dazwischen. »Es gibt in diesem ganzen Dorf nur ein einziges Krankenhaus, und das hat den Namen ›Klinik‹ in keiner Weise verdient. Eher ein Museum, würde man sagen, in fragwürdigem Zustand …«

»Ist etwas passiert?«, fragte Gardella ernst.

»Er bringt das Kind, oder, verzeihen Sie bitte, so nennen wir sie bei uns in der Familie, ein dummes Versehen, ich wollte natürlich sagen, er bringt seine junge Frau in die Klinik an den Lido.«

»An den Lido?«, fragten Peggy, Margherita und Gardella gleichzeitig. In diesem Augenblick stieß auch Giuseppe dazu und fragte sehr leise, denn dies war kein Thema, das seine amerikanischen Gäste etwas anging: »Warum um Himmels willen denn ins Ospedale al Mare? Für eine Geburt?«

»Ich weiß nicht, Papà. Ich denke nur, es ist weit vor der Zeit.«

»Vielleicht gibt es dort eine modernere Geburtstation«, warf Peggy ein.

»Es gibt dort überhaupt keine Geburtstation. Das Ospedale al Mare ist eine Kurklinik«, antwortete Margherita, beinahe tonlos vor Schreck.

»Contessa, Miss Guggenheim, wir brechen auf, jetzt gleich«, entschied Gardella. »Cipriani, leihen Sie uns Ihr Motorboot?«

»Ich lasse Tankred gleich herrufen.«

»Ach, Tankred ...«, entfuhr es Margherita.

Heute war der Tag, an dem alle ihre wichtigsten Erinnerungen an einem Ort zusammentrafen.

»Und Sie beide, Rossi, Gregotti, bringen den Hund der Gräfin zu Miss Guggenheim ins Palais Venier, dort wird man sich kümmern bis wir zurück sind. Ihren Zug erreichen Sie dennoch.«

»Bepi bringt euch mit der Gondel, Vittorio dear«, stand Peggy schon auf.

»Doch Sie, Gardella«, fragte Margherita, während auch sie sich erhob, »müssen Sie morgen früh nicht ebenso in Mailand sein?«

»Eine Baubesprechung, die übernimmt ausnahmsweise«, er gab Rossi einen Klaps auf die Schulter, »dieser hier.«

»Contessa«, nahm Giuseppe Margheritas beide Hände, »Sie fahren an der Salute vorbei. Senden Sie ein Gebet von mir an die Madonna hinüber?«

Er hatte kalte Hände. Er hatte Angst.

Kaum waren ihre Mäntel und Hüte angezogen, erschien schon Tankred im Dienstboteneingang hinter der Garderobe und geleitete sie zur Bootsanlegestelle vor dem Hotel Monaco, wo er Giuseppes Boot vertäut hatte.

Man konnte nicht sagen, dass er mit dem nagelneuen Serenella vorsichtig umging. Er raste dem um diese Tageszeit wieder ansteigenden Hochwasser entgegen den Canal Grande hinauf. Margherita hatte kaum einen Augenblick, der Madonna della Salute Giuseppes und ihr eigenes Gebet beim Vorbeifahren hinüberzuschicken: »Gott, behüte diese junge Mutter, behüte dieses ungeborene Kind«, sagte sie mehrmals vor sich hin.

Zum Glück hatte sie ihren Kutschermantel, Handschuhe und Wollschal an, doch selbst die halfen wenig. Es war ihr bitterkalt.

Die Uferlichter des Markusplatzes, der Riva degli Schiavoni, der Giardini und der Fondamenta von Sant'Elena huschten an ihnen vorbei, dann war es einen Moment lang finster in der Kabine, bis sie am Lido angekommen waren und die Riva San Nicolò entlang in Richtung Sportflughafen fuhren. Noch vor der Darsena zum Flughafen bog Tankred rechts in den Canale Manuzio, der aber nicht bis ganz zum Ospedale al Mare führte. Die letzten Schritte müssten sie gehen.

Klarerweise war diese Kurklinik für keine Art von Notfall ausgerichtet.

Wie würde man einen Verunfallten oder eine Frau in hohen Wehen dort abliefern wollen?

Auf einer Trage vom Boot bis zur Notaufnahme, wie im Dschungel?

Margherita schämte sich, während sie den Kanal bis zu seinem Ende fuhren, dass Peggy und Gardella, die modern konzipierte Städte gewohnt waren, dieses Szenario miterleben mussten! Und erst recht, dass es ihr eigener Sohn war, der diese Klink für die Geburt seines ersten Kindes gewählt hatte.

Eine Schnapsidee!

Da legte Tankred schon an.

»Ich folge Ihnen umgehend, sobald ich vertäut habe, Contessa«, rief er ihnen nach, da gingen sie schon die Via Duodo hinauf in Richtung Strand.

An der Via Duodo standen, außer der alten Trattoria Favorita, die den ganzen Dezember und Januar geschlossen hielt, nur

Villen. Die Straße war also kaum beleuchtet, und Gardella versuchte, ihnen mit seinem Feuerzeug ein wenig Licht zu machen, was bei dem Wind nur meterweise gelang. Man hörte schon das Meer an den Strand branden, doch man sah es nicht. Es war nicht einmal fünf Uhr nachmittags, aber schon stockdunkel.

Margherita spürte jetzt Gardellas Arm um ihre Schultern, er ging schnell wie ein Sportler und atmete regelmäßig ein und aus: »Dieses Kind will zu Ihnen, Contessa, schneller, als Sie dachten«, flüsterte er im Rhythmus ihrer Schritte.

»Gott, steh diesem kleinen Wesen bei«, antwortete Margherita, dann gingen sie schweigend weiter.

Am Lungomare angekommen, waren die enormen Wellen hörbar, die die Flut an den Strand peitschte. Sie bogen nach links und sofort fauchte ihnen der Borawind von Norden ins Gesicht. Alle drei mussten sie ihre Hüte festhalten und kamen nach Minuten der Dunkelheit, denn an ein Lumen aus dem Feuerzeug war bei dem Wind nicht mehr zu denken, beim Eingangsportal des Krankenhauses an. Auf dem Architrav, der im Gegensatz zu den Straßen rundum erleuchtet war, stand noch die faschistische Betitelung dieses Neubaus aus den 1930er-Jahren: »Cittadella Internazionale della Cultura e della Salute«.

Margherita hatte hier schon mehrmals gute Klienten aus ihren Grandhotels besucht, die ihre Familienangehörigen am Lido untergebracht hatten, doch erstens war das mindestens zwanzig Jahre her, und zweitens waren es sicher niemals werdende Mütter gewesen.

Sie traten also in den ersten Pavillon, auf dem »Informazioni« stand, und fragten nach der Gynäkologie. Ein älterer Pfleger, der selbst wie ein Pflegefall aussah, erhob sich hinter seinem Empfangspult und fragte zunächst sehr laut: »Commandi?«

Er hörte also schlecht.

Gardella stellte sich ihm gegenüber an das Pult und wiederholte ebenso laut:

»Buona sera, wir möchten einen Notfall besuchen, in der Gynäkologie, Frauenheilkunde.«

»Wir nehmen hier keine Notfälle.«

»Die Patientin ist schon da, wissen Sie? Eine Hochschwangere. Wo können wir sie finden?«

»Wir nehmen hier keine Schwangeren.«

»Wir wissen mit Sicherheit, dass sie hier eingeliefert wurde. Heute Nachmittag.«

»Von mir aus, der Herr. Ich sehe im Register nach. Doch ich bin schon den ganzen Tag im Dienst, und ich erinnere mich an keine Neuaufnahme.«

»Wir waren schon oft bei Ihnen in den letzten Jahren, zu Besuch bei Ihren Patienten«, stellte sich Margherita jetzt neben Gardella, »alle waren immer höchst zufrieden.«

»Ist schon gut, Signora. Name? Geschlecht? Alter?«

»Revedin, weiblich.« Gardella wandte sich Margherita zu und zog die Schultern hoch, um das Alter des »Kindes« zu erfahren.

»Neunzehn.«

»Reverin also?«

»Revedin. R-e-v-e-d-i-n, mit d, i, n«, schrie Gardella ihn an.

»Schon gut, der Herr, ich höre Sie ja. Dann gehe ich mal nachsehen.«

Er drehte sich mit unerwartetem Schwung von ihnen weg, öffnete die schilfgrüne Tür in seinem Rücken und drehte innerhalb des kleinen Nebenraumes ein Deckenlicht an. Zwei Neonröhren flackerten auf, dann schloss sich die Tür hinter ihm.

Margherita musste sich einen Moment an der Abdeckplatte des Pults festhalten, weil ihr schwindelte, da hörte man aus dem Hintergrund ein Schaben auf dem Fußboden, als zöge jemand einen schweren Teppich durch ein Wohnzimmer. Gardella und

Margherita drehten sich synchron nach dem Geräusch um. Es war Peggy, die sich in der Zwischenzeit auf einen der schilfgrünen Wartesessel des Pavillons gesetzt hatte und der die Beine wegrutschten, da sie eingeschlafen war. Ihr Kopf war an die Wand zurückgekippt, und sie schnarchte selig.

Gardella fragte umgehend: »Wollen Sie nicht auch einen Moment Platz nehmen, Contessa?«

»Sie meinen?«

»Es wird dauern hier.«

Da öffnete sich unerwartet rasch die schilfgrüne Tür vor ihnen und der Pfleger trat heraus.

»Niente, Signori. Ich habe alle Abteilungen durchgesehen, die wir hier in den einzelnen Pavillons haben: Lungenkrankheiten, Venenkrankheiten, Dermatologie, Phytotherapie, Hydrotherapie, Ernährungstherapie, Bewegungstherapie, Allergien, Jodkur, Kneipp-Kur, Geriatrie. Keine Revedin, weiblich, neunzehn Jahre, ist bei uns stationär aufgenommen worden.«

»Vielleicht hat die Signora Cipriani die Nachricht ihres Sohnes falsch verstanden, Contessa? Oder ein Detail vergessen?«

»Arrigos Mutter ist eine Enciclopedia Treccani, in Leder gebunden, mit Goldschnitt. Die vergisst nichts!«

Gardella musste kurz schmunzeln, dann wurde er wieder ernst und wandte sich dem Pfleger zu: »Die Ärzte also! Geben Sie uns die Namen der Abteilungsärzte, bitte.«

»Ich weiß nicht, ob ich hierzu befugt bin«, wehrte der Pfleger ab.

»Ich bitte Sie! Es ist ein Sonntag im tiefsten Winter, draußen vor der Tür herrscht Hochwasser und ein orkanartiger Borawind, Sie werden die Damen doch nicht zurück in die Kälte schicken?«

Der Pfleger sah mitleidig an die Eingangswand, wo Peggy wie ein zusammengerollter Fellteppich schräg an der Wand lehnte und schnarchte.

»Nun gut.«

Zur Auskunft zu den Ärzten musste er in keinen Nebenraum gehen, die Liste schien gleich vor ihm zu liegen. Er kramte in den Unterlagen auf der Schreibfläche und fischte ein in eine durchsichtige Plastikfolie eingeschweißtes Blatt Papier heraus. Das reichte er Gardella.

35

Gardella schob die Liste zu Margherita hinüber, die hatte sie schnell überflogen. Toson kam infrage, das war ein angesehener junger Internist, der die Kneippkur in Italien eingeführt hatte und mit Luigi in die Schule gegangen war.

»Il Dottor Toson«, sagte sie, »seine Abteilung kann es sein. Wo finden wir ihn?«

»Wenn er Dienst hat, im Pavillon am Friedhof.«

»Das Kind ist tot?«, war jetzt Peggy hinter ihnen erwacht.

»Nicht doch«, beruhigte sie Gardella über die Schulter, um dann beim Pfleger nachzufragen: »Was heißt ›im Pavillon am Friedhof‹?«

»Na, dem Pavillon jenseits der Via dell'Ospizio Marino, hier geradeaus die Hauptallee entlang und vor der Kapelle links, Sie kreuzen die Straße und stehen vor dem Kneipp-Pavillon. Dahinter beginnt der jüdische Friedhof.«

»Wir haben in Venedig einen jüdischen Friedhof?«, erhob sich Peggy jetzt, zunehmend interessiert.

»Si, Signora!«

»Wir danken Ihnen vielmals«, lüftete Gardella seinen dunkelgrauen Borsalino und lud die Damen ein, den Pavillon durch die gegenüberliegende Tür zu verlassen, die auf die Hauptallee des Krankenhauses führte. Die Tür war noch keinen Spalt offen, da stoben sämtliche Unterlagen auf dem Pult durch die Luft.

Sie gingen die östliche Pavillonfassade entlang, um vor dem Wind geschützt zu sein. Bis zur Mensa und der dahinterliegenden Kapelle waren es eigentlich nur ein paar Minuten Weg, wie Margherita sich erinnerte, doch sie brauchten bei diesem Orkan gut und gern die doppelte Zeit. Nach links abgebogen, kreuzten sie die Via dell'Ospizio Marino und traten in den Vorgarten des Kneipp-Pavillons. Die oberen Räume waren nur schummrig beleuchtet, doch im Erdgeschoss musste ein Behandlungssaal liegen, dessen zahllose Deckenleuchten den ganzen Vorplatz erhellten.

»Nun, irgendwer ist zu Hause«, sagte Gardella.

Sie schritten die halbrunde Vortreppe hinauf und gelangten in eine Eingangshalle, an der rechter Hand eine Treppe ins Obergeschoss führte. Geradeaus lagen zwei raumhohe Türen mit der Aufschrift »Terapie«, linker Hand eine weitere mit der Aufschrift »Degenze«. Davor stand eine Bank aus Stahlrohr und schilfgrünen Formikaplatten.

Niemand war zu sehen.

»Setzen Sie sich, die Damen, ich gehe nachsehen«, sagte Gardella mit einem detektivhaften Unterton.

Margherita musste lächeln, während sie sich jetzt auch einmal setzte, sie spürte, wie ihre Beine von der Kälte und der Anspannung schwach wurden.

Zunächst inspizierte Gardella die Räume mit der Aufschrift »Terapie«, kam aber kopfschüttelnd in die Eingangshalle zurück. Nun ging er die wandlange Treppe ins Obergeschoss hinauf. Der Pavillon lag einige Minuten lang vollkommen still neben dem Friedhof, nur der Borasturm draußen war zu hören. Die Fensterläden des Obergeschosses klapperten nervös im Wind.

Als Gardella die Treppe herunterkam, schüttelte er immer noch ratlos den Kopf: »In den Zimmern oben liegen einige Patienten, und eine Schwester hat Dienst. Sie sagt, in ein paar Minuten gebe es Abendessen, das werde mit einem Servierwagen von der Mensa drüben geliefert, und fragt, ob sie für die Damen einen Tee oder einen Kaffee mitbestellen solle? Es sei ja für uns Gesunde noch nicht einmal später Nachmittag! Des Weiteren sagte sie, tatsächlich liege im Saal der ›Degenze‹ hier unten eine junge Frau, der Abteilungsarzt habe sie heute am frühen Nachmittag aufgenommen und eine Hebamme gerufen. Der Arzt, tatsächlich der Dottor Toson, habe eigentlich keinen Dienst und sei unerwartet vorbeigekommen, er habe sich dann für zwei, drei Stunden entschuldigt, käme aber am Abend nochmals herein. Die junge Patientin habe er in der Obhut der Hebamme gelassen, wir könnten gern an der Saaltür klopfen.«

Margherita sprang auf und stellte sich vor die hohe Tür. Vor dem Anklopfen zögerte sie aber kurz, sie würde jetzt das Kind, das ihre Schwiegertochter war, wiedersehen. Nach ihrem bisherigen Verhalten zu urteilen, schien sie sich für ihre Schwiegermutter nicht im Geringsten zu interessieren, genauso wenig wie für die Jugendfreunde ihres Mannes. Gut, die waren ja auch beinahe zwanzig Jahre älter als sie.

Solche Freunde mussten sie in ihrem Alter natürlich langweilen.

Oder eher ... beängstigen?

Doch eine zweite Mutter, die könnte ihr doch, im Gegenteil, gerade in ihrem Zustand sehr nützlich sein? Jemand, der einfach nur da ist und hilft, wo er kann? Sie könnte ihr Sicherheit geben, ein Minimum an Komfort.

Vielleicht hatte sie aber schlechte Erfahrungen mit ihrer eigenen Mutter gemacht, denn zur Hochzeit war sie mit einer älteren Cousine als Trauzeugin erschienen, ohne Geschwister oder Eltern.

Oder die Goldschmiedsfamilie, aus der sie stammte, war mit der Heirat mit Luigi, einem Mann fortgeschrittenen Alters ohne echten Beruf, nicht einverstanden?

Aluminiumfabrikant war ja kein Beruf, wenn man keine Fabrik sein eigen nannte und sich von einer Teilhabe zur nächsten, von einem Neustart zum nächsten hangelte!

Hatte ihre Familie Bedenken wegen des adeligen Namens?

Oder hegte sie irgendwelche Ressentiments gegen die revedinsche Familienvergangenheit?

Wahrscheinlich nichts von alledem.

Wahrscheinlich kopierte Luigi, seit er sie kennengelernt hatte, einfach den Weiberhelden Hemingway und spielte dessen vermeintlich große Lovestory mit der kleinen Ivancich mit dieser Kindfrau nach.

Solch eine nur behauptete, nur vorgegebene Lovestory verlangte aber Versteckspiel, das Schüren von Ängsten, die Lüge.

Armes Kind!

Margherita müsste ihr von jetzt an beistehen, heute Abend, heute Nacht, morgen früh … für immer. Gleich fände sie sich ihr gegenüber und das in ihrem unvorteilhaftesten Zustand, mitten in den Wehen. Margherita erinnerte sich genau, wie sie während Luigis Geburt in den langen Stunden der Wehen jeden hätte erschlagen können, der ihr zu nahe gekommen wäre.

Im gleichen Moment, in dem sie also ihre Rechte zum Klopfen an die Tür hob, hörte sie Peggys Stimme aus dem Obergeschoss. Anscheinend war sie in der Zwischenzeit die Treppe hinaufgegangen und rief laut durch den oberen Korridor: »Scusi, Ma'm? Ist da wer? Ach ja, danke vielmals, wir nehmen gern schwarzen Tee für drei.«

Margherita klopfte an. Zwei kurze Klopfer.

Keine Antwort.

Sie wandte sich zu Gardella um, der, ans Treppengeländer gelehnt, ein paar Schritte entfernt hinter ihr stand. Er machte ein Zeichen: »Klopfen Sie stärker!«

Sie klopfte nochmals, drei lautere Klopfer.

Keine Antwort.

Gardella kam die paar Schritte auf sie zu und stellte sich hinter sie: »Gehen Sie doch hinein. Was soll schon passieren?«

»Sie meinen?«

»Natürlich.«

Margherita öffnete die Tür. Man sah auf einen schilfgrünen Gummivorhang, der eine gekurvte Schleuse um die Tür bildete. Er war halb geöffnet, sodass man in einen weiten taghell erleuchteten Saal blicken konnte, an dessen rechter Wand drei Metallbetten standen. Eines, das letzte, war belegt. Gegenüber den Betten, an der linken Wand des Saals, nahmen sich drei beinahe raumhohe Fassadenbögen aus, die Anordnung erinnerte an die Altarapsis einer Kirche. Vor den hohen Kassettenfenstern, die diese Bögen füllten, war finstere Nacht. Der Wind peitschte ohne Erbarmen an die Scheiben.

»Permesso?«, fragte sie leise in den Raum.

Keine Antwort.

Sie ging die zwei Schritte bis zum Vorhang und fragte nochmals, etwas lauter: »Permesso?«

In der Tiefe des Saals gab es ein Geräusch, ja, eine Schwester im Nonnenhabit legte ihr Gebetbuch auf den Tisch neben sich und richtete sich von ihrem Stuhl auf.

Die Silhouette im Krankenbett bewegte sich nicht.

»Signora, prego?«, kam die Nonne auf Margherita zu, lautlos, wie nur Nonnen gehen können.

»Guten Abend, Schwester«, gab Margherita ihr die Hand, »ich gehöre zu dieser jungen Frau hier, meine Schwiegertochter, wissen Sie?«

»Das arme Kind, sie ist so schwach, die Wehen gehen jetzt schon Stunden, und der Muttermund öffnet sich kaum.«

»Sie bewegt sich ja gar nicht.«

»Sie ruht.«

»Sie ruht, Schwester? Mitten in den Wehen?«

Margherita hatte unerträgliche Schmerzen gehabt, in immer

kürzer werdenden Abständen, da war an Ruhen nicht zu denken gewesen.

»Nun, sie ist mir ein wenig … weggekippt.«

»Weggekippt? Schwester! Rufen Sie einen Arzt!«

»Wenn ich einen hätte! Sonntagnachmittag, Bora und Hochwasser, die Klinik hier läuft auf Sparflamme. Doch sie bekommt Kochsalzlösung, und wir haben nach dem Abteilungsarzt geschickt.«

»Geschickt, wann? Können wir helfen? Ich bin mit zwei Freunden hier, und wir haben ein Boot zur Verfügung.«

»Ein Boot? Eine gute Idee! Lassen Sie mich mit der diensthabenden Schwester sprechen, Signora, ich bin gleich zurück«, verschwand sie durch den Vorhang und die hohe Saaltür in die Eingangshalle und die Treppe hinauf, lautlos, wie nur Nonnen das können.

Margherita näherte sich dem Bett ihrer Schwiegertochter.

»Silvana, kannst du mich hören?«

Keine Antwort.

Sie ging bis zu ihrem Kopfende. Das Kind lag unter einem Leintuch mit schilfgrüner Überdecke, ihr Bauch zeichnete sich als gefährlich hohe Wölbung darunter ab.

Wie konnte ein so schlankes Wesen einen so großen Bauch entwickelt haben?

Luigi hatte bei der Geburt kaum drei Kilo gewogen, ein zartes Kind von Anfang an, und war dann doch zu einem stattlichen Mann herangewachsen.

Lag das Kind schlecht?

Etwa nicht kopfüber sondern in Steißlage?

Margherita nahm Silvanas Hand, die auf der Überdecke lag. Sie glühte.

Um Himmels willen, das Kind fieberte!

Sie berührte ihre Stirn, die überraschend kühl war, aber

feucht. Ihr langes Haar klebte ihr im Nacken, die Kopfkissen waren von der Körperwärme aufgeheizt.

»Silvana! Kind! Kannst du mich verstehen? Ich bin es ...«

Jetzt hörte sie in ihrem Rücken die Nonne sagen: »Signora, sehr gern, wir nehmen Ihr Angebot an. Meine Kollegin hier würde mit Ihnen fahren.«

»Das ist nicht notwendig«, hörte Margherita Gardellas Stimme. Sie wandte sich zur Saaltür, dort stand er mit der Nonne und der diensthabenden Schwester. Im Türrahmen erschien Tankred in seiner Kapitänslivree.

»Ich begleite unseren Kapitän hier«, fuhr Gardella fort, »Sie beide bleiben bei der Patientin. Wo finden wir den Arzt?«

»Kommen Sie mit mir, bitte«, sagte die Nonne leise. Sie führte Gardella hinaus in die Eingangshalle und lehnte die Tür an. Margherita konnte ihr Tuscheln hören, aber nicht verstehen.

Gardella schrie kurz auf: »Incredibile!«, dann hörte sie rasche Schritte, und die Eingangstür fiel ins Schloss.

Jemand stieg die Treppe hinauf, das musste die diensthabende Schwester sein, und jemand kam die Treppe herunter.

Margherita wandte sich wieder zu Silvana und griff nach ihrer Hand, die regungslos blieb. Das Kind war in einem Trancezustand, man konnte nur hoffen, dass das Baby nicht litt und der Arzt bald einträfe.

»Hier kommt der Tee, Mamy darling«, kam jetzt Peggy mit einem Tablett herein, auf dem mehrere Tassen aneinanderklapperten. Der Duft von Darjeeling füllte umgehend den ganzen Raum.

36

»Was sagst du zu ›Antonio‹?«

»Wenn du ihn dann nicht ›Nino‹ rufst?«

Das war Margheritas Antwort auf Luigis Frage, ob er das Kind nennen sollte wie seinen Vater. Luigi nahm die Hand seiner Mutter, wie sie da im Fond von Giuseppes Serenella saßen.

»›Antonio‹ ist schön. Ein Augustinerchorherr, der Franziskaner wird, was kannst du dir Besseres wünschen? Ein Antonio wird einerseits gebildet sein, ein menschennaher Philanthrop, andererseits ein bescheidener, redlicher Arbeiter.«

»Der heilige Antonius hilft bei Schiffbruch, Pest und Pocken, gegen Einsamkeit und verbittertes Altwerden, und er bringt verlorene Schätze zurück.«

»Das nehme ich dem Kleinen ab. In nur einer Stunde seines jungen Lebens hat er mir immerhin schon dich zurückgebracht.«

Tankred fuhr sehr langsam den Canal Grande hinunter, sie hatten Peggy zu Hause abgesetzt und Gardella mit dazu. Er würde in einem ihrer Künstlerzimmer übernachten, davon hatte Peggy sich nicht abbringen lassen. Gleichzeitig hatte man ihnen beim Anlegen vor dem Palais Venier Tosca ins Boot gereicht, die Luigi begrüßt hatte, als sähe sie ihn jeden Tag.

Als er mit dem Hund im Arm zu Margherita in den Fond der Kabine zurückgekommen war, hatten ihm Tränen in den Augen gestanden: »Mein Gott, diese Schönheit! Wie ein Welpe, Maman!«, hatte er mit erstickter Stimme gesagt.

»Wie damals, als du mir Bonzo geschenkt hast!«

»Darf ich vorstellen? Tosca.«

Während Tankred vor der Akademiebrücke im Schritttempo in den Rio di San Vio einbog, er würde versuchen, sie beide bei der Calcina abzusetzen, denn bei dem Hochwasser war an ein Aussteigen vor dem Möwenhaus an der Fondamenta allo Spirito Santo nicht zu denken, hatte Luigi die Frage nach dem Namen für den Neugeborenen gestellt.

In den Stunden im Krankenhaus war nämlich gar nicht sicher gewesen, ob das Kind überhaupt lebend geboren werden könnte. Deshalb hatte keiner etwas gefragt oder gesagt. Sie hatten in der Eingangshalle auf der Stahlrohrbank vor der Sala Degenze gesessen, Tee getrunken und den Geräuschen aus der Tiefe des Saals gelauscht.

Der Arzt hatte Silvana zum Glück wieder wach bekommen und ihr Medikamente zur Öffnung des Muttermunds verabreicht, die auch Wirkung zeigten. Nur dann, als die Stunden sich hinzogen, war irgendwann klar geworden, dass der Bub, wie Margherita ja schon auf den ersten Blick angenommen hatte, falsch lag. Für einen Kaiserschnitt war eine Kurklinik wie das Ospedale al Mare aber nicht ausgerüstet, und an einen Transport ins Stadtkrankenhaus war angesichts des Zustands der Patientin nicht mehr zu denken. Der Arzt wagte also, es war kurz vor Mitternacht, eine Zangengeburt. Der Kleine überlebte diese Tortur, allerdings hatte die Zange seinen Schädel gequetscht. Er würde ein Leben lang zwei leichte Vertiefungen an den Schläfen mit sich tragen, so wie Luigi die Pockennarben auf seiner Stirn.

»Dass du ins Stadion gegangen bist, nun ja, Junge. Doch dass ein Arzt seine Patientin verlässt, um zu einem vertrottelten Ligaspiel zu gehen?«

»Ach, Maman! Wer hätte gedacht …«

»Was?«

»Dass der Bub es so eilig hatte?«

»Eilig hatte ist gut. Er brauchte einfach Hilfe!«

»Wir sind ja gleich mit Tankred mitgekommen, Maman.«

Margherita ließ es dabei bewenden, sie wollte keinen Streit mit diesem Sohn, der endlich wieder einmal neben ihr saß und sogar ihre Hand hielt.

Der Rio di San Vio lag bleiern vor ihnen, der Wind hatte nachgelassen, und die Wassermassen schwappten in behäbigen Wellen, die vom Giudeccakanal hereindrückten, an die Ufermauern. Die Stadt schien bei jedem Hochwasser kleiner zu werden und verletzlicher.

Doch nur noch ein, zwei Stunden, dann würde das Meerwasser abfließen, und morgen früh würde die Morgensonne wieder alle Bauten, Brücken und Gärten frisch gewaschen in ihrer Schönheit erstrahlen lassen. Die Möwen würden ihre Runden ziehen und die Spazzini der Müllabfuhr Gasse um Gasse, Ufer um Ufer von Seetang und Algen befreien.

Venedig war stärker und vor allem zäher, als alle dachten, die die Stadt nur von ein, zwei oberflächlichen Besuchen kannten.

»Wirst du zurechtkommen, wenn Silvana mit dem Kind heimkehrt?«, fragte Margherita jetzt.

»Wir schaffen das, auch wenn wir tatsächlich etwas … auf uns selbst gestellt sind.«

»Warum eigentlich versteckst du dieses Silvana-Kind vor mir?«

Luigi wartete einen Moment ab, er schien sich erst eine Antwort zurechtlegen zu müssen.

»Sie verlässt sich nur auf mich.«

»Da ist sie gut beraten«, erlaubte sich Margherita spontan eine Pointe.

Luigi stutzte kurz, seine Züge wurden todernst, doch dann neigte er sich im Dunkel der Kabine zu ihr hin und musste plötzlich laut lachen. Es war sein so rares, doch umso mitreißenderes Kinderlachen, das er vielleicht jahrzehntelang nicht mehr gelacht hatte. Während er noch vor sich hingluckste, fuhr er fort: »Sie ist überaus behütet aufgewachsen. Demnach hat sie Ängste. Vor dir, vor der Stadt, vor der Welt.«

»Und sie glaubt, die könnte ich nicht verstehen?«

Wieder verging ein Moment.

War der Junge keine Konversation mehr gewohnt?

Jetzt machte er sich im Rücken gerade, Schluss mit Spaß, er schien ertappt. Seine Mutter, und daran schien er sich in diesem Augenblick zu erinnern, war in diese Stadt nicht als gut situiertes Goldschmiedskind geboren worden wie seine blutjunge Silvana, sondern vom Land gekommen und hatte sich vollkommen allein beweisen müssen.

»La Contessa Pulcinella, genau!« Er atmete hörbar ein, wie jemand, dem gerade ein Licht aufgegangen ist, dann fügte er hinzu: »Chapeau, Maman!«

»Warum Contessa Pulcinella?«

»Die Ähnlichkeit zwischen euch ist doch frappierend! Ich erkannte sie erstmals an jenem Morgen auf dem Campo San Giovanni e Paolo, als du mir die Karnevalsfiguren erklärtest. Du hast diese Stadt wie der kluge Pulcinella als Theaterbühne gelebt, und jeder, der sich zur besten Gesellschaft zählen wollte, tat gut daran, in deinen Stücken aufzutreten!«

Margherita drückte seine Hand. Ihr schwindelte kurz, doch sie fasste sich.

Dieser ihr Sohn, der sie seit Jahren nicht besuchte und den sie nur zufällig in der Stadt antraf wie einen Fremden, hatte eben »Chapeau, Maman!« gesagt?

Was sie jetzt antwortete, klang hoffentlich ganz unaufgeregt: »Bei mir seid ihr immer willkommen. Vor allem Silvana. Und das richtest du ihr bitte aus!«

»Dabei hast du dich doch so gut ans Alleinsein gewöhnt.«

»Findest du?«

»Sagen alle.«

»Wer sind ›alle‹?«

»Na, deine Freunde. Peggy, dieser Gardella …«

»Weißt du, ich konnte mich nur langsam zurechtfinden in dieser Stadt, in diesem neuen Leben. So wie dein kleiner Antonio sich jetzt zurechtfinden muss.«

»Mit seinem Quetschköpfchen.«

»Hör auf, das wird vergehen!«

»Und wenn nicht, auch gut. Leben ist eben lebensgefährlich.«

Bei dieser Bemerkung erinnerte sich Margherita an eine Frage, die sie sich oft gestellt hatte, als Luigi ihr noch nahe gewesen war, vor der Zeit mit Hemingway.

War er ein kleiner Buddha, wie er ihr als Kind oft erschienen war?

Oder war er schlichtweg ein Phantast?

Tankred schaltete in den Leerlauf und ließ das Boot langsam ausgleiten, vor ihnen waren die Laternen der Calcina schon auf der Fondamenta zu sehen. Tosca wusste, dass sie gleich ankämen, stand auf und dehnte sich im Rücken.

»Ich muss dich etwas fragen, zu Papà«, hinderte Luigi seine Mutter aber daran, ebenso aufzustehen.

»Zu Papà?«

»Ja, zu seinem Tod. Die Frage ist für mich ungelöst, seit Jahrzehnten. Und heute ist doch sein Todestag?«

»Sagen wir lieber, heute ist der Geburtstag des kleinen Antonio.«

Luigi schwieg einen Moment, und Margherita konnte im Halbdunkel sein feines Lächeln erkennen. Manchmal überschrieb das Leben seine eigenen Spuren, und diese magische Dimension schien er genau jetzt erfasst zu haben.

»Du hattest Papà sicher, genau wie Mary ihren Hemingway, vor die Wahl gestellt, er könne weiterhin ein Leben mit dir leben oder ein anderes, ein neues Leben.«

»Ich habe ihn vor gar keine Wahl gestellt.«
»Sondern?«
»Er hatte schon entschieden.«
»Für die ›Tante‹ in der Via Manzoni?«
Margherita sagte nichts darauf.

»Hemingway hat sich hingegen nicht für seinen venezianischen Schwarm, sondern für seine Frau Mary entschieden, und sie sind gemeinsam nach Kuba zurückgekehrt.«
»Allein, ein paar Sommer darauf erschoss er sich.«

Die Serenella schaukelte im Leerlauf, der arme Tankred hatte Mühe, es bei dem herrschenden Wellengang von der Riva fernzuhalten. Sie müssten ihn aus dieser Bredouille befreien.

Margherita versuchte aufzustehen, doch Luigi hielt sie jetzt an beiden Händen fest.

»Hat Papà sich damals das Leben genommen, genau wie er?«
»Das Leben genommen?«

Auf diese Idee war sie in all den Jahren nicht gekommen.

»Er wäre nicht nur jenem, sagen wir, privaten Dilemma entkommen, sondern auch den krummen Geschäften mit Mussolinis Regierung, dem Bankrott, der Schande für den revedinschen Namen ...«

Margherita verharrte, wie sie war, festgehalten von ihrem Sohn.

»Umberto hat seinen Tod festgestellt, nicht?«, fuhr der fort. »Herzinfarkt steht auf seinem Totenschein. Man kann sich einen Herzinfarkt wohl auch durch eine Überdosis Medikamente antun. Besonders, wenn man ohnehin herzkrank ist.«

Das war sicher richtig.

»Was stand in seinem Brief? Pierre hat mir erzählt, Umberto habe diesen Brief kurz vor seinem Tod zu Hause hinterlassen.«

Margherita nickte.

»Also?«

Margherita drehte sich ganz zu ihm hin, sie saßen sich auf der

Lederbank von Giuseppes Serenella auf Augenhöhe gegenüber. Es war das erste Mal in solcher Nähe, seit sie ihn vor vielen Jahren in den Stadthafen der Marittima begleitet hatte, wo er sich als Deckoffizier nach Kuba einschiffte.

»Dein Vater schrieb: ›Verzeih mir, panterina.‹«

AUSKLANG

37

Am 21. Februar 1987 hatte ich den Nachtzug Zürich–Mailand genommen, auf Risiko. Im Brief, den das Atelier Rossi auf meine Bewerbung hin nach New York geschickt hatte, stand nur ein Satz, der mich in sein Büro bestellte: »L'aspettiamo in studio venerdi 21. Febbraio 1987, alle 11 h.«

Das war keine Zusage. Aber auch keine Absage.

Ich hatte die Nacht im Speisewagen verbracht und in mein Skizzenbuch gezeichnet, damit die Stunden vergingen.

Sonst liebe ich die lange Zeit, die das Reisen uns schenkt, diese Stunden, die wie Tage wirken, wenn neue Landschaften an uns vorüberziehen, wenn unbekannte Menschen an Bartresen lehnen, wenn fremde Bahnhöfe ihre Bahnsteige erleuchten, damit wir aussteigen können, und das ist für heute das Ziel. In jener Nacht aber war ich schlicht und einfach aufgeregt.

Würde mich dieser stille Poet, der mich bei seinem Vortrag in New York trotz seiner unsäglichen Schüchternheit hingerissen hatte, wirklich empfangen?

Sich einen Moment Zeit nehmen für meine Mappe? Mich in seinem Atelier aufnehmen, das einzige europäische Büro, um das man sich sowohl in Amerika als auch in Japan riss?

Und wenn nicht?

Jetzt war der Flug zurück nach Europa bezahlt und geflogen.

Wo würde ich unterkommen, wenn nicht bei ihm?

Mailand war das Mekka der Architektur, des Objekt- und Möbeldesigns, der progressiven Oper, des Totaltheaters, der minimalistischen Mode. Ich würde schon irgendwo meinen Platz finden. Denn wenn ich etwas konnte, dann zeichnen, und das war in dieser Stadt fraglos gefragt.

Seite um Seite hatte ich die Landschaft vor den Zugfenstern in mein Skizzenbuch porträtiert, die Silhouette von Zürich über dem winterlich aufgewühlten See, den Bahnsteig von Bellinzona unter scharfem Flutlicht, die Ufer des Comer Sees im ersten Morgengrauen.

Morgens um sechs Uhr kam ich in Mailand an, eine unfreundliche Zeit für jemanden, der kein zu Hause hat, vor allem im Winter. Es musste in der Nacht geschneit haben, die Bahnsteige waren weiß, der weite Bahnhofsvorplatz war weiß, die Straßen waren weiß. Leere Straßenbahnen warteten auf ihre ersten Fahrgäste, ich stieg in den vordersten Waggon der T1 und fuhr zu dem Ort, der diese Stadt für mich ausmachte. Die Straßenbahn ratterte durch die monumentale Via Vittor Pisani und bog dann nach rechts in Richtung des Castello Sforzesco ein. Schon von Weitem, durch die verschneiten Baumwipfel des Parks, erschien diese wie vom Himmel gefallene Trutzburg, genau wie ich sie mir so oft vorgestellt hatte.

Sie war groß. Sie war erdenrot.

Ein Café auf dem halbrunden Platz vor der Südfassade hatte um diese Zeit schon offen, das Castello. Als ich die Schwingtür öffnete, wurde ich vom Duft nach frischen Cornetti und warmer Milch empfangen. Ich bestellte bei einem hinreißend aussehenden Ober, der in flaschengrüner Barmannschürze hinter dem Tresen stand, und setzte mich an die vom Schneefall beschlagene Fensterfront. Vor mir das Castello. Es füllte die gesamte Perspektive.

Der Cappuccino und das Cornetto, die der Ober mit galantem Schwung servierte, er sagte: »Ecco il suo cornetto, fresco fresco dal forno«, nahmen mir fast die Sinne. Ich genoss zunächst durch die Nase, diese Kombination würde ich mir lange merken: den Duft des ersten Mailänder Cappuccinos, des ofenfrischen Hörnchens, der morgenkühlen Lederbänke.

Nach den ersten Schlucken Milchkaffee wurde mir warm im Magen, und plötzlich merkte ich, wie müde ich war. Es blieben viereinhalb Stunden, die ich bis zu meiner Vorsprache in Rossis Atelier in der Via Maddalena überbrücken musste. Das war auf Gehweite von hier, ich würde nicht mehr als zehn Minuten brauchen.

Was würde ich so lange tun? Mich in die Fensternische lehnen und schlafen?

Der Ober sah mich vom Tresen aufmunternd an und machte mit der rechten Hand die vorwärtsrollende Geste für: »Noch einmal das Gleiche?«

Ich sagte die zwei Wörter, deren ich im Italienischen mächtig war, durch das leere Caféhaus: »Si, grazie.« Dann holte ich mein Skizzenbuch aus der Reisetasche. Zwischen dem ersten und dem zweiten Cappuccino zeichnete ich das Castello Sforzesco auf das raue Cansonpapier.

Milano, schneeverhangene, dein Castello erdenrot abgestürzt.

Ich musste tatsächlich eingenickt sein, denn das Geräusch von Stimmen und Stühlerücken weckte mich, als es draußen schon taghell war. Die Wanduhr über dem Tresen zeigte auf kurz vor neun Uhr, und das Café war jetzt voller Menschen, die in dieser Stadt anscheinend um diese Zeit zur Arbeit gingen. Ich hörte ihren Bestellungen am Tresen zu, keiner setzte sich zu seinem Kaffee hin wie ich, alle standen und unterhielten sich miteinander, während sie ihr Cornetto in ihren Cappuccino tauchten.

Beachtlich war, dass kein Cappuccino ein simpler Cappuccino war und kein Espresso ein simpler Espresso. Jeder, wirklich jeder Caféhausgast hatte einen Sonderwunsch. Es musste um die »Länge« gehen, also um die Menge des Wassers, mit dem der Kaffee aufgebrüht wurde, dann um die Menge der Milch oder die Dichte des Milchschaums, dann um die Größe, die Form, den Wärmegrad der Tasse. Jeder Gast verwickelte den Barmann in ein kurzes, leidenschaftliches Gespräch, und es konnte von nichts anderem handeln als vom zuzubereitenden Kaffee.

Ich war in Deutschland großgeworden, zu der Zeit war dort ein Kaffee ein Kaffee und wurde einem kommentarlos vor die Nase gestellt. Aber das hier war das Kaffee-Totaltheater!

Nach einer guten halben Stunde Menschen-beim-Kaffeebestellen-Beobachten verlegte ich meine Aufmerksamkeit auf ihre Kleidung. Und auch die war für mich frappierend, die Herren trugen dicke Kutscher- oder Jagdmäntel wie in den österreichischen Bergen, die Damen bodenlange Pelze. Dabei war es ja nicht wirklich kalt draußen, nur verschneit.

Immer noch fehlten eineinhalb Stunden bis zu meinem Termin. Ich könnte die Zeichnungen von heute Nacht kolorieren. Ich erhaschte den Blick des Barmanns, um mich zu versichern, dass ich noch etwas sitzen bleiben könne, auch wenn ich nichts mehr bestellte. Er machte eine präzise, horizontal über den Tresen wischende Geste mit beiden Händen: »Geregelt«, und er nickte dazu wie nach einem fundamentalen Vertragsabschluss.

Aus meinem Farbenetui holte ich meine gerade in Zürich erstandenen, neuartigen Pinsel-Filzstifte heraus, und wie immer machte ich das Skizzenbuch von hinten auf, eine alte Angewohnheit noch aus der Mittelschule, als ich bei jedem Buch, bei jeder Zeichenmappe oder Partitur zu neugierig auf das Ende gewesen war, um brav bei der ersten Seite anzufangen. Der abschließende Satz, der Schlussakkord als Auflösung einer letzten Dissonanz, das frischeste, noch kaum getrocknete Aquarell, die hatten mir Lust auf das ganze Werk gemacht. Oder auch nicht.

Auf der letzten Seite waren aber nicht meine Skizzen der Nacht von Zürich bis Como, nein, da war das Castello, hingeworfen in seine Schneelandschaft. Ich begann, seine Gemäuer in Terrakotta zu färben, seine ins Morgenlicht getauchte Ostfront in Wildrosenrosa, die Arkadenstürze in Purpur, die Schlagschatten der verschneiten Bäume in sattem Grau. Der Himmel blieb so farblos wie er war, Milano, schneeverhangene, eines Freitagmorgens um halb zehn. So würde ich diese Stadt für immer erinnern.

Dieses allererste Pinselfilzstiftexperiment, bei dem die Zeit plötzlich wieder im Flug verging, war schuld daran, dass ich um ein Haar zu spät im Atelier in der Via Maddalena angekommen wäre. Doch das schien dort niemanden zu stören. Die Hauseingangstür der Hausnummer 2 war nicht abgeschlossen, es gab keine Klingel und keine Gegensprechanlage, anscheinend kam selbst der Postbote die drei Treppen zum Atelier herauf, wie und wann er wollte. Offenbar wurde hier rund um die Uhr gearbeitet.

Am Ende des langen Flurs im dritten Stock war auch die Bürotür nur angelehnt, ich trat in einen von bodenhohen Fenstertüren belichteten Raum, in dem ein hochgeklappter Zeichentisch neben dem anderen im Neunziggradwinkel zu den Fenstern stand, sodass das Licht jeweils von links auf die Zeichenfläche fiel. Die perfekte Positionierung. Hier zeichnete man gern, das war auf den ersten Blick zu erkennen.

Wer hinter den Tischen stand oder auf den hohen Drehhockern saß, war von der Eingangstür aus nicht auszumachen. Auch das war gut so, denn wenn man skizzierte oder kalkulierte, schraffierte oder kolorierte, war man geschützt durch seinen Tisch und nur abgelenkt vom Tageslicht.

Am heutigen Morgen übrigens auch vom Schneetreiben über den Dächern. Seit ich aus dem Café Castello auf die Straße getreten war, hatte es wieder begonnen, dicht zu schneien. Weiß in weiß also die Szenerie vor den Fenstertüren, dann fiel mein

Blick wieder zurück in den Raum und ich entdeckte das Himmelblau.

Himmelblaue Wände, das musste man sich vorstellen! Ein intensives, beinahe dunkles Himmelblau, kein ängstlich pastellenes Biedermeier-Wäscheblau!

Kein Architekt hatte in diesem Jahrhundert je himmelblaue Wände gewagt, musste ein Büro doch weiß sein, so weiß und rein wie die ewigen Gestaltungsregeln, aus denen wir Räume fügten.

Doch ein Aldo Rossi schuf seine »Architekturen der Sehnsucht« in einem himmelblauen Firmament hoch über der Stadt!

Abgesehen von diesem Blau war ich aber zweifelsohne in einem Architekturbüro, denn der charakteristische Duft von Fixierspray lag in der Luft, dem Sprühlack, den man über Bleistift- und Pastellzeichnung sprayte, um den Farbstaub zu binden. Und es war still, herrlich still.

Einige Sekunden vergingen. Oder sogar Minuten?

Erst jetzt trat hinter dem vordersten Zeichentisch ein hochgewachsener Herr hervor, er trug rehbraune Cordhosen und ein pompejirotes Flanellhemd unter kanariengelber Wollweste, dazu eine orange Strickkrawatte. Darüber wehte ein offener weißer Zeichenkittel, so wie man ihn von alten Photos aus der Bauhauszeit kannte. In Schwarz-Weiß ausgedruckt hätte er, dandyhaft wie er daherkam, den perfekten Assistenten eines Peter Behrens oder Walter Gropius abgegeben.

»Benvenuta, sono Arduino.«

Er gab mir die Hand. Eine warme Hand, trotz des eher kühlen Raums.

»Sorry to be late«, entschuldigte ich mich für meine drei Minuten Verspätung.

»Late?« Er nahm mir lächelnd die Reisetasche ab, sein Schnauzbart kräuselte sich dabei, und stellte sie mit präzisem

Schwung in den Winkel zwischen seinem Zeichentisch und der Fenstertür.

»La guardo io, non ti preocuppare«, sagte er mehr zur Tasche als zu mir, dann bat er mich um meinen Mantel, nahm ihn mir ab und hängte ihn sorgsam in einen in die Wand eingelassenen Garderobenschrank neben der Eingangstür. Ordentlich aufgereiht hingen hier die Mäntel aller Mitarbeiter: Dicker, warmgrauer Kutschertweed oder dunkelgrüner Jägerloden, das schien in dieser Stadt die Uniform.

Jetzt wies er hinter sich in den stillen Saal: »This is the team, siamo in dieci.«

»Dieci ... and the Maestro«, wiederholte ich.

Nach dem Englisch dieses Arduino, der hier der Büroleiter sein musste, zu urteilen, waren Fremdsprachen nicht die Stärke des Büros.

»The Maestro, certamente. Prego ...«, wies er auf die Tür an der Rückwand des langen Raums, »ti aspetta.«

38

Er ging mir voraus, nicht ohne mich mit kurzem Kopfnicken ein paar ausgewählten Kollegen rechts und links vorzustellen: »Ecco Marco, ecco Giovanni … questo è Massimo.«

In diesem Atelier gab es nur Männer, und alle waren gute zehn Jahre älter als ich. Unter ihren Zeichenkitteln waren sie, ebenso wie ihr Büroleiter, herausgeputzt wie kleine Lords. Die Jungarchitekten an den vorderen Tischen saßen an Blaupauseplänen auf speckigem, mit Reißzwecken auf den Tischen aufgespanntem Transparentpapier.

Während wir durch das Tischspalier hindurch zur Rückwand des Raumes gingen, war jetzt an den hintersten zwei Tischen das charakteristische Kratzen zu hören, das Korrektur bedeutete. Und manchmal sogar: Katastrophe. Man kratzte Tintenlinien mit der Rasierklinge aus, und das ging erfahrungsgemäß ein- bis zweimal gut, dann war auch das dickste Transparentpapier durchgewetzt, und der gesamte Plan musste neu gezeichnet werden.

»Ah sì, quel Carlo Felice ci fa venire i capelli grigi«, seufzte Arduino dazu und zerwühlte mit beiden Händen sein dichtes Haar, »look … my grey hair!«

Er rollte das R von »grey« und »hair« bewusst, diese Italiener wussten, wie komisch sie sein konnten!

Im Vorbeigehen erhaschte ich einen Blick auf die Fassadenpläne und Geschossschnitte des Opernhauses Carlo Felice in Genua. Gerade entstanden an diesen Zeichentischen also dessen Fenster-, Tür- und Portaldetails. Das Projekt zu dessen Renovierung war in Zusammenarbeit mit dem inzwischen schon betagten Ignazio Gardella, dem größten Ingenieur der Nachkriegszeit, entstanden, Rossi war einst sein Assistent gewesen.

Die Baustelle ging also in ihre interessanteste Phase!

Was für ein Privileg wäre es, an diesem einmaligen Wiederaufbau mitzuarbeiten!

Ich durfte gar nicht weiterdenken, die Knie wurden mir weich, jetzt, wo Arduino an die Schreibzimmertür des Maestro klopfte.

»Dunque?«, kam es leise, wie gänzlich abgelenkt aus dem Raum. Das klang nicht sehr einladend. Arduino antwortete nichts. Es war hinreichend bekannt, wie introvertiert sein Chef war und dass er bei der Arbeit nicht gern gestört wurde. Arduino machte die Tür nur einen Spalt weit auf und ließ mich eintreten, danach verschwand er unhörbar, und ich stand ein paar Schritte vor Rossis Schreibtisch.

Das Blau dieses Raums!

Ein Gewitter schien aufgezogen und das Himmelblau des Zeichensaals hatte sich an den Wänden zu grünlichem Bleiblau verdichtet. Den Hintergrund des Schreibtischs, der ein einfacher Küchentisch aus Nussholz mit gedrechselten Füßen war, bildete ein schlichter, marmorweißer Kamin. Auf seinem Gesims stand eine kleine Sammlung alter Metallkannen, wie man sie früher zum Kaffee- oder Milchaufwärmen brauchte, von Elfenbein über Himmelblau bis Preußischblau emailliert. Klarerweise waren das die Formvorbilder für Rossis *Tea and Coffee Piazza*, keine von ihnen erreichte in ihrer Farbe aber das dräuende Finster der Wände.

Über dem Kamin waren keine Aquarelle wie im Zeichensaal, sondern Arbeitsmodelle und Collagen aufgehängt. Auf den ersten Blick erkannte ich nur den Brunnenplatz von Segrate. Ein Städtebaumodell trug in großen Lettern den Namen

»Monza San Rocco«, zwei weitere waren, nach Rossis Methode der analogen Stadt als Collagestücke in einen vorhandenen Stadtkontext gefügt, ohne dass ersichtlich war, was aktueller Bestand, was vormalige Gebäude und was die projektierten Bauwerke waren.

Während ich nahe der Tür stehenblieb und die Modelle an der Wand betrachtete, bemüht, die mir unbekannten Projekte zu erraten, verging die Zeit. In meinem Gedächtnis spulte ich Rossis Werkkatalog hinauf und herunter, doch ich fand kein Monza San Rocco und auch keine Stadtentwürfe in einem Kontext, der Rom sein konnte.

Oder Turin? Oder Neapel?

Sicher befragte er mich aber gleich genau zu diesen Projekten, und ich könnte sie nicht zuordnen!

Eine Reise um die Welt für nichts! Nur weil ich mich nicht gut genug vorbereitet hatte!

Jetzt, nach mehreren Minuten, in denen ich dieses Schreibzimmer studierte und schon bereit war, mich in Panik umzudrehen, die Flügeltüren von außen zu schließen und diesen Traum für immer zu vergessen, wagte ich es doch noch und sah ihn an.

Er mich nicht. Denn er las.

Er saß an seinem Küchentisch und las.

Der Tisch war aufgeräumt, keinerlei Workaholic-Chaos, das viele Gestalter gern um sich aufbauen, keine Ordnerstapel, keine drei Telefone, überhaupt keinerlei Technik. Vor dem Buch, in das er sich mit einem lackschwarzen Füller Notizen machte, lag nur ein schwarzer, in Leder gebundener Kalender. Am linken Rand des Tisches stand neben einem Hermès-Porzellanaschenbecher ein Telefon, Ton in Ton im Bleiblau dieses Raums.

Noch nie hatte ich diese Farbe an einem Telefon gesehen!

Rossi trug ein simples, nachtgraues Tweedjackett zu schwarzen Flanellhosen, dazu ein weißes Hemd mit schwarzer Strickkrawatte und die Armbanduhr aus Edelstahl, die er gerade für Alessi entwarf, an einem hellbraunem Boxcalf-Armband. Es musste der allererste Prototyp der *Momento* sein, die ja noch gar nicht auf dem Markt war.

Er las weiter.

Was las er denn?

Und könnte ich hier einfach wie vom Blitz getroffen stehen bleiben und warten, bis er sein Kapitel beendet hatte?

Ich bereitete meine Zeichenmappe in den Händen vor, damit ich sie umgehend auf den Tisch legen könnte, wenn er aufschauen und mich darum bitten würde. Da bemerkte ich, dass ich dummerweise auch mein Skizzenbuch mit hereingebracht hatte.

Wohin jetzt damit, ohne die perfekte Ruhe dieses Raumes zu stören?

Genau in der Sekunde dieser meiner Frage sah er zwar nicht von seinem Buch auf, streckte aber die rechte Hand in meine Richtung aus. Ich ging die fünf Schritte auf ihn zu und legte meine Mappe auf den Tisch. Er klappte sein Buch zu, nicht ohne den Füller sorgsam zwischen die Seiten zu legen, die er jetzt für mich verließ. Ich erspähte den Titel, es war die Übersetzung von Georges Batailles *Le Bleu du Ciel*.

Er hob meine Mappe vom Tisch auf, mit einer Vorsicht, die Restauratoren oder Archivaren eigen ist. Bevor er sie öffnete, wägte er ihren Inhalt in seinen zu Waagschalen geöffneten Händen ab.

Diese Geste, die Zeit brauchte, würde ich nie mehr vergessen. Es lag eine Ehrerbietung darin, ein Respekt vor dem Tun des anderen, aber auch eine kindliche Neugier, die ich mir aneignen müsste, sollte ich jemals selbst ein junges, zitterndes Talent vor mir haben.

Er öffnete die Mappe langsam, als stiegen die verzaubernden Düfte der Wunderlampe des Aladin aus ihr auf. Ich hatte ein

Dutzend meiner Aquarelle hineingelegt, nicht mehr. Ein Aldo Rossi könnte an einem einzigen Blatt ablesen, ob ich etwas taugte oder nicht. Eine Estancia in der Pampa, die Küstenlinie des Río de la Plata, das Recoletakloster und das Kavanaghgebäude von Buenos Aires. Tribeca, Meat Market, die Mies-Plaza und Breuers Whitney Museum in New York.

Er schloss die Mappe schneller, als ich gehofft hatte, und beugte sich über den Tisch zu mir herüber, weiterhin ohne mir ins Gesicht zu sehen. Sein Arm streckte sich in Richtung meines Skizzenbuchs aus, das ich unter dem linken Ellenbogen versteckt hatte.

Nun gut. Warum auch nicht?

Die letzte Zeichnung vom Castello Sforzesco musste kaum getrocknet sein.

Er schlug das Buch von hinten auf. Das wife Rot des frisch kolorierten Castello ergab mit seinen weißen Manschetten und dem Nussbraun des Küchentischs eine überraschende Harmonie. Er nickte leise. Dann fuhr er mit den Fingerspitzen der rechten Hand über die Bildunterschrift, das heute am frühen Morgen hingekritzelte: Milano, schneeverhangene, dein Castello erdenrot abgestürzt.

Wieder ein langer Moment der Stille.

Er würde mich jetzt nach meinem Lebenslauf fragen, nach den Gründen, warum ich zu ihm, ausgerechnet zu ihm nach Mailand kommen wollte, nach meinen zeichnerischen und planerischen Fähigkeiten, nach meiner Detailsicherheit bis hin zu 1:1, meiner Baustellenerfahrung, den Sprachen, die ich beherrschte. Doch er sagte nur vier Wörter in den Raum, weiterhin ohne mich anzusehen.

Diese vier Wörter höre ich noch heute, wenn ich die Augen schließe und in seinem bleiblauen Schreibzimmer stehe:

»Lunedi mattina alle nove.« Montag früh um neun.

39

Wie und wann ich die Tür des Schreibzimmers schloss, wer mir in den Mantel half und mir meine Reisetasche übergab, erinnere ich bis heute nicht. Ich kam erst wieder zu mir, als ich auf dem dicht verschneiten Trottoir der Via Maddalena stand.
Lunedì mattina alle nove. Ich würde hier arbeiten dürfen!
Am Opernhaus in Genua?
Am Siedlungsprojekt für die Pariser Villette, am Hotelkomplex im japanischen Fukuoka, Projekte, die schon in der zweiten Wettbewerbsrunde waren?
Oder ganz einfach an einem Teppich, einem Stuhl, einer Kaffeekanne?

Auf dem Trottoir der Via Maddalena angekommen, ging ich bis zur nächsten Totocalcio-Bar an der Ecke des Corso di Porta Romana und bestellte ein Glas Weißwein. Auf den Bartresen gestützt, suchte ich in meinem Skizzenbuch nach einer bestimmten Seite, während die echauffierte Barkundschaft, die hier auf Pferderennen und Fußballspiele wettete, laut durch den Raum schrie.
Paola Viganò, Via San Vittore 47, Milano.
Das stand auf einer rechten Seite, ungefähr in der Mitte des Buchs am oberen Blattrand mit Bleistift notiert, dazu die Telefonnummer. Ich hatte die Adresse an dem Tag ausgeforscht, an dem ich meinen Bewerbungsbrief an das Atelier Rossi nach Mailand gesendet und mich gefragt hatte, wo ich dort, hätte ich unsägliches Glück und würde angenommen, wohnen könnte.

Der Ober schenkte mein Gläschen randvoll, und beim ersten kühlen Schluck fiel es mir ein: Ich hatte mir ja etwas versprochen, würde das Bewerbungsgespräch heute gut gehen!

Und zwar zu einem Fest nach Venedig zu fahren, zu dem ich seit Monaten eingeladen war. Alvise, ein Reiterfreund aus Kindertagen, feierte heute seinen einundzwanzigsten Geburtstag mit einem Karnevalsball. Die Möglichkeit der Aufnahme in Rossis Atelier war mir allerdings derart irreal erschienen, dass ich den Gedanken vollkommen verdrängt hatte.

Eine Viertelstunde später hatte ich Paola angerufen, die mich morgen Nachmittag, zurück aus Venedig, mit Freuden bei sich erwartete. Dann hatte ich bei Alvise im Palais Brandolini meine Ankunftszeit am Bahnhof von Venedig durchgegeben. Für den Abend müsste ich mir wegen der Garderobe keine Sorgen machen, hatte sein Vater mir am Telefon gesagt, die Karnevalsbälle, die man seit Ende der 1970er-Jahre, als die Filme von Visconti und Fellini die Stadt wieder zu einem Mittelpunkt der Welt gemacht hatten, in den privaten Palais der Stadt veranstalte, glichen eher gemütlichen Abendessen als aufgeputzten Festen. Ich hatte meinen Armani-Smoking dabei und schöne hohe Schuhe. Das müsste reichen.

Ich zog den Mantel an, griff nach Hut, Handschuhen und der Reisetasche und machte mich auf zum Bahnhof. Kaum saß ich im Schnellzug nach Venedig Santa Lucia und hatte den Rücken an den Ledersitz gelehnt, war ich auch schon eingeschlafen.

40

Es klopfte.

Einmal, zweimal, dann folgte ein Staccato an Klopfzeichen. Ich öffnete die Augen, ich hatte die Beine auf meine Tasche auf dem gegenüberliegenden Sitz gelegt und den Mantel darübergeworfen. Mir war herrlich warm.

Wer weckte mich da auf?

Das Klopfen kam vom Waggonfenster, und als ich genauer hinsah, wurde mir klar, dass der Zug stand. Er stand in einer lichten Bahnhofshalle, Nachmittagssonne fiel durch die Glasbänder des Metalldachs, und der Wind schlug ans Fenster.

Auf dem Bahnsteig musste jemand sein, ich sah eine in Ziegenleder behandschuhte Herrenhand. Als ich mich aufrichtete und das Schiebefenster herunterließ, wehte der Borawind herein, und ich erkannte, wer da geklopft hatte. Alvise stand auf dem leeren Perron und bog sich vor Lachen.

»Willkommen, Dornröschen!«, schrie er.

»Bin ich die Einzige in diesem ganzen Zug? Oder hast du den Bahnhof für mich sperren lassen?«

»Endstation Venedig!«, winkte er vorwärts, in Richtung der Lokomotive, »alle deine Mitreisenden sind inzwischen schon beinahe zu Hause, nur du, du warst nicht wachzukriegen.«

»Bist du ein Schatz!«

Er erwartete mich mit offenen Armen an der Waggontür und nahm mir die Reisetasche ab.

»Lass dich ansehen. Essen Architekten von Haus aus nichts? Und werden dennoch immer bezaubernder?«

Er war immer schon der charmanteste meiner Turniergegner gewesen.

»Und Juristen?«

»Ach, die essen wie die Wilden, doch spätestens im fünften Studienjahr sind sie erblindet. Eine endlose Lernerei, endlos und aussichtslos!«

»Sagt der künftige Notar.«

»Der künftige Langweiler, ich weiß …«

Wir waren zum Hauptgebäude des Bahnhofs losgegangen, und er steuerte auf das Café in der Eingangshalle zu.

»Wir haben Hochwasser«, bat er mich, einen Augenblick, am Tresen zu warten, und rief etwas in die offene Tür des Getränkelagers. »Ich habe dir Elenas Gummistiefel hier deponiert.«

War das entzückend!

Er hatte sich um keinen Deut verändert, obwohl wir uns jetzt sicher fünf Jahre nicht gesehen hatten. Ein stiller Verehrer, der alle meine Adressenänderungen mitverfolgt und mir immer verlässlich zum Geburtstag und zu Weihnachten geschrieben hatte. Nicht selbstverständlich für einen, dessen Leben in so gesicherten Bahnen verlief wie das seine. Alvise war in Venedig geboren und groß geworden und hatte sich gerade einmal bis nach Padua bewegt, um dort in Jurisprudenz zu inskribieren. Schon vor Jahren wollte er Notar werden, und, Stoiker, der er war, erreichte er sein Ziel Schritt für Schritt.

Die Stiefel seiner kleinen Schwester passten wie maßgefertigt.

Es war lau draußen auf dem Bahnhofsplatz, auch wenn der Wind in Böen ging. Die Sonne spielte auf dem in unregelmäßigen Wellen übers Ufer schwappenden Kanal, man roch noch den Regen, der erst vor Kurzem nachgelassen haben musste. Und man roch die Algen, die an den Kaimauern klebten. Das Meer war spürbar nah.

Alvise ging schweigend neben mir her, wie so viele Male,

die wir gemeinsam zum Startbüro gegangen waren, zur Platzbegehung, zur Sattelkammer, einen langen Boxenstall entlang, zur Richtertribüne, zur Siegerehrung. Wir waren uns in einem Dressur-Trainingscamp in Oberbayern begegnet und, damals noch Kinder, auf Anhieb sympathisch gewesen. Ich kam aus einer zerrütteten Familie, er aus der intaktesten, die ich je erlebt hatte. Entsprechend war ich bei allen Turnieren, die wir in der Folge gemeinsam bestritten, rührend von seinen Eltern bemuttert worden. Bald galten wir als Geschwister, auch weil wir uns in der Statur und der hellen Haar- und Augenfarbe ähnelten.

»La nostra Freifräulein!«, begrüßte mich sein Vater an der Eingangstür der Beletage im zweiten Stock des Palais Brandolini. Die weitläufige Eingangshalle war schon von allen Fauteuils und Beistelltischen leer geräumt, und drei lange, fahrbare Kleiderständer warteten auf die Mäntel der heutigen Gäste.

»Es kommt ganz Venedig?«, umarmte ich ihn.

»Tausend Leute!«

»Du hast ihn schlecht erzogen, deinen Sohn.«

»Er ist ja nicht schuld, der arme Studiosus. Er säße mit seinen Callas-Platten im Zimmer und wäre glücklich. Nein, Elena hat alle ihre Freunde eingeladen.«

»Ach so«, sagte ich gerade, als Elena, seine Schwester, wie ein Sturmwind durch den langen Saal auf uns zuwirbelte. In Venedig waren die Häuser zwar schmal, dafür aber tief. Der Ballsaal eines venezianischen Patrizierhauses war maximal so breit wie ein ausgewachsener Fichtenbaum hoch ist, doch er konnte endlos lang sein.

Ein paar Stunden später, ich hatte geduscht, die Haare gewaschen und meinen Smoking aufgebügelt, kam ich in diesen Ballsaal, als das Fest schon begonnen hatte.

Es war ein Fest wie viele Feste, die ich meist vor Mitternacht verließ. Nur war das hier unmöglich, denn ich war Hausgast und konnte nicht einfach so Adieu sagen. Ich mischte mich also unter die kleine Horde der anwesenden zukünftigen Architekten. Sie studierten an der hiesigen Universität, und es wäre ja vielleicht ganz interessant, zu hören, wie die berühmte venezianische Theoretikerschmiede funktionierte. Zu meiner Enttäuschung erzählte man mir aber, es würden seit drei Semestern aufgrund multipler Streiktätigkeiten nur vereinzelt Examen abgehalten.

»Und wie kommt ihr dann voran?«, fragte ich.
»Gar nicht, wir machen blau.«
»Und arbeitet währenddessen.«
»Arbeiten?«
»Es gibt doch sicher Ateliers in dieser Stadt?«
»Hier in der Stadt? Gibt es kein einziges.«
»Und wovon lebt ihr dann?«

Das war sicher die dümmste Frage, die jene elitäre Clique je gehört hatte. Der Redeführer war ein gewisser Francesco, und ich hatte schnell verstanden, dass er unter den Jung-Architekten hier ein ganz besonders wohlbehüteter sein musste, sprich ein Dogensohn. Die venezianischen Aristokraten besaßen einen Dünkel, den wir Nordlichter, und kam man aus noch so gutem Haus, selbst im frühen Mittelalter nicht zur Schau getragen hatten.

Ich endete irgendwann allein im Kaminzimmer, dem Ecksalon, der nach Nordwesten auf die Akademie und den Canal Grande ging. Hier hatten wir mit Alvise schon abendelang gelesen oder Karten gespielt oder die Callas gehört. Hier würde ich vor dem Kamin einschlafen, egal, wie die venezianische Nobelbande, die keine Arbeit nötig hatte, im Ballsaal nebenan über mich herzog.

Ich war schon fast eingenickt, da vernahm ich von weit her Elenas hohe Stimme, ihre »Hallos« und »Kommt doch rein«.

Anscheinend war noch ein Grüppchen später Gäste eingetroffen. Ich rückte mein Sesselchen etwas näher an den Kamin und schloss die Augen, diese Gäste betrafen mich nicht. Morgen früh würde ich mit Alvise unseren üblichen Spaziergang bis zum Arsenale machen, auf dem Rückweg einen herrlichen Cappuccino bei Nico auf Le Zattere trinken und dann meinen Zug zurück nach Mailand nehmen. Ich würde mich das restliche Wochenende um Paola und um ihre kleine Tochter kümmern und mich in Ruhe auf den Montag und meinen Eintritt in Rossis Atelier einstimmen.

Taftrascheln war zu hören.

Eine Gruppe junger, eleganter Venezianerinnen schneite herein. Der hochgewachsene Kavalier, der sie begleitete, trug eine nachtblaue Marineuniform und kam direkt auf mich zu.

Oder auf den Kamin?

Die Mädchen blieben in der offenen Flügeltür zum Ballsaal zurück, weil sich Francesco aus der Küche zu ihnen gesellte und sich gebührend begrüßen ließ. Der Marineoffizier hingegen ging mit langen Schritten am Kamin vorbei und beugte sich mit einem amüsanten, sich selbst nicht ganz ernst nehmenden Diener zu mir herunter.

»Antonio Revedin«, sagte er knapp, »sehr erfreut.«

41

Kannten wir uns von irgendwoher?

Er rätselte ein paar Augenblicke herum, wo auf der Welt wir uns begegnet sein könnten. Er tat das mit einer Gewissenhaftigkeit, die einem Verhör glich.

Als klar war, dass er nicht ritt und ich kein Basketball spielte, dass wir an verschiedenen Orten Skifahren gelernt hatten und auch in keine Schulen gegangen waren, die im Sport gegeneinander angetreten waren, fragte ich: »Antonio Revedin – mit *der* Margherita Revedin verwandt?«

Denn Margherita Revedin, dieser Name war mir ein Begriff.

Sie war das Zentrum der venezianischen Künstlerclique um Greta Garbo, Cole Porter und Peggy Guggenheim gewesen, sicher eine außergewöhnliche Frau.

»Ja, meine Großmutter«, sagte er schlicht.

Auf mein erneutes Nachfragen hin begann er, etwas stockend, von dieser Großmutter zu erzählen. Sein Ton war dabei der, den man annimmt, wenn man sich schon im Vorfeld für einen fatalen Fehler oder ein schicksalhaftes Unglück entschuldigen will.

»Das interessiert dich wirklich?«

Ich nickte.

»Angehende Schriftstellerin?«

»Angehende Architektin.«

»Hier in der Stadt?«

»Zuletzt in New York. Doch heute Morgen habe ich mich in Mailand vorgestellt.«

»Bei?«

»Rossi.«

Er hielt einen Moment überrascht inne: »Rossi ... *der* Aldo Rossi?«

Ich nickte, während er sich zu fragen schien, wie ich das angestellt hatte.

»Und?«

»Angenommen.«

»Unglaublich! Das muss gefeiert werden!«, drehte er sich um die eigene Achse und verschwand im Ballsaal, um mit zwei Gläsern prickelndem Champagner zurückzukehren. Die mundgeblasenen Kelche stellte er mit der Vorsicht, die Menschen eigen ist, die in altem, fragilem Mobiliar aufgewachsen sind, auf den chinesischen Lacktisch der Kamingruppe und setzte sich auf den korallenrot bezogenen Seidenhocker mir gegenüber.

Er hatte eine gemeißelt hohe Stirn, ellenlange Beine und schöne, schmale Hände, die er in perfekter Symmetrie auf die Bundfalten seiner Hosen legte. Nach einem kurzen Moment, in dem er sich innerlich zu beruhigen schien, irgendeine Eile war in seinen Bewegungen, reichte er mir einen der beiden Kelche, und wir stießen an.

Weiterhin ohne dass er mir in die Augen sah.

Die leichten Vertiefungen an seinen beiden Schläfen, flüchtige Schatten, die mir, als er sich zu mir heruntergebeugt hatte, sofort aufgefallen waren, wahrscheinlich ein Zeichen von Müdigkeit oder Anspannung, waren jetzt aus seinem Antlitz wie weggewischt.

»Nun ...«, nahm ich den Faden wieder auf.

»Nun?«

»Diese Großmutter?«

Über seine Erzählungen zu Margherita Revedin wurde es spät im Palais Brandolini. Denn dieser anfänglich so einsilbige Marineoffizier schien sich an einem flackernden Kamin und in Begleitung einer von weit her und nur für diesen Abend Angereisten wohlzufühlen.

Von Alvise musste er wissen, dass meine Familie im Zweiten Weltkrieg sowohl auf der hugenottisch-preußischen als auch auf der schlesischen Seite all ihr Hab und Gut verloren hatte. Vielleicht hatte er auch gehört, dass meine Eltern sich sehr früh getrennt hatten und dass ich im Internat groß geworden war. Kein Hab und Gut also und keine Heimat, da musste er sich vor mir nicht wie der Gockel Francesco aufspielen.

Die Hast, die seit dem Hereinkommen in seinen Bewegungen gelegen hatte, war von ihm abgefallen.

Unsere Gläser waren leer, er bemerkte das, erhob sich und ging in den Ballsaal davon, um sie nachzufüllen. Als er zurückkam, wagte ich eine persönlichere Frage:

»Wie hast du sie denn erlebt?«

Er stockte.

Erstmals traf mich sein Seitenblick, und ich konnte die Farbe seiner Augen im Licht des Kaminfeuers erkennen. Sie waren grün, jadegrün, wie die Augen meines Vaters.

Als er wieder zu erzählen begann, wir hatten inzwischen erneut schweigend angestoßen, lag in seiner Stimme eine gewisse Zartheit. Die Zartheit, die ein junger Mann für eine ältere Dame entwickeln konnte, die seine Großmutter war und die er sehr verehrt hatte.

Von diesem Augenblick an, wurde mir Jahre später bewusst, begann ich wohl, mich in diesen Antonio Revedin zu verlieben.

Dank

Am Morgen des 11. April 1978 fand mein Mann Antonio seine Großmutter Margherita, die er täglich besuchte, tot in ihrer Wohnung auf. Sie war friedlich in ihrem Bett eingeschlafen, ihr letztes Glas Chianti stand halb leer auf ihrem Nachttisch.

Wir heirateten, wie seine Großeltern, an einem dritten Septembersamstag. Allerdings nicht dem des Jahres 1920, sondern dem des Jahres 1991. Die Venedigphotographien von Nino, Margheritas Mann, liegen seit der Hochzeit in zwei Lederalben gebunden in unserer Bibliothek in Venedig.

Für die Hilfe bei den Recherchen zu diesem Buch danke ich meiner Schwiegermutter Silvana sowie meinem Mann und meinen Töchtern Margherita und Caterina.

Alle Protagonisten und Schauplätze der Geschichte sind authentisch. Eine Ausnahme macht Umberto Marcello, der Kinderarzt meiner Töchter, die 1992 und 1994 im venezianischen Ospedale al Mare und im Stadtkrankenhaus San Giovanni e Paolo geboren wurden.

Umberto habe ich, mit seinem Wissen, um eine Generation »älter« gemacht, nicht zum Sohn, sondern zum Bruder des großen Botanikers Alessandro Marcello.

In einer Schlüsselszene dieses Romans, als Margherita fürchtet, ihren Mann an eine andere Frau verloren zu haben, trifft sie Umberto, den Arzt ihres Sohnes, in der Salutekirche. Den sich dort entwickelnden Dialog haben wir gemeinsam spontan bei unserem letzten Weihnachtsdîner erfunden, und ich danke ihm dafür.

Alle im Buch beschriebenen Begegnungen und Gespräche können sich selbstverständlich so, aber auch anders zugetragen haben.

Venedig, 11. April 2020, Margheritas Todestag, mein Geburtstag.
Jana Revedin